世界华文文学书系
The World Chinese Literature Series

留一个机场给你

[奥] 方丽娜 ◎ 著

Leave an airport
for you

中国华侨出版社
·北京·

图书在版编目（CIP）数据

留一个机场给你 / (奥) 方丽娜著. -- 北京 ： 中国
华侨出版社, 2024. 9. -- ISBN 978-7-5113-9262-6

Ⅰ. I521.45

中国国家版本馆CIP数据核字第2024PH2212号

留一个机场给你

著　　者：	[奥]方丽娜
出 版 人：	杨伯勋
策划编辑：	肖贵平
责任编辑：	罗路晗
封面设计：	瞬美文化
版式设计：	浪波湾图文工作室
经　　销：	新华书店
开　　本：	880毫米×1230毫米　　1/32开　　印张：8　　字数：155 千字
印　　刷：	河北朗祥印刷有限公司
版　　次：	2024 年 9 月第 1 版
印　　次：	2024 年 9 月第 1 次印刷
书　　号：	ISBN 978-7-5113-9262-6
定　　价：	56.00元

中国华侨出版社　　北京市朝阳区西坝河东里77号楼底商5号　　　邮编：100028
发 行 部：（010）64443051　　传　真：（010）64439708
网　　址：www.oveaschin.com　　E-mail：oveaschin@sina.com

如发现印装质量问题，影响阅读，请与印刷厂联系调换。

目录
Contents

男人的咖啡馆

一

接到罗塞尔的电话时，蓝洁已将她的栗色小奔停靠在街边，从偏门绕过长廊，轻轻推开咖啡馆最深处的这一阁。罗塞尔在一片嘈杂的背景音乐下，急促地对蓝洁说，由于临时出了点状况，他还在舞台上，将比约定时间晚到一会儿，请她务必等待和谅解。这个维也纳爱乐乐团的大提琴手，压低嗓门说话时的语调，如大提琴结束时的尾音。

这是八月的最后一个周末，"Der Mann Kaffee（男人的咖啡馆）"里一派轻松。实际上，维也纳人只要坐进咖啡馆，便有种与世隔绝的闲适。多么重要的事，都别想撼动喝咖啡的人。蓝洁就想起了维也纳咖啡文化的代言人，那个将咖啡喝成非物质文化遗产的鼻祖——奥地利诗人彼得·阿尔滕贝格。他有一首诗，家喻户晓。

当你心情郁闷时，去咖啡馆吧。

当你被人爽约时，去咖啡馆吧。

当你入不敷出时，去咖啡馆吧。

当你生活失意时，去咖啡馆吧！

蓝洁心想：眼下的我，到底属于哪一类呢？郁闷、爽约、入不敷出，还是生活失意？蓝洁嘴角掀动，兀自笑了笑。

一位头戴黑色菱形帽的服务生不卑不亢地走了过来，紧身小马甲和黑色短裙，将她身体的曲线勾勒得性感十足。她含笑问蓝洁要点什么，那略带生硬的德语腔调里，分明透着匈牙利或斯洛伐克的口音。蓝洁不假思索地说："来杯布洛诺，请多加点奶油！"

这位服务员有一双金棕色瞳仁，小米色的卷曲短发，以及鹭鸶般的修长双腿，举手投足间英姿飒爽。就蓝洁的审美观来说，她欣赏女人身上有那么一点英气。她自己的打扮就合乎这种趋向，偏好中性风格。时下的蓝洁穿着一条简洁的咖啡色格子短裙，搭配了同色系没膝高筒靴和橄榄绿长袖 T 恤衫。她那微微翻卷的半长发被一顶驼色细檐帽半掩着。

雕花玻璃门缓缓开启，蓝洁举目望去，看到的不是罗塞尔，而是一位身着灰色西服的长者。他那红润透亮的面颊，精心打理过的分叉贴面胡须，以及银红色的格子围巾，像是刚从奥匈帝国的宫廷壁画里走出来。长者的目光与蓝洁迷惘的眸子相遇时，他身体前倾，脱帽致意，接着有条不紊地将衣帽挂在墙角的衣架上，而后优雅地坐下来，静候侍者的到来。

蓝洁便想，这种骨子里保有维也纳老派绅士风度的人，通常只会在维也纳皇城脚下的咖啡馆里才能见到。这家位于西城郊外的"男人的咖啡馆"并不属于典型的老式咖啡馆，没有宫廷式的穹顶和枝形吊灯，年轻的侍者也不具备那种沉浸已久的绅士或淑女之风。但它的优势在于能够迎接不同层次和不同情绪的顾客。时尚区那边，坐满了形形色色的年轻人，吃喝聊天，嬉笑怒骂，以及偶尔夸张地喧哗；临门的带天窗的部分区域，是吞云吐雾者的天堂。而蓝洁所在的这一区，桌椅、台灯和沙发都合乎巴洛克式风尚，酒红色的绒面墙裙上挂了几幅装潢考究的人物和风景画。蓝洁之所以选择来这里，并非出于古典情结，而是倾心于此处的安静和私密。因为今天，罗塞尔约她出来，特意表明了，有要事相谈。

在等待中，蓝洁把目光从伦勃朗的《花神》移向埃德加的《舞台上的舞女》，然后她下意识地瞅了瞅腕上的表。一刻钟过去了，罗塞尔还不见踪影。斜对面的一对男女不紧不慢地聊着天，男人的目光偶尔偏离，与蓝洁虚无的眼神撞到一起，露出一丝尴尬的表情。在柔和的台灯下，一位神情寡淡的老太太，手里捧了一本厚厚的书，旁若无人地沉浸在自己的世界里。

蓝洁一直觉得，维也纳的咖啡馆就像这座城市本身，弥散着谙于世事的温润气息。她记得萨迪曾说过，维也纳的文人，无一不迷恋咖啡馆。那些思想的碎片，总是随着咖啡豆的浓香迸发出来。男人们熟谙张弛有度的人生哲理，知道除了日夜兼程奔赴人生理想，偶尔也需要停下脚步欣赏一下路边的风景。从纷繁芜杂的尘世里洗尽铅华，静下心来审视一番内心。这个时候的咖啡馆，就像一个小小的乌托邦。

没有人关心蓝洁的存在，也无人猜度她的心事。在这里，不管你是名花有主，还是孑然一身，都司空见惯，没有人大惊小怪，也没有人挖空心思去探访他人的私生活。自从罗塞尔不辞而别，蓝洁一直没再回家乡，她像掐灭烟蒂那样狠狠地打消了回家乡的念头。因为她不想再面对父母担忧的目光和邻里间过度的热情，认识的或不认识的人见了面，总想把她的私事问个底朝天。蓝洁一想起这些，就感觉脊梁骨发紧。

潜意识里，她对于单身这件事是否有着强烈的抵触和忌讳呢？蓝洁的眼睛瞬间湿润了，但她赶紧忍住了。她不由得埋怨起罗塞尔，怪他约定好的时间竟会迟到。

可话又说回来，艺术家吗！总是伴随种种即兴的色彩。蓝洁与罗塞尔亲密相处的两年，可不就是一场即兴表演么！蓝洁不自觉地迁就着他，就像她曾经迁就萨迪一样。两年前的那个周末，云淡风轻，罗塞尔的深蓝色眸子里星光闪烁，他深情地对蓝洁说："等我参加完年底的欧洲巡演，咱们就结婚。"语气果决而不容置疑。兴头上，蓝洁一个电话打给了远在云南的母亲，娘儿俩隔着千山万水畅想了好一阵儿。

岂料，圣诞节刚过，两人的关系就莫名其妙地陷入僵局，罗塞尔甩门而去。

秋天的咖啡纯净而理性，蓝洁握着绿瓷小杯扭头望向窗外。

远处的阿尔卑斯山黑魆魆的，有一种静穆的美。对街的胡桃树
虬枝盘旋，紫藤缠绕，像一位爬满了胡子的老人。他们的关系
始于此，也要在此结束不成？蓝洁暗想。突然窗子呼啦一下被
风合上，乳白色的纱帘随之鼓荡起来。这一片露天咖啡园里光
线忽明忽暗，被风吹动的夹竹桃摇摇欲坠。蓝洁霎时想起三年
前，正是一场大风将罗塞尔刮到了她跟前。

二

那年的春夏之交，阳光泼墨似的泻下来，开阔的露天咖啡
园里座无虚席。阳光下的"男人的咖啡馆"总是人满为患，人
们追着光和影来到这里，一坐就是大半天。那个周末的午后，
蓝洁无所事事，沿着柏油马路散步，不知不觉就走到了"男人
的咖啡馆"。她的公寓离这儿不远，步行十几分钟便到。

蓝洁兴致勃勃地在咖啡馆的里里外外兜了一圈，竟找不到
一个空位。年轻的侍者耸了耸肩，深表歉意地对她说："走廊边
上有个站位，不知您愿意吗？"

永不凋谢的咖啡品质，让蓝洁一往情深，欲罢不能。尽管
那里是个风口，她也毫不在意。那天蓝洁穿着一件紫色碎花吊
带连衣裙，外披一件象牙色短风衣，脚踩一双白色的小靴子。
蓝洁靠在廊檐下的圆桌旁，情不自禁地将衣领高高竖起。一杯
浓香四溢并附着厚厚奶油的布洛诺被送到了小桌上。她望着咖
啡上的热气发呆，让自己沉浸在化不开的浓香里，同时用余光

扫视着周遭的男士们。

一股突如其来的风从走廊拐角处灌进来，蓝洁的长发被吹得纷纷扬扬，垂挂的桌布波浪般被掀起，不偏不倚盖在蓝洁的咖啡上。她惊呼着掀开桌布，一不小心，雪白的桌布连同自己的风衣袖子上都被溅上了咖啡。蓝洁在风中尴尬地收拾着残局，这时一个男人走了过来。他显然看到了这一幕，诚恳地对蓝洁说："女士，如果您不介意的话，我那边有个空位。"

蓝洁连连道着谢，大大方方地坐在了男人对面的小沙发里。这个位置位于两株茂密的夹竹桃之间，自然构成一个隐蔽的小角落。从疾风中躲避到安全地带，蓝洁如同从波涛汹涌的大海中瞬间驶入宁静的港湾。男人介绍说，他叫罗塞尔，是维也纳爱乐乐团的一名大提琴手，并帮蓝洁点了一杯咖啡。蓝洁也不失礼貌地作了自我介绍，并用调侃的口吻说，大名鼎鼎的维也纳爱乐乐团音乐会，她于半年前的金色大厅里观看过一场，可惜因座位离得太远，没能看清大提琴手的面孔。

罗塞尔惊诧于蓝洁娴熟的德语，羞涩道，如果将来有机会，一定请她坐在前排观看自己的演奏。蓝洁欣然接受了他的邀请，并说自己在维也纳大学攻读德语语言硕士学位，眼下她是一名奥地利政府指定的专职翻译人员。

随着风渐渐减弱，光线水纹似的在眼前起起伏伏，一阵花草汁液的香味从背后飘过来，在两人间筑起一道诱人的芬芳。罗塞尔的目光在蓝洁光影斑驳的脸上游弋着，他注视着蓝洁的眼睛，说："你经常来这家咖啡馆吗？"

蓝洁微微一惊，意识到对方留意她多时了，便故作镇静地说："我喜欢这里的咖啡，也迷上了你们的咖啡文化。"

"是啊，维也纳的咖啡文化由来已久。要想真正了解维也纳人，就不能忽视咖啡馆的存在。这家'男人的咖啡馆'虽远离市区，但不拘泥于古老的传统模式，善于推陈出新，为各种心情的人准备好了归宿。"

"归宿？这个词用得有意思！倒也是，来这里的人既可衣着讲究，也可着装随意，甚至可以牵上心爱的狗。我觉得手捧咖啡的每一个人，都那么悠闲自得，和蔼可亲，在这个浓香扑鼻的世界里，人与人之间的温度增加了，距离也似乎缩小了。"

"咖啡就像一位善解人意的老朋友，宽容，周到，不拘一格。当你百无聊赖时，它是催情剂；当你心境动荡难以自制时，它帮你恢复平静，从而抚平你的创伤。"蓝洁用心听着，感觉罗塞尔的额头和嘴唇，在越来越浓的黄昏里泛着玫瑰色的光。顺着他的思路蓝洁进而感知，维也纳的咖啡馆兼具着数不清的文化功能，如社交、娱乐、阅读等。

"咖啡让我清醒，并赋予我激情和创造力。"罗塞尔语气低沉地说，"对我这样的单身汉来说，它就像起居室、书房，甚至客厅。"说完罗塞尔从鼻梁上取下蒙上水汽的茶色眼镜，在空气里轻轻晃了晃，待水汽被风吹干后，他重新将眼镜架在鼻梁上。

在夕阳的衬托下，蓝洁突然觉得眼前的男人身上焕发出一种雕塑般的光泽。她蓦地想起萨迪，以及他们一同在云南度过的那段时光。有一次，她应萨迪的请求，拐弯抹角地找到古城背后的至尊咖啡馆。那是萨迪第一次在远离家乡的地方品尝到新鲜的咖啡。听着咖啡豆在机器里研磨时发出的噼里啪啦的声响，萨迪两眼放光，眼角的皱纹一根根舒展开来。萨迪建议她也来一杯，并为她点了一块香草蛋糕。蓝洁顺从地喝了一口，苦涩难耐，皱着眉头想：这么苦的东西有什么好喝的？真不明白西方人为何"自讨苦吃"！可萨迪的表情分明在告诉她，那是一份难以言喻的享受。他啜饮咖啡时，安详、自信、超凡脱俗，仿佛整个世界都不存在了。

这时，一辆深蓝色宝马车戛然停靠在咖啡馆侧门，将蓝洁从绵长的回忆中唤回到现实。她透过落地窗，盯着从车里走出的那个人——罗塞尔，他身穿黑色燕尾服，搭配雪白的衣领，气质非凡。

三

屈指算来，他们有一年零十个月没见面了。这会儿，两人都颇有几分尴尬，四目相对，一时无语。罗塞尔的眼神和表情，让蓝洁瞬间想起某位哀伤的英伦歌手。

几秒钟后，罗塞尔眉峰一挑，笑了，他张开双臂拥抱了蓝洁，说："你瘦了！"

"你也是。"蓝洁回应道，"你一定饿坏了，先吃点东西吧。"她扬手叫来了服务生。罗塞尔随即点了份培根套餐，外加一份烟熏鹅肝酱。他定了定神，歉意地解释说："本来今天的演出没我什么事儿，但因另一位女大提琴手当场晕倒了，没办法，我必须赶去救场。"

蓝洁顿时就释然了。救场如救火，没什么可说的。看到罗塞尔昔日丰润的面颊明显消瘦，蓝洁的内心掠过一丝怜惜。除此之外，他那光洁细腻的额头、柔和的五官，以及讲话时如大提琴的尾音，丝毫没有改变。岁月在回味中平和地流逝，在没有彼此的时光里，尽管蓝洁一度对他心生怨恨，但随着世事的淘洗，已变作对生命的一种顿悟。蓝洁突然觉得，此刻的他们，都没有失去最初的自己。也许，幻梦还没有破灭。

罗塞尔注视蓝洁的眼神里，明显带着温度。尽管分手的那个晚上，他执拗得不可理喻。不经意间，蓝洁的思绪回到了两年前的圣诞之夜，罗塞尔一脸冰霜，头也不回地离她而去，让她措手不及。望着滴水成冰的窗外，蓝洁感觉自己的身体像被挖走了一块。那个冬季出奇的漫长，前所未有的冷，一场风雪将蓝洁推到了另一个男人的怀抱。那个男人是她的客户，她出色的翻译帮这个商人挽回了一笔巨额损失。那是一段不掺杂感情的关系。蓝洁的心麻木而忧伤，她就像橱窗里的一个模特，面无表情地被人剥光，又被套上衣服。半年后，蓝洁干脆利落地结束了与那人的往来，犹如剪掉自己的长发一样决绝。

"你再来杯咖啡吧？"罗塞尔轻声问。用完了餐，便是他们的咖啡时光。

喝着咖啡，两人恢复了安详与宁和。蓝洁曾想象着，西方艺术家习惯于穿黑风衣，喝黑咖啡，不停地抽烟。罗塞尔不抽烟，只是每晚喝一点葡萄酒，冬天喝红葡萄酒，夏天则喝白葡萄酒。从罗塞尔这里蓝洁才知道奥地利有着世界上最好的白葡萄酒。看着罗塞尔白皙而洁净的手指，蓝洁情不自禁地想起他们第一次外出度假的时光。

也是秋季，他们从维也纳乘坐火车，一路沿海岸线西行。金风玉露，晨光渲染着两个人的愉悦，目光交汇时指尖轻触，十指相扣，热恋之吻甘之如饴。晚上，他们下榻在那不勒斯一家简朴的海边客栈，在咖啡缭绕的沙发上，他抚弄着她，如同拨弄着琴弦。

私下里，蓝洁的心是忐忑的。因为跟罗塞尔在一起时，萨迪的影子总时不时地闯进来。萨迪出事后，蓝洁痛不欲生，很长一段时间她都活在一种恍惚中，就像一个濒死的人，急需一份刺激来释放沉重的肉身，从中摄取勇气和能量，以驱散她那无法排遣的痛。罗塞尔的出现，如同上帝送给她的一份礼物。接下来，一切都变得浑然天成。他们开始同居，并且时常携手来咖啡馆用早餐。桌上摆着煎蛋、奶酪、色拉米和蓝莓果酱，当然还有热气腾腾的咖啡。有一次，罗塞尔看着满桌的早餐忍俊不禁，蓝洁莫名其妙，罗塞尔的眼里闪过一丝狡黠，说："奥地利人常说，过于相爱的人，早餐会吃得异常多！"

可不是吗，昨晚罗塞尔抚摸着她说："我喜欢你讲话前抿嘴的样子。"他们在床上是如此疯狂如此尽兴，精疲力竭之后酣然入睡，一觉醒来便直奔咖啡馆。想到这些，蓝洁的脸上热辣辣的。

感情上一旦起了波澜，心里的空虚就会被无限放大。蓝洁对罗塞尔的身体越发地依赖，两个人在精神上的契合与凝结，却也随着光阴的飞逝，渐入佳境。罗塞尔外出参加演出时，蓝洁就一个人来这里喝咖啡。她有种错觉，仿佛"男人的咖啡馆"有助于稀释她对罗塞尔的思念。

秋日的一天，他们在多瑙河边散步后，坐进山脚下的贝多芬酒庄，喝着清凉爽口的新酿葡萄酒，点了烤猪排和炸蘑菇。淡淡的秋阳照在层层叠叠的葡萄园里，将篱笆墙下的一尊雕像唤醒了。那是一幅氤氲着古典气息的画面，以及光影下一尊气质绝美的人体造型。罗塞尔目不转睛地盯着那尊雕塑，突然脱口而出："是萨迪的作品！"

听到萨迪的名字，蓝洁的周身为之一颤，手里的高脚杯哗啦一下坠落在地。

罗塞尔惊觉，似乎意识到什么，关切地问："你怎么了，没事吧？"

蓝洁努力掩饰着自己的情感，然而她的内心却已是波浪翻滚、惊涛拍岸。她再也无法平静了，那些早已模糊的记忆，在秋阳的照射下，骤然变得明晰透亮、壁垒分明。

四

那个时候，蓝洁还是云南师范大学英语系的一名学生。为了减轻爹娘的压力，蓝洁响应系里的号召，在学有余力的前提下，勤工俭学，自给自足。在这个方向上，不少同学选择做家教，而蓝洁独辟蹊径，她找到昆明国际旅行社的一位师兄高盛，毛遂自荐，在云南的山水之间做了一名兼职导游。

适逢夏季，丽江古城迎来了著名的奥地利艺术家萨迪。萨迪通过昆明国际旅行社，正在寻求一名精通德语或英语的年轻导游。经过筛选，优秀的蓝洁被选中，顺理成章地走近画家。蓝洁至今记得与萨迪初次见面的那个午后，她从旅行社助理高盛的手中，接过画家的地址，一路小跑地找到了萨迪在丽江古城租住的小阁楼。

对画家来说，蓝洁出现的那一刻，简直像湿地上升起了一株郁金香，鲜润、清丽、脱俗。对于她的到来，萨迪举着烟斗在古铜色的回廊下，已等候多时了。

在蓝洁眼中，人到中年的萨迪虽算不上英俊，可他那挺拔轩昂的身材，轮廓清晰的五官，以及齐耳的烟灰色头发，与自己心目中的艺术家形象十分吻合。尽管萨迪有些不苟言笑，可他打量蓝洁时的温情脉脉，有一种亲切感。

接下来的日子，蓝洁根据画家的要求，带他去了他梦寐以求的几个地方。峡谷溪流间的苗家山寨，深藏于丛林之中的彝族村落，神秘莫测的女儿国……在澄净而幽暗的月光下，萨迪对蓝洁说，几年前他曾随几位欧洲艺术家参加了香格里拉探险队，那趟神奇的旅行带给他的视觉冲击成就了他日后的众多画作，那是一种魔力般的体验！

在蓝洁的建议下，萨迪兴致勃勃地听了一场堪称中国最古老音乐的纳西古乐表演。在那个古色古香的木质舞台上，萨迪看到了一帮活化石般的老人。他们端坐于台上，弹拨着各种乐器，他们的存在，本身就是一种艺术。蓝洁贴近萨迪的耳边，轻声说："不到丽江不算到云南，不听纳西古乐就不算到丽江！"

随后，萨迪对蓝洁表示："我不再出门了，我要为迸发的灵感寻找一个出口。如果你有兴趣的话，可以看我作画，同时帮我煮煮咖啡，弄点吃的。"

能近距离观看一个艺术家作画，是蓝洁求之不得的事啊！

每天清晨，蓝洁便披着山寨的薄雾从家里出来，她带上早点，一路沿溪畔来到小阁楼，依照萨迪的指点，蓝洁小心翼翼地用他那把意大利壶为他煮咖啡。只要萨迪需要，蓝洁就满心欢喜地帮他固定画布，调制颜料，冲洗五花八门的颜料盘，继而默立身后，不动声色地看他作画。萨迪凝神于画框前，用色彩诠释着光影的层次、风景的变换，以及人物的情绪涌动。在潜移默化中，蓝洁对艺术的感觉被一点点开启了。

看着蓝洁顾盼神飞的模样，萨迪嘴角的微笑意味深长。青黛色的屋顶上，隐隐传来古城的喧嚣与热闹，红纱缦瓦的阁楼内安详、宁静、私密。这里早已没了雇主雇员之分，蓝洁也不用刻意考虑自己该做什么，他们就像一对父女或师生，形影相随，其乐融融。时光不温不火地在溪畔蜿蜒流淌，一种莫名的情愫，不知不觉地潜滋暗长。艺术家对于美的捕捉，原本就有着天然的敏感，面对聪慧灵动、眉目传情的蓝洁，萨迪那颗并不苍老的灵魂，怎会无动于衷呢？

傍晚的丽江人影幢幢，对岸传来青年男女含蓄而直白的情歌。萨迪冷静的眼神在画板和少女的衣裙间来回移动，陡然间他用画笔勾勒，轻松涂抹，一幅清清爽爽的少女肖像，茕茕孑立于画布中央——无须陪衬，无须渲染，宛若天成。

当蓝洁看到自己被画家滚烫的激情定格在画布上，她细密紧致的毛孔一个个张开了，兴奋与渴望的烈焰燃烧在眉宇间。萨迪丢下画笔，一把抱住蓝洁。这时，萨迪的手机里传出一阵优美动听的《蓝色多瑙河》圆舞曲，跳动的旋律瞬间撕破凝滞而暧昧的空气。萨迪如梦初醒，快速走到桌前拿起了手机。

在蓝洁迷惑的背影中，萨迪放下手机，他拉起蓝洁的手说："这是我妻子从维也纳打来的——尽管我们已分居多年，我们还有一个儿子……"萨迪不无忧伤地说："妻子在提醒我，圣诞节就要到了，我必须回维也纳，与家人共度圣诞！"

娇羞，甜涩，苦痛，万般滋味袭上蓝洁的心头。她的泪在眼眶里挣扎着。

一周后，萨迪轩昂的背影，渐渐消失在丽江古城的尽头，与天边的斜阳融为一体。然而，蓝洁的梦并未随画家的离去而骤然寂灭，反而日渐汹涌了。停不下来的思念，让她回应了萨迪的召唤。蓝洁毫不迟疑地接受了萨迪的建议，到维也纳去！

也许，即便没有萨迪，蓝洁也不可能像父辈那样，把自己的一生消磨在西南边陲。这个山村旧院、小门窄户里走出的女子，从来就不是一只安分的鸟。蓝洁了解自己，她的心很野、很高，云贵高原那个闭塞的山庄，怎能盛得下她的梦？萨迪的出现，不啻为她的梦想之门打开了一条缝。一个迥然不同且富有魅力的世界，正向她发出召唤。那召唤，带着七彩光环，在古城的小阁楼上既已降临。

说到底，这是一份内心的召唤。

五

转眼到了秋季，蓝洁接到了维也纳大学研究生班的录取通知，与此同时，萨迪为她办好了来维也纳的一切手续。拿到奥地利签证的这一刻，蓝洁并不是毫无顾虑。天高地远的，爹娘这一关怎么过？还有，蓝洁跟高盛那朦朦胧胧的恋情，又该怎样了结？

但蓝洁的心是坚定的。她了解自己，只要是铁了心要做的事，没人拦得住。蓝洁回想起她的口语老师，美国哥伦比亚大学的伊莎贝拉教授说过："生活并非一定要探明真相后，才可以开始。太多的深思熟虑，太多的自我保护，只会作茧自缚，大煞风景！"

至于高盛，冰雪聪明的蓝洁，何尝不知他在暗恋着自己。否则，兼职导游的好差事，怎能这么轻而易举地落到她头上。想到这一层，蓝洁浑身燥热，不知该如何跟高盛开口。不料在这个当口，高盛表现得十分大度。就在蓝洁临行前三天，高盛主动邀请蓝洁，在昆明最好的一家餐厅，来为她践行。

傍晚的湖边，风轻月淡，薄雾凌空，悠扬的笛音踩着缕缕清波，时断时续地漫过来，把蓝洁的心撩拨得难以名状。她忐忑不安地看着高盛给她斟满了酒，递过来。蓝洁赶忙双手接过。45 度的青稞贡酒高原红，将两个人的心思赤裸裸地袒露在微醺的空气里。蓝洁还是第一次喝这么多白酒，五脏六腑都在经历着一场烟熏火燎的炙烤。

几个月前，离开大学校园的最后一夜，同学们摆脱了斯文，在卡拉 OK 的小歌厅里不要命地喊，无所顾忌地喝。蓝洁心事重重，兀自游离在黏稠的别愁离绪之外。而此刻，蓝洁有一种豁出去的冲动。也许是出于对高盛的歉疚，抑或是临行前的胆怯，蓝洁借酒壮胆，毫不推让，对于高盛的盛情来者不拒。两人都喝红了眼。高盛仰头喝尽最后一滴酒，克制道："我原想，等你毕业后，咱们就在昆明开一家自己的旅行社，再也不用替别人打工了。"他突然抓住蓝洁的手，吼道："外国有啥好，你非要走不成！"

高盛表情痛苦，垂下头哇地吐了一地。他闭上眼睛，脑袋歪在桌上，再也抬不起来。打烊时，酒店小哥给叫了辆出租车，蓝洁一路陪伴高盛回到他的住处。多年后，蓝洁在"男人的咖啡馆"里偶尔想起这一幕，那个夜深人静的昆明之夜，夏日的虫鸣和着隐隐的笛声，融入高盛含糊不清的梦呓。他们就那么彼此相拥着，一直挨到天亮。

在萨迪的召唤下，蓝洁如愿以偿地来到维也纳。

初来乍到的日子是诚惶诚恐、小心翼翼、东张西望的。环境陌生，语言不通，生活习惯翻天覆地。这便是闻名于世的艺术之都，满眼的辉煌与壮丽，满城的优雅与华贵，就连走在街上的维也纳老人，都像是踩着音符悠然来去。可除了萨迪，谁会瞧得上她这个来自中国偏远地区的女学生呢？而有了萨迪的庇护，即便是水深浪急，独闯世界的那份艰辛也不会落在蓝洁身上。鞍前马后呵护着她的这个男人，基础牢固，家底丰厚，又那么心甘情愿地为她遮风挡雨。有萨迪在身旁罩着，蓝洁避开了本该扑打在她身上的凄风苦雨。除了学业，她甚至过起了衣食无忧的日子。

对于萨迪而言，蓝洁所拥有的青春活力与朝气，正逢其时。天下没有免费的午餐，蓝洁心照不宣、心悦诚服地回报着萨迪。她白天上课，到了傍晚，即拂去娇羞，展开胴体，坦然充当萨迪的画前女郎，笔下精灵，以她情窦初开、青枝绿叶的肉体，不时点亮艺术家的灵感。年过五旬的萨迪连自己都想不到，每次和蓝洁在一起，都像是重新找回了自我，伏在蓝洁软缎般柔嫩的肌肤上，也就格外地骁勇善战，激情得火花四溅。

一如当年蓝洁陪萨迪畅游云南那样，萨迪也为蓝洁当起了向导。不止一次地，他们相拥着踏过恢宏的维也纳英雄广场、霍夫堡皇宫，从国家博物馆到现代画廊，从城堡剧院到金色大厅，艺术之都的前尘往事，随着萨迪的讲解在马蹄声声的石板路上徐徐展开。历史的年轮里串起无数名家艺人，珍珠般掷地有声。那些与奥匈帝国一脉相承的建筑群和非凡的雕塑，在阳光下泛着神圣而迷人的风采。面对被时光打磨成的经典，蓝洁不禁怦然心动。

在维也纳内城的中央咖啡馆里，萨迪坐在卡夫卡的位子上沉吟道："在维也纳，一个喜欢喝咖啡，并愿意拿出时间和耐心等待咖啡入口的男人，是成熟的标志。"他指着迎门的一尊男人雕像，告诉蓝洁："这位就是奥地利诗人彼得·阿尔滕贝格，除了那首家喻户晓的诗，他还有句名言，'如果我不在家，就在咖啡馆里，不在咖啡馆里，就在去咖啡馆的路上'。"

蓝洁突然觉得手握咖啡的萨迪，喝的不是咖啡，倒像是经过岁月沉淀的葡萄酒。为了彰显男人的魅力，咖啡甘心成为他手中的道具。如果之前蓝洁对萨迪不过是信赖，是依靠，那么这一刻，在咖啡的晕染下，蓝洁被艺术家的另一种魅力深深折服了。

仲夏之际，萨迪应邀到巴黎参展，蓝洁随之同行。阳光下的香榭丽舍大街温暖又刺眼，埃菲尔铁塔倒映在塞纳河上，既钢筋铁骨，又柔情似水。在圣日耳曼大道与圣伯努瓦街的转角处，他们在花神咖啡馆临街的一张桃木圆桌旁坐了下来。

"Café de Flore"，蓝洁定睛打量之后，不禁愕然。时下的她，虽不晓得这是萨特、加缪、海明威、菲茨杰拉德等常常光顾的地方，也不知道20世纪30年代民国才子徐志摩在二楼靠窗的咖啡座上写下："如果巴黎少了咖啡馆，恐怕会变得一无可爱。"她只知道《情人》的作者法国作家玛格丽特·杜拉斯，对这家花神咖啡馆情有独钟！

斜挂的白色遮阳篷上，垂落着紫藤和凌霄，阳台上的黑色铁质雕花栏杆，复古又浪漫，像一首自然与人文交相辉映的田园诗。萨迪望着墙上张贴的旧日海报，想起 20 世纪 60 年代的缕缕残阳，故人的谈笑与争执，仿佛隔着时空穿梭于茂密的树荫下。咖啡是西方文艺巨匠的缪斯女神，萨迪的脑中，继而闪出那个不同寻常的影子——西蒙娜·德·波伏娃，这个惊世骇俗的女人，连同她与萨特铸造的一段爱情神话。

"女人并非天生的，而是被造就的。"萨迪自言自语道。

蓝洁摆弄着银色托盘里的牛角面包，若无其事地望向咖啡馆的橱窗，那里有毕加索留下的线条与色彩。窗玻璃上，她看到自己的身子不由自主地斜靠过去，最终贴在了萨迪胸前。阳光正浓，蓝洁闭上眼睛，她感觉自己幸福极了。

六

时间如湍急的河流，回环曲折地向前流淌着。绿树犹在，光影依旧，蓝洁与罗塞尔在咖啡馆最深处的这一阁里，目光柔和，百感交集。窗外夜色渐浓，厅室里的老绅士，阅读中的老太太，以及来来往往的伴侣们，不知不觉地消失了。

罗塞尔挪动了一下坐姿，从身边的黑色公文包里取出一本画册，端放在桌上。

蓝洁的眼前一亮。她好奇地盯了他一眼，有些不明所以。

罗塞尔避开蓝洁的盯视，将画册向她跟前推了推。刹那间，蓝洁看到了那个足以刺痛她双眼的烫金字体：著名奥地利艺术家萨迪作品集。

眼下的蓝洁，也算是一个被知识和艺术浸润的女人，并且在愁云惨雾中摸爬滚打了好几年。她专注而淡定地看着萨迪的名字，而后一页一页地翻看起来。头顶的吊灯散发出谜一样的光，那些燃情岁月，连缀着春夏秋冬的五彩光斑，在蓝洁的眼前百转千回。最后，她看到了自己在丽江古城小阁楼上的那幅肖像，以及罗塞尔一眼便认得出的，她那掩映在轻纱薄雾中的裸体。

"你和萨迪是……？"蓝洁愕然抬起头，脱口问道。

"萨迪是我叔叔！"罗塞尔的语气，有着前所未有的坦然和镇静。

"这个世界真是太小了！"蓝洁从喉咙里轻叹一声。

至此，一切都不难理解，所有的困惑与迷茫，似乎都有了清晰而合理的源头。那个让蓝洁心惊胆战的圣诞节，罗塞尔的愤然离去，自然跟这本画册有关。也许，节日期间的罗塞尔，从他婶婶的喋喋不休里听到了许多，也明白了她和萨迪之间的风流韵事。那个漫长而可怕的冬季，曾经和萨迪亲密无间的几个彼此相干不相干的人，共同经历了他们的至暗时刻，如同跟跟跄跄的夜行人，害怕的不是黑夜，而是黑暗中从天而降的真相！

意外总是来得毫无防备。命运，有时候只会给你相遇，而不会给你结局。正是从巴黎归来后的一个雨夜，蓝洁接到了萨迪出事的噩耗！

他是在一座新落成的博物馆的穹顶，安放自己设计的人体雕塑时不幸坠落的。萨迪不顾劝说，执意要亲自为自己的雕像摆正方位。萨迪的死讯，是他妻子亲自告诉蓝洁的。虽然没有剑拔弩张的相互撕扯，但她看蓝洁的眼神，透着一股温和的轻蔑。她允许蓝洁继续住在画室顶层，但不许她参加萨迪的葬礼。因为拒绝离婚，她可以忍受丈夫不再爱她，甚至移情别恋，但她绝不容许自己的对手，与她同时出现在萨迪面前，哪怕他已经亡故。

当蓝洁被命运的陨石击中，生活中最重要的支撑轰然倒塌，刹那间，她感觉自己被整个世界抛弃了。没有了萨迪的护佑，蓝洁仿佛从云端落入谷底，瞬间回到了最初的单薄与无助。日夜辗转，蓝洁终于意识到，人越是向往天空，越容易忽略坠落的事实。这个世界，从来就没有天赐的奇迹，任何依傍都是暂时的，任何得到都伴随付出。曾经的幸福与安稳，不过是一场梦。蓝洁变得冷漠了。冷漠，是她应对这个世界的最后一张盾牌。

现实击碎了她的梦，却也让她醒悟。也许，是时候走自己的路了。在和自己撕扯纠缠的过程中，蓝洁咬牙搬离了萨迪的画室。人只有走出梦境，才能迈开现实的脚步。在一位老乡的帮助下，蓝洁在维也纳廉价地带与人合租了一套小公寓，并寻着报纸上的招工启事，到多瑙河畔一家中餐馆端了三个月盘子。颇有见识的老板娘看出了蓝洁的潜力，就指点她报考翻译专业资格考试。眼下，中国商人不断涌入，奥地利政府急需这样的人才。蓝洁全力以赴，不分昼夜地投身于学习当中。

顺利考取翻译专业资格证书后，蓝洁随即注册了一家翻译公司。在为梦想努力打拼的过程中，蓝洁一步步走出阴霾，凭借专业和勤奋，在藏龙卧虎的华人商界声名鹊起，扎扎实实地撑起了属于自己的一片天地。当她看到自己账户上不断飙升的数字时，她尝到了不需要依附别人度日的幸福与甘美。

七

转眼到了秋季，蓝洁一如既往地出入"男人的咖啡馆"。

从容来去的绅士、职员、艺人和吞云吐雾的男男女女，仍旧从容着。兴之所至，蓝洁有时候也会与他们坐在一起，漫无边际地聊着，从中捕捉一些形形色色的话题。那是跟房子、车子、物价、炒股，以及争风吃醋、争权夺利毫不相干的语境。单纯而散漫的气场里，或许不沾烟火，却也世俗着，曼妙着，颓废着，千娇百媚着，乐而忘忧着……

咖啡饮品虽不是欧洲人发明的，但咖啡文化却被欧洲人发扬到了极致。据说从前的中国文人，也是喜欢喝咖啡的，并且称咖啡为"香灰"。蓝洁饶有兴致地想象着，穿长袍马褂的中国男人喝咖啡，会是怎样一番模样。

午后的蓝洁手捧咖啡，天灵盖突然一抖，像是悟到了什么。欧洲人之所以钟爱咖啡，心心念念的或许就是他们自身那种

"Let it be"的生活姿态吧。蓝洁就联想到自己，即便喝着咖啡，也是一副急吼吼的样子。生存已经不成问题了，干吗总停不下来，还那么义无反顾地追逐一份存在感吗？生活往往不在结果，而在过程，何必这么没完没了地急功近利呢。

天高云阔，秋水长天，一树一树的金叶子，在一街两行摇曳生姿。透过咖啡馆的落地窗，蓝洁看见对面的街角上，一个步履蹒跚的老妇人，颤颤巍巍地将一只绿色玻璃瓶丢进回收箱。蓝洁禁不住触景生情，担心自己像秋后的落叶，一晃，就凋零了。

一份蓝色请柬，披着一缕晨光飞到她的手上。蓝洁打开来，竟是一张交响乐音乐会的入场券。时间是本周六下午，演出地点在多瑙河边的梅尔克修道院。音乐会的曲目是她所钟爱的捷克作曲家德沃夏克的《新世界》。

Let it be！蓝洁手握请柬，豁然开朗起来。

登上依山面水的梅尔克修道院，穿过帝国时期的金色楼宇，走在大理石楼梯和走廊上，蓝洁无限深情地仰望天顶那美轮美奂的彩色壁画，宛若置身于中世纪的辉煌。就在这座欧洲最耀眼的巴洛克式宫殿里，蓝洁近距离凝视罗塞尔那魔术般的指法，神游于盛大而庄严的艺术天地。台上台下，一股隐秘而汹涌的情感，伴着雄浑而瑰丽的乐章，在勾魂摄魄的眼神里交流并泻，浑然一体。

夕阳下的多瑙河，波平浪静，一艘满载游客的帆船从圣殿脚下驶出，划过湛蓝的河面，朝向大海的方向。静默之中，蓝洁将雪白的方糖浸入浓缩的咖啡中，耳畔再次回荡起《新世界》的旋律。这音乐，恰似她的心，婉转、湿润、跃跃欲试。仿佛有块新大陆，在眼前铺展开来。

　　男人的咖啡馆不只是男人的，也是女人的。新世界属于每一个人。

13 号地铁

一

在一节轻颤的地铁车厢里，只需几秒钟，座位上的人便可达到物我两忘的境地。比如刚上来的这对男女，车子启动的瞬间，就在大家的眼皮底下抱成一团，深情拥吻，旁若无人。没有人把目光投注过去，也没人把他们当回事，看书的看书，打盹的打盹，想心事的想心事，他们的存在，跟窗外惊鸿一瞥的哥特式教堂相比，简直不值一提。

在维也纳，喜欢搭乘地铁出行的人并非限于无车一族，许多人钟爱地铁的舒适、便捷、准时，丝毫不受堵车和找车位的困扰。维也纳城里的白领阶层，多半住在郊外的山下小别墅里，每天早早爬起来，淋浴，吃饭，刮胡子，等等，光鲜亮丽地开车到地铁站附近的停车场，将车子安顿好之后，从容跨入地铁，一头栽进车厢。

斜靠在座位上的楚菲，没有别墅，也没有私家车，她租住的小公寓就在 13 号地铁背后的毛栗子小区。楚菲每天搭乘 13 号地铁由西向东，横贯维也纳全境，无须倒车，大约五十分钟后在一个叫"完美小街"的地铁站下来，而后步行十来分钟到小街尽头的国际学校去上课。她在那所学校里担任中文教师兼太极教练。每天早上，楚菲只要一坐进车厢，便有种一劳永逸的安然，听到声音柔和的播音员报出一个个车站名，仿佛重温自己在维也纳的一段段生活轨迹。

这会儿，楚菲放下手中的《新报》，若无其事地扫视车厢里的各色人等。靠窗那位身着西装短裙黑丝长袜的女人，正神情庄重地在戴尔笔记本电脑上舞动十指；贴在门边的塞尔维亚老男人，推着一车报纸，忙不迭地朝各个地铁口送；车厢衔接处一位高挑的非洲男子，笔挺的灰色西服，樱桃红领带，他举着手机一会儿英语，一会儿法语，楚菲一个恍惚，又听到另一种完全陌生的语言。这时地铁里报了站名——联合国到了。非洲男人合上手机，夹着公文包潇洒离去。楚菲便想，怎样的非洲家庭能够培养出这等素养和风度？依照非洲的生态环境和生存状态，恐怕只有非洲贵族才能提供这样的条件吧。

就这么胡思乱想着，楚菲的目光被对面涂银色指甲并在纸板上描来画去的一只手所吸引。楚菲已是第二次在这节车厢里遇见这个人了。尽管这人穿着闪亮的提花外套，靓眉俊眼，猩红的唇膏，长而黑的睫毛，不经意间彰显女人模样。但楚菲一眼就认定，这是一个纯爷们儿。男人聚精会神地在纸板上飞速描着，间或抬起明亮的眸子瞟向窗外。楚菲趁机瞅了瞅他的画板，一款女人的晚礼服——抽象中蕴藏着立体，空灵中饱含着血肉。楚菲顿觉释然，倏地想起巴黎 T 型舞台上那些风靡全球的天才设计师们。

由此，楚菲对眼前的男人并无丁点反感。在欧洲，这是司空见惯的事。地铁突然跃出地面跨上高架桥，一缕秋阳无遮无拦地照过来，男人指甲上的银粉闪出刺眼的光泽。楚菲蓦然想起奥地利画家克林姆特，以及他笔下那些千姿百态的金粉女人。

车子频频停下、启动，人们如深秋的落叶，飘过来，飘过去，很汹涌。然而即便是上下班高峰期，人们也是安静的，有条不紊的。在楚菲多年的乘车经验里，还从未见地铁站里出现过抢上抢下的情景，偶尔遇上车厢爆满，后面人也极少往人群里挤，而是耐心等待下一趟车。礼让、自律和距离感，似乎是奥地利人生活的一部分。

就在"完美小街"的前一站，窗外闪过一片花园小区，千娇百媚的庭院里，吸足了秋阳的大叶紫薇枝叶繁茂，看上去比春夏时分还要油润饱满。回过头来，一袭黑色落地长袍在眼前赫然晃动，原来是一位怀抱婴儿的女子。门边的人帮她把小推车固定在栏杆上，女人用半生的德语感谢着，同时坐稳了，摸出纸巾擦去额头上的汗，随即将一个粉色奶瓶杵进婴儿的嘴里。小婴儿忽灵灵的黑眼珠，漫无目的地扫来扫去，楚菲冲孩子努努嘴，一眼瞥见车门上的"禁止车上饮食"字样，不禁哑然失笑。心想，小孩子是自由的，上帝也管不了他们的吃喝拉撒。

准备下车时，一个微胖的中年男子突然闯进楚菲的视线。浅棕色卷发，蓝褐色眸子，卡其布休闲装，楚菲心里一颤，就想起了杰瑞。再看时，连站姿都一模一样。楚菲右侧的太阳穴突突直跳，垂下眼帘，目光落在自己腕上的表——杰瑞留给她的礼物。睹物思人，楚菲心里的感慨如秋日斜阳，丝丝缕缕的。

现实如同午夜里的一个噩梦，尽管远去了，留下的记忆却异常清晰，连同细节。有句话说得对，永远不要低估一段感情在女人心里的分量。

二

那是仲夏时节，楚菲刚刚读完维也纳大学比较文学的硕士，为缓解经济压力，就在中国人开的一家水晶礼品店里做销售员。一天下班后，楚菲顺便拐到中国货行去采购，很久没正儿八经地做过中餐了，楚菲好想犒劳一下自己的中国胃。因此，除了豆腐青菜和五花八门的调料，她还特意买了两包无壳大虾，吃力地拎进了地铁。

靠门处刚好有个空位，楚菲顺势坐下，随即将沉重的食品袋搁在自己的腿上。左侧靠窗是位男士，胖乎乎的手里举着一份德国的《明镜》周刊，很专注地读着。突然，男人像猫被踩了尾巴，嘶叫一声："好凉啊！"原来是楚菲的冰冻大虾，不小心触到了他的腿。楚菲尴尬地表达着歉意，赶忙将食品袋收紧，贴在自己的胸前。

男士腾地站了起来，说："您把袋子放在这个座位上吧，这么凉的东西搁在身上，对您的健康不好。"说完，男人不等楚菲回应，快速挪到立在过道的栏杆旁继续阅读。这人的温情和友善，让楚菲备受感动。带着感激望过去，男人有着一头浅棕色卷发，蓝褐色眼眸，一身卡其布休闲装。

缘分让他们再度相逢。还是在这节车厢，只是隔着两排座位。两人目光相撞的刹那间都认出了彼此，禁不住会意地点了点头。几站下来，车厢里的乘客递减，楚菲对面的座位空了下来。男人坦然走过来，温和道："我可以坐这儿吗？"

楚菲欣然点头，男士说他叫杰瑞。于是两人在流动的车厢里你一句我一句地攀谈起来。窗外黄昏已临，街灯次第亮起，地铁时而滑入地下，时而伸出地表，明暗交错中铿锵前行。他们的话题虽自然、流畅，却因时间短促而难以舒展。因此，就在分手的前一瞬，杰瑞和楚菲迅速约好了再次见面的时间和地点。

周末的多瑙河边芦苇丛生，水天澄澈，花团锦簇的露天咖啡馆里，两个人踏踏实实地坐到了一起，并且顺理成章地延续着车里的话题。从专业到职业，从兴趣爱好到阅读范畴，而后小心翼翼地探向各自的私生活。杰瑞说，他是在捷克的一个小镇出生并长大的。父亲是捷克人，母亲是奥地利人。但他十三岁那年，父母因感情破裂而离婚。之后母亲只身回到维也纳，并嫁给了她的初恋情人，但几年前母亲患血癌过世了。杰瑞顿了顿又说，他曾在捷克部队里服役多年，三十六岁才和一个波兰女子结婚，但后来还是离了婚。他便从布拉格来到维也纳，目前在一家汽车公司做技术监督。

杰瑞的真诚与坦率，让楚菲心有戚戚。她若有所思地望向堤岸的一对天鹅，微风吹过，湛蓝的河面闪着碎金子般的光芒。天光云影下，两只天鹅含情脉脉，十分默契地并肩滑入茂密的芦苇丛。犹疑了一下，楚菲告诉杰瑞说，自己也有过一次失败的婚姻，这正是她离开家乡出国深造的原因。眼下她已读完了硕士，正在维也纳一家礼品店里做销售。不经意间，一丝惆怅停在楚菲的眉宇间。

杰瑞不由得问："你好像有什么心事，不开心吗？"

楚菲直言相告，她在这家店里负责的皮包专柜，地处半地下室，三个月下来，辛苦倒在其次，近来发现身上莫名其妙地出现了斑点和瘙痒，不知是不是跟地下室环境有关？

杰瑞眉头一紧，道："当然！因为长期处在地下室，终日不见阳光，奥地利气候本来就阴冷潮湿，得尽快离开这个店，另谋工作。"

楚菲为难了。冬季来临，正是找工作的淡季，到哪里去寻更好的职业呢，尤其是她的专业，在国外找对口工作比登天都难。她不禁两眼微茫，心里发怵，一声叹息。

杰瑞接着说道："不只是另找工作，如果你身体出现异样，店主要承担责任的！"

背井离乡的楚菲可不想惹事，再说了，水晶店的工作，是她的好友兼老乡阿梅给介绍的，便说："如果能找到更好的工作，我会离开的。"

杰瑞盯着芦苇丛中的那对天鹅，眸子火苗般一闪："我有个好友是国际学校的副校长，前不久在一起吃饭时，听他说过，中奥之间的文化交流和贸易往来日益频繁，要求学中文的学生越来越多。为了适应新形势，学校计划增设中文课程，可理想的中文教师并不容易找到，如果有机会到国际学校教中文，你愿意去吗？"

楚菲喜出望外，立刻点头："好啊！实际上我来维也纳读研究生之前，在家乡当过好几年老师呢。我大学读的就是师范院校，所有证书都带在身边。"楚菲心想，尽管当老师并非自己当下的最高理想，但与商店销售相比，乃天壤之别啊。

"好吧，让我来试试。"杰瑞笃定地说。过了一会儿，他们的话题自然转向了中国。杰瑞红着脸说："我曾有过一次去中国的好机会，可惜错过了。"楚菲瞪大眼睛问："为什么？"

"是这样，那次公司派我和一名专业司机，到中国沈阳的合资企业进行技术检测，按计划，我应陪伴那位司机前往中国西北，要穿过几个省，经历不同的地貌，以便在长途行驶中勘察汽车的质量和性能，可我的腿疾突然犯了，没能随行。"

"腿疾？"楚菲不解地问。杰瑞指了指自己的左膝，当年在部队服役时落下的老毛病。楚菲恍然大悟，难怪那次在车上他的反应如此强烈，看来是老寒腿遇到冰冻食品的缘故。楚菲深情而怜惜地看着杰瑞说："将来有机会，我一定陪你去趟中国！"

两个月后，楚菲在杰瑞的鼎力相助下，如愿以偿地走进了维也纳国际学校的教学楼。身体不适的阴霾随环境和心情的改善逐渐烟消云散，与此同时两人的心也越贴越近，隆冬到来之际，炽热的恋情已到了枝叶丰满、瓜熟蒂落的程度。

三

傍晚，楚菲上完了最后一节课轻松走出校门，沿着行人寥落的街道走向地铁口，而后步入升降梯缓缓升入月台。月台上正停着一列蓄势待发的地铁，老朋友般迎接她的归巢。踏进车厢的瞬间，楚菲心里的暖流，差点从眼眶里溢出来。

车子开出去两站，闭目养神的楚菲，隐隐闻到一阵古怪的香味。她猛地睁开眼，咫尺之间站着一个布满文身的女子。女人的前胸、手面、十指，以及突兀的两腮，被鹦鹉、玫瑰、百合、五星、丘比特、小天使占满，还有红辣椒和绿宝石。清凉的小吊带，超短裤，两腿白皙而修长，胸口的正中间是一把熊熊燃烧的火炬。城市中心霓虹灯隔窗照过来，女人肚脐眼上的银环鬼魅似的闪着，像开在身体上的一枚小毒花，活脱脱一个女妖。

楚菲几乎尖叫起来，上帝啊，但愿她披的是彩绘，而不是真枪实弹刺出来的，否则，我都要替她疼死了。对面的黝黑男人目光虚空，两耳塞着耳机，梦呓似的自言自语，看上去神经兮兮的。车子在城市的中心站停下，文身女子满身披挂地走出车厢。车子再次启动后，楚菲从涌上来的人群中一眼看到了阿梅。

自从进入国际学校教书，并且跟杰瑞搬到了一起，楚菲跟阿梅见面机会少了。这会儿难得碰到一起，两人实打实地亲厚着。阿梅说她今天提早关了服装店，就为赶到农贸市场收摊前来采购，便宜。楚菲这才留意到，阿梅身边的深蓝色购物车。正是下班高峰，形形色色的乘客尽收眼底。"你瞧。"阿梅的杏仁眼一耸说，"那几个红毛绿嘴的是嬉皮士，中间背大提琴的是金色大厅的演奏员，戴黑礼帽留小长辫的是犹太人。"当她看到犄角旮旯里描眉画眼并用梳子蘸着水整理发型的女人时，哈着气凑近楚菲："这是个站街女！"

楚菲嗔怪道："你眼睛好毒。"阿梅解释说："我也就是跟你嘚啵嘚啵，你不是在写小说吗？我以实际行动为作家提供写作素材呀。"阿梅虽已年过四十，但说话声音脆亮如小姑娘。

楚菲羞涩道："我才写了几篇，还不成气候呢！"

"你还别说，我从小到大、从国内到国外，身边只你这一个舞文弄墨的，并且写出了名堂。"阿梅突然碰了下楚菲，"看见了吗，那个正面朝我们坐着的——贴面胡，白净脸儿，打着蓝格子领带的奥地利人，是个法官。"

"你咋知道？"楚菲不胜惊讶。"骗你咋的，这人的坐像就透着一股职业威严，他从来都是坐在后排那个与其他人相对的位子上。你看，像不像在面朝我们作审判报告？"

见楚菲一脸狐疑，阿梅觑了她一眼补充道："告诉你吧，他是我们小区的邻居，要不我咋知道。有个周末，我陪老刘外出散步时，走到一个大花园，几个胡子拉碴的男人正围坐在一张野餐桌前抽烟，喝酒，叽里呱啦地闲聊。喝完了酒，他们顺手就把啤酒瓶扔地上。一个男人走过去，指着狼藉的草地说，'请你们把丢下的垃圾捡起来，丢到那边的垃圾箱里去！'几个汉子中的一个会讲德语，仰脸问，'您是谁，管我们？'"

"我是 23 区法院法官。无论生活在哪儿，都要遵守秩序，否则，我们奥地利的文化很快就消失了。"几个人面面相觑，最后乖乖地捡起自己扔下的垃圾，丢进了垃圾箱。

楚菲叹道："还真是，秩序和文明是要有人来维护的，否则，整个社会就乱套了。"这时，一股浓烈的酒气裹挟着腥臭味扑鼻而来，两人眉头一皱，迅疾捂住了口鼻。不知何时上来一个脏兮兮的老男人，一屁股瘫在座位上，车厢里的人纷纷闪避开。

楚菲斜扫过去，那人正四仰八叉地躺在座位上，酒气冲天，一望便知是那种整日蜗在昏暗的房间里抽烟，喝酒，游手好闲，靠领救济金度日的主儿。

阿梅到站了，两人匆匆拥别后，车子缓缓启动。楚菲透过车窗望向月台，娇小玲珑的阿梅拉着鼓胀的购物车，霎时消失在人群里。

四

一场大雪拉开了维也纳的冬日序曲。在浓郁的节日氛围中，楚菲和杰瑞一起过完了圣诞节，紧接着他们在摇曳生姿的烛光里，手执红酒，含情脉脉地迎接新年的黎明。正当杰瑞依照楚菲的心愿，做好了两人前往希腊艾伊娜岛度假的计划时，楚菲却接到了母亲病重的消息。

电话是父亲打来的，说医院刚刚下了病危通知书。放下电话，楚菲呆呆地望着壁炉里的蓝色火苗，无可奈何地做出决定：马上回国，探望病中的母亲。

前往北京的航班上，楚菲并非单枪匹马，而是在杰瑞的陪伴下一路同行。靠窗而坐的楚菲，望着善解人意的杰瑞，心里满是感激。她恍然觉得，这偌大的飞机，本应载着他们飞往爱琴海之滨的小岛，却掉头转向，朝东方飞去。

抵达北京首都国际机场的当晚，楚菲和杰瑞迅速搭乘夜车，刻不容缓地赶往河南老家。

北京西客站的月台上，南来北往的旅客如蚂蚁般穿梭。扛着鱼鳞袋蜂拥而至的老乡，把杰瑞挤得东倒西歪。由于时间急迫，楚菲没买到软卧，他们坐的是硬卧车厢。硬卧车厢里，最能彰显普通百姓的众生相。仿佛不约而同，方便面的辛辣，烧鸡的油腻，炒花生米的浓香，伴着高亢的河南方言，在逼仄的车厢里飞窜。上铺的老乡提着滚烫的水爬上爬下，让杰瑞胆战心惊。想不到生活在"最宜居城市"的维也纳人，首次踏上中国，领略的不是浪漫，而是中国人最本真的生活。

　　终于到了楚菲的老家，他们丢下行李，直奔母亲所在的医院。母亲见女儿在准女婿的陪伴下大老远飞回来看她，一激动，病情奇迹般地好了一大截，次日便央求着搬回家住。自从楚菲离了婚远走他乡，母亲日夜不得安宁，天天巴望着女儿早一天成家，也好了结她一桩心事。为了方便照顾母亲，楚菲和杰瑞就住在家里的三居室里。大冬天的河南城镇居民楼，并非家家户户都用得上暖气。没有暖气的寓所，对杰瑞是个不小的挑战。虽说楚菲的家里有空调取暖，但并非各个房间都有。楚菲就飞奔到小区里的商场，给杰瑞购来一套家居棉衣裤。可杰瑞死活不穿。他无法接受自己在室内，也要穿得像在大街上一样。

　　作为一个欧洲人，杰瑞拿出了最大的爱心，来包容两位老人的生活习惯，但有时候，还是让他难以忍受。病中的母亲动不动对着一桌饭菜咳嗽，父亲一向有随地吐痰的习惯。尽管楚菲私下里一再提醒二老，咀嚼时声音小点，可大半辈子的生活习惯，哪能说改就改呢？再者，老家的亲戚听说母亲病重，接二连三跑来探视，连个招呼也不打！楚菲只得一天到晚，不是在父母身边忙得团团转，就是随时应付前来探访的三姑六舅，无暇顾及杰瑞的感受。

　　对杰瑞来说，跟中国老人同住一室的日子，由最初的新鲜、好奇，渐渐磨成了一枚钢针，时不时刺激着他脆弱的神经。除此之外每日在冰冷的浴室里冲澡，如入战壕。以天然气带动的热水器，从厨房管道里拐弯抹角到了浴室，热水时断时续，冷热无常。杰瑞在热水器下等水时，不是被烫得嗷嗷叫，就是当头浇下一股冷水，他便嘶叫着裹上毛巾逃回卧室。心存愧疚的楚菲一个闪念，何不带杰瑞到洗浴中心去呢？

在维也纳楚菲便想，国外千好万好，就是洗澡时找不到搓背的。她好喜欢出浴后平躺在床上，像只褪了毛的鸟，被人揉来搓去。于是在楚菲的极力推荐下，杰瑞满腹狐疑地跟着她，走进小镇最豪华的洗浴中心。楚菲对服务小伙儿仔细交代过后，与他分别进了男女浴间。搓背、按摩、捏脚……可杰瑞没进行到最后一项，就退了出来。楚菲洗完澡，见杰瑞怒气冲冲的，问其故，杰瑞指着自己的裆部说："他们老盯着我看！"

终于挨到回京的日程，楚菲在皇冠假日酒店的五星级房间里，百般温柔地抚慰着杰瑞。杰瑞像只冬眠的虫子，从河南小镇的冰窖里苏醒过来。身心愉悦之后，两人兴致勃勃地游故宫，登长城，吃烤鸭，走遍王府井的大街小巷。有一次去城西，他们自然而然地搭乘地铁，在一个著名站点换乘时，适逢北京地铁的通勤高峰，他们随人海的波峰时而长驱直入，时而左冲右突，晕头转向的杰瑞，仿佛突然间看到部队出征时的浩大阵势。这一刻，他骤然停下来，怔在了原地，可后面的人哪里顾得了他，潮水般继续往前涌。过了好一会儿，待楚菲意识到身边没了杰瑞，于水泄不通的人潮中奋力找寻时，发现杰瑞定定地站在一个拐角处，沮丧的脸上大汗淋漓，脚上的旅游鞋也不知何时少了一只。

五

回到维也纳后，两人依旧同住一室，朝夕相处，但杰瑞的激情日渐式微。

不久，母亲因病情出现反复，再次住进医院。楚菲只要闲下来，便与母亲通话，嘘寒问暖。身在维也纳，牵挂的重心却转向了远方。有那么两次，杰瑞试图与她商议外出度假之事，楚菲听了点头应允，可母亲一个电话打过来，楚菲的神经即刻绷紧。事后，当她意识到杰瑞正跟她商议着什么，并且试图重拾话题时，杰瑞早已怅然若失地跌回自己的沉默中去了。

时光缓慢流淌，杰瑞常常独坐窗前，望着萧索的冬日百无聊赖。曾经温馨的空气冷却了，说不完的炽热话语，似乎随着他们的中国之行戛然而止。有段时间，杰瑞甚至连续数晚没走进卧室，而是一个人仰躺在沙发上，苦思冥想。

楚菲想不通。好好的，回了一趟家，坐了一趟北京地铁，怎么就成了这样！一腔爱意跌进深夜，碎裂成满天繁星。躺在柔软而宽大的床上，楚菲辗转反侧，泪水横流。无数如胶似漆的日子里，他们是何等强烈地憧憬着未来。杰瑞吃了晚饭，总喜欢踱向阳台，潇洒地点上一支烟，就着晚霞吞云吐雾。当新年的礼花腾空时，他们孩子似的欢呼雀跃，沉迷于璀璨的瞬间，仿佛生活，真如烟花般灿烂。

楚菲坚信杰瑞是爱她的。因为他亲口说过，她是他最后的激情。只是，他未曾料到，她的身后有一个中国家庭。一想起母亲的病，楚菲便愁肠百结、心神不宁，更解不开的是杰瑞的一脸冰霜。一个人的黑夜凝滞而冗长，楚菲站在夜间的镜子前，依稀灯火在她的脸上幻灭，忧伤的灵魂一览无余。陡然而生的屈辱感像只蚂蚁，从头到脚啃遍全身。被清凉渗透的楚菲，本想留下一张纸条，转身走人。可又一想，就这么一走了之，就此结束，是否太过轻率？

于是，就在傍晚的小客厅里，楚菲径直坐在杰瑞跟前，直截了当地把自己连日来的困惑、疑虑和盘托出。

不想，杰瑞回避着楚菲的目光。他定了定神，望向两人之间的一片虚空，对着星辰密布的夜空吐了一串烟圈。

楚菲跟过去，靠在门框盯着他手里的烟蒂。杰瑞猛抽两口，火炭似的烟卷儿飞速向后退去。

杰瑞沉吟道："对不起，我需要时间来调整自己。我想一个人待一段时间，有些事我必须独自面对，并且彻底想明白。"最后，他补充道："至于婚姻、家庭，我想我们两个人都还没有做好准备。"

彩云易散，霁月难收，现实的朔风扑灭了楚菲所有的幻想。她突然明白了在书上看到的一段话："跨国婚姻的幸福与否，不仅仅在于两个人是否相爱，还在于能否理解和接纳彼此背后的文化与习俗。缺少这些，即便轰轰烈烈的爱，也会惨遭搁浅。"

想到这一层，楚菲无奈地点了点头，平静地对杰瑞说："愿你一切顺利，多保重！"

六

春末夏初，楚菲再次收到母亲病危的消息。她跌跌撞撞地赶回河南老家时，母亲已直愣愣地躺在殡仪馆的冰库里。楚菲为母亲操办完殡葬仪式，又亲手将母亲的骨灰归于墓穴之后，心力交瘁地回到维也纳。昼夜在冥想中更迭，精神的萎缩与拘囿，思绪的紊乱与癫狂，让楚菲感觉自己如深陷洞穴，怎么也走不出来。

晚间的地铁车厢，小剧场似的拉开帷幕，人们各怀心事，次第登场。转瞬间几个奥地利军人现身，草绿军装，黑皮靴，迷彩服，红色贝雷帽，浓眉，蓝眼，个个清俊逼人。人们不约而同把目光投向他们。楚菲下意识地拽了拽胸前衣襟，又抿了抿潦草的前额。忽地意识到自己已近不惑之年，纵然骨肉均匀凸凹有致，而在几株挺拔丰盈的绿树跟前，不由得自惭形秽，脑中蹦出"残花败柳"这类字眼。她失神地转向一个面目清爽的老绅士，陡然间想拼命抓住一次爱，全身心地倚靠过去，从而纾解内心的压抑和困顿。

为了帮助楚菲走出阴影，阿梅给她介绍了一位在维也纳做食品贸易的温州商人，他不仅生意做得好，还一表人才的。楚菲应邀跟他见过两次面，还约过一次郊游，可她始终心不在焉、若即若离的。也许是因为楚菲的第一任丈夫也是个商人，并且相当成功。男人有了钱，在外面花天酒地的嘴脸，楚菲还历历在目，也就格外的心有余悸。

转眼到了秋季，窗外蓬勃的彩云打着旋与车赛跑。在永不停息的运行中，楚菲有种不知身在何处的恍惚。也许是母亲的缘故，她竟留意起地铁里的老人。他们喜欢在报纸上填数字游戏，更喜欢带着宠物出行。这不，一只棕色的贵宾犬，拖着一个老太太慢悠悠进了车厢。小狗鼻翼潮湿，雪白的毛发呈荔枝纹状，四肢颤动的模样好似电动玩具。而当它抬起前爪去够老太太的肩膀，并用侧脸蹭她的下巴时，楚菲释然了——只有真正的狗，才会露出这般热切依恋的模样。

这日，楚菲手捧纳博科夫的《说吧，记忆》，在狭小的空间内沉溺于自己的世界。不少维也纳人都习惯于在车上捧读大部头。阅读，是这片土地上的常态。楚菲瞟一眼瓦蓝的天空，心随书中一只迷途的云状粉蝶翩跹起来。不知是谁发来一封邮件，上面写道："朋友，你知道什么是抑郁症吗？就是觉得活着没劲，生活缺乏刺激，不够挑战，比方说开车没有机会堵车，到十字路口大家拼命礼让，一年到头没机会按喇叭。上了地铁，人和人拉开距离，根本体会不到人挤人的乐趣。见了面都假惺惺地笑，厕所里没有臭味儿，骂人的丰富词汇基本用不上。什么时候抬头看天，全都一个色儿——瓦蓝瓦蓝的，人生变得平庸、重复、枯燥。"

楚菲扑哧一声笑了，这不是在说我吗？

傍晚，楚菲半躺在床上看电视，被微电影中的一个画面吸引了。人类最早的地铁——伦敦老旧的月台上，迎来一位优雅的老人。她既不坐车，也不接人，只为在地铁停靠的瞬间，捕捉那个令她魂牵梦萦的声音：Mind the gap!（注意间隔！）原来，地铁播报的声音是她丈夫生前的录音。丈夫离世后，老人难以排解心中的思念，便每天来地铁站，在长椅上静候丈夫的声音。随着那熟悉的音频和语调，爱的时光与细节仿佛瞬间复活。

一遍遍品尝着影片里的画外音，楚菲的心瞬间潮润。她被老人那股股期待的眼神打动了，眼泪扑簌簌直落。没错，记忆是一趟旅程，同一时间我们上了列车，却在不同的时间下车，然而，记忆却如影随形，永不消失。

突如其来地，夜间新闻里的一条消息，惊住了楚菲。惶惧中她翻身下床，将窗帘衔接处的缝隙拉严，又赤脚跑到门外神经质地看了又看。回到床上，楚菲脑子发蒙，心里打鼓：怎么可能，下班的高峰时间啊！这时，手机骤然响起，楚菲一个机灵，是阿梅打来的。

"楚菲啊！"阿梅声音短促，迫不及待，"你看到刚才的奥地利新闻了吧，光天化日之下，就在你乘坐的13号地铁中段，一名女子在地铁车厢里被强暴！"

"是啊，太不可思议了！既不是在僻静的公园，也不是午夜时分，太惊悚可怕了。"

阿梅叮嘱楚菲明天上下班，乘地铁时可要当心，别尽低头看书。车厢里没人时千万不要坐，宁肯等下一班。说完，就挂了。

不知过了多久，楚菲盯着墙角不觉已至黄夜。天地惨淡，日月无光，她感觉自己被抛掷在一片轻浮而动荡不安的海面上，恼人的波涛在喜悦的巨浪下身不由己地翻滚、飞旋。虚幻中，一双纤细的手指撩开琴键尘封的旋律，青紫色的血脉，在薄薄的皮肤下飘忽不定，潺潺音符似山林中的小径，起伏隐现。激扬过后，那一连串的敲击，霎时凝结成骤降的阵雨。

七

早上醒来，幽暗的晨光里裹挟着蒙蒙细雨，簌簌飘落在洁净的石板路上。雨水抚摸过的菩提、白桦和香樟树叶，清冽，沉厚，明黄乍现。风雨连廊旁，篱笆墙上的紫藤红了一片，斜风细雨中，尽显秋意。楚菲一如既往地走下楼栋，撑开红白相间的伞，迎着风雨出了毛栗子小区。

细瘦的柏油小马路上，身披雨衣的老太太，推着购物车蹒跚而行；脚蹬橙红雨靴的女孩儿，不顾妈妈的呵斥，欢喜地踩踏着低洼处的一片水。楚菲的脑中竟跳出时下流行的两句歌词："盼望每天都看到你，雨天也风和日丽。"

犹疑着走到十字路口，楚菲突然收住脚，停了下来。昨夜13号地铁车厢里发生的那一幕，梦魇般，在心头缠绕。尤其早间新闻里，记者说，根据录像监控显示，肇事者是一个毛发粗重个头不高的白人。

楚菲警觉地扫了一圈，人们从四下里涌出，义无反顾地汇入地铁站——仿佛这个世界什么都没发生过。刚启动的一列班车，蜿蜒着爬上远处的高架桥，烟雨朦胧中，像海市蜃楼。楚菲下意识瞅了瞅腕上的表，正当她进退两难举棋不定之时，斜对面的银杏树下，出现一个人，正目不转睛地看着她。

是杰瑞！他还是穿着那身卡其布休闲装，胖乎乎的手里夹着一支菲利普。

半年不见，杰瑞看上去瘦了不少，有些显高，越发精神了。

雨像是停了，楚菲从容地合上伞，长舒了一口气，迎着对面的人走过去。

狼堡的冬季

一

隔着一座山头，我听见另一个村庄的声音，那里雪落黄昏，野草萌动，连同枯枝败叶下狐狸与刺猬的心跳。起风了，窗外的黑森林如金戈铁马，严阵以待，却又似哭泣的骆驼，呜咽，抽泣，不要命地嘶吼。在我悠长的听觉中，黄浦江边的车水马龙已碎裂成音符，飘到山那边去了。

我是周六傍晚被戴维斯·温格先生接到狼堡来的。他亲自在狼堡车站的月台上迎接我，然后开上他那辆银灰色小奔，七拐八拐地上了山，却在抵达山庄的篱笆墙外接到一个急电。只见戴维斯表情沉郁地听完，嘴里连声说着"Ja，Ja"，随即把我的行李从后备厢里取出，提到我跟前，十分歉意地耸了耸肩，匆匆离去。

我拉着行李孤零零上了楼，迈进这套德国老庄主的木质客房，一股浓郁的松香味儿裹卷而来，是那种诱人的野外的气息，我顾不上这些。我被墙角一架通天的木梯所吸引，于是丢下行李，顺梯而上，打开天窗四下里张望。夕阳涂抹下的狼堡，温顺地静卧在阿尔卑斯山的肩头，一只苍鹰从森林之巅盘旋而来，它那庞然的羽翼在半空中所荡起的旋风，如冷兵器相撞，箭一般射向田野中的一只土拨鼠。

时光在这个叫作狼堡的德国山庄呼啸着进入鼠年的除夕。

楼下的木桩冷不丁响了两声，带着沉闷的回声。这是我的房东老卡用他那把松木老槌敲击的。他在提醒我：该给圈里那只黑脸小绵羊喂奶了。我没理会他。今天是大年三十，中国人最在意的日子。此刻我正热切地盯着桌上的一盘红烧肉、两个包子、一碟樱桃小萝卜和一瓶狼堡的冰红酒。我挥舞刀叉将包子斩成两半，赭红的牛肉末和青嫩的芹菜芽顿时窜出一股难以抗拒的香味。敲击声没有再响，否则我会直截了当地告诉老卡，今晚是中国人的除夕夜，跟你们的圣诞之夜一样重要。我瞟了眼手机，掐算着时间，并带着一股仪式感，等待母亲的视频通话。于是从下午开始，我便打扫好了心境，要不是担心母亲跟老雷在一起，我早就主动出击了。

前些日子，我将母亲独自留在上海的寓所，一个人从浦东机场直飞维也纳。自从去年我被奥地利多瑙大学工商管理硕士班录取以来，每隔一段时间都要前往维也纳，在依山傍水的多瑙大学上课，然后辗转到德国狼堡的斯科曼总部，进行项目实习，与此同时为我的 EMBA 论文做铺垫。作为德国斯科曼公司上海分公司的人事总监，我以令人信服的业绩，赢得了总部在学业及工作上的全力支持。

　　机会来得猝不及防，一切都朝着我所期待的目标前行——难道是命运的垂青和眷顾？反正我觉得，当你真心渴望一样东西并为之拼命时，整个世界似乎都携起手来，在帮着你实现。这时一阵巨大的喊声，连带着杯盘撞击的躁动，从楼下蔓延上来。我悚然一惊，蹑手蹑脚地走到前厅，掀开绿格窗帘朝楼下望去。

　　这是一个独立山庄，前不着村后不着店的，被黑魆魆的篱笆墙围得密不透风。又是一阵狂吼，接下来是一个玻璃杯碎裂的声响。我瞪大眼，将脑袋伸出去，偌大的庭院幽光闪烁，时断时续的男人的声浪里既不是德语也不是英文，三更半夜的，难道山庄来了一群野人不成？我犹豫了一下，从厨房里拖出一条沉重的实木长凳，抵在房门和沙发之间，这才忐忑不安地返回卧室。

　　夜色不露痕迹地把一切都揽进胸膛，黑暗笼罩下的狼堡仿若一头蛰伏的怪兽，压抑地喘息着。躺在床上的瞬间，我感觉身下的松木地板在轻颤，一种船行海上的漂浮感攫住了我。不知过了多久，异国的山风挽起零零散散的细梦，将我牵入一片朦胧而深沉的混沌里。

二

　　狼堡的清晨，点点白云呈飞鸟的模样。早餐后我换上正装，一路沿着山间小道朝山下的公司走去。论方位，我们的斯科曼公司刚好处于狼堡的左脚尖上，与老卡所在的山庄，隔着一片山坳和一条曲折回环的溪流。虽说小路有些弯弯绕，但风景美极了。穿行于林荫之中，我不时看到出来觅食的松鼠、野兔和小刺猬。

大约三刻钟之后我到了公司，与同事们进行了简单的寒暄，便进入工作状态。午间休息时，我带着疑惑和不解，跟乌娜提起昨夜楼下的阵阵喧嚷。没想到乌娜瞟了我一眼，轻描淡写地说："是因为昨天的足球赛吧。塞尔维亚队和德国不来梅队决赛，塞尔维亚队赢了。"

乌娜是总部的人事助理，人事总裁戴维斯·温格的副手，也是我的项目负责人。这个身材细高、眉眼精致，且有着一头淡金色直发的德国女子，不知为什么，她那一向优雅的外表之下，霎时平添了一层坚硬的壳儿。我瞅着她略显突出的颧骨，又想起昨夜庭院里的狼藉——原来是出自一场球迷的狂欢！

在我有限的认知内，塞尔维亚是个独特的存在。这个从南斯拉夫分离出来的小国家，跟中国有着深厚的关系。20世纪90年代巴尔干半岛的兄弟国之间发生了一场战争，一个独立富庶的多民族国家，瞬间分裂成六个小国。从战争废墟上重建起来的塞尔维亚，像是一个被斩断了四肢的壮汉，拖着伤痕累累的躯体匍匐前行。正是这样一个穷困潦倒的塞尔维亚国家足球队，竟然完胜实力雄厚的德国队，简直就是一个奇迹。难怪他们会那样疯狂。因为塞尔维亚队和德国队，无论是球队阵容，还是国家实力，都不是一场势均力敌的比赛，而是一场实力悬殊的死拼。

乌娜轻声唤了我一下，将她为我制定的项目培训方案和我在德国的日程表放在了我桌上。戴维斯的电话来了，让我到他办公室去一趟。

在戴维斯光线明亮的办公室里，他详细询问了我对项目方案的构想，以及我单独负责的上海分公司的培训目标，并结合我的EMBA课程聊了几句。过了一会儿，有人敲门，是乌娜。她手里拿了张报表进来，看样子是急着请戴维斯签字。我顺势推开门走了出来。

下班前，我正收拾桌上的零碎，乌娜走过来跟我说，她家就在老卡山庄的斜对面，天气好的时候，她能清晰地看见我屋顶的天窗。并说，如果我愿意的话，每天都可以搭个便车，她绕个弯就能把我送回去。我婉拒了她的好意。因为我一向喜欢徒步。山风拂面，一个人走在下班归巢的路上，田野、灌木、杉林，多么难得的乡野风光，这正是我在人声鼎沸的上海梦寐以求的！再说了，行走途中，我还能逗逗出来觅食的小动物呢。

迈开步子出了公司，我信步拐向山道，不料戴维斯的银灰色小奔，竟横在我的必经之路上。静候在座驾旁的他，隔窗向我投来他那招牌式的微笑。我会意，疾步走了过去。车门感应似的依着我的脚步开了。我低头瞅了他一眼，屁股一歪，坐了进去。

戴维斯吹了声口哨，潇洒启动，银灰色小奔沿流线形柏油小马路长驱直入，一溜烟工夫就开到了半山腰，而后兜兜转转停在了一处古朴的酒馆前。在雪洞似的酒馆里，我们面对面落座，戴维斯道歉说："这顿晚餐两天前就该进行的，想不到被母亲老年公寓的护理打乱了。"

我于是关切地问："你妈妈还好吧？"

戴维斯的脸上仿佛划过一道伤痕，表情暗淡下来。年轻的服务生来得正是时候，戴维斯赶忙征求了我的意见，点了两杯黑啤。啤酒送来，他端起杯子与我响亮地碰了碰，兀自喝了一口，叹道："母亲多年前摔坏了腰，无法正常行走，活动范围仅限于老年公寓的病房，再加上多年的抑郁症，那天护理给我打电话，是因为母亲又要自杀。"

"自杀？"我惊得目瞪口呆。想不到一向从容潇洒的戴维斯，会有这样一位母亲。

戴维斯摆了下手，示意我喝酒。展颜笑谈中，他那松弛的神情里，夹带着适度的幽默，目光交流时他总是神采飞扬。戴维斯是德国总部的人事总裁，我是上海分公司的人事经理，平时除了电话上的沟通，面对面交流十分有限，但我们之间却难得的心有灵犀。从开诚布公的互信到深度默契，已成了无话不谈的好朋友。每次来德国，戴维斯不仅亲自接送，还对我释放出亲人般的温暖。

我们的话题从上海的企业运作，自然过渡到当下已然发生的新冠疫情。戴维斯说："十几年前我们在中国投资选址时曾考虑过武汉。后来经过评估，最终定在了上海。"他仰天瞅了一眼屋脊上的羚羊角，朗声道："我对中国政府有信心，我相信武汉的新冠疫情会得到控制。但我无法想象，这样的疫情若是到了德国，会采取怎样的措施？"戴维斯耸了耸肩转而道，"上海是我们斯科曼集团最大的投资园，规模庞大的生产基地啊！"

我喜欢他语调中的节奏感，那昂扬的音频里好似蕴含着一片如靛如蓝的湖泊，招手湖边鸥鸟，抬眼云梦长天，不知不觉唤起我的遐思。记得第一次见戴维斯，我作为上海分公司的人事经理，出于工作职责陪他四处走动。一周下来，当他离开上海时，我们之间的告别仪式，由简单的握手已然升格为热烈的拥抱。虽然是礼节性的，但他那饱满结实的一拥，着实传递给我一种异乎寻常的力量。

见我低眉垂目不说话，戴维斯轻轻按了下我的手背，柔声道："你不必担心，德国是安全的，尤其是狼堡！"

我缓缓抬起眼眸，直视他问："我可以再来一杯黑啤吗？"

三

踏着夕阳从公司下班回到山庄，我哼着小调缓步穿过庭院时，只见老卡举着一支透明玻璃奶瓶，跪在铺着干草的羊圈里，给一只黑脸小绵羊喂奶。我停下脚步凑了过去。

老卡看上去六十开外，脸膛黑红，头发纷乱，油亮的额头不时滚动着汗珠。见我走近，他吃力地换了个跪姿，斜睨了一眼立在墙边悠然吃草的母羊，恨恨道："那个该死的，总共产下三只崽，这是最小的一只，可它妈妈就是不喜欢它，拒绝给它奶吃！"

我摸了摸小羊汗津津的红鼻头，问："它是男的还是女的？"老卡翻了下红肿的双眼泡，很刻意地觑了我一眼，答道："是个丫头。"

哈哈，动物界也存在重男轻女的思想，跟我同病相怜啊！

父亲打小就不待见我，从不把我放在眼里，一门心思地栽培长我三岁的哥哥。在我成长的道路上，几乎感觉不到父爱的存在。记得小学毕业那年，我因参加学校举办的大合唱，音乐老师给我描了眉，打了两团腮红。演唱结束后回到家，父亲不分青红皂白伸手扇了我两个耳光，我一个趔趄摔倒在地。母亲嘶叫着扑过来，但我坚持自己爬起来，噙着泪，怒视着一脸凶相的父亲。从此我再没喊过他一声爸。母亲为此跟父亲吵翻了天，几个月跟他形同路人。但父亲依然如故，正眼都不瞧我。可父亲兴许没想到，我的血液里继承了他的基因，因而在我的中学时代，我便以少女罕有的倔强和胆识，从里到外公然与父亲对抗。我憋着一股劲儿，不要命地发愤学习，高中毕业那年我如愿考上了北京的一所院校，在父亲跟前很是扬眉吐气了一把。而被父亲视为心头肉的哥哥，连一所像样的大专都无缘跨进。这件事将父亲打击得灰头土脸。眼瞅着我踌躇满志地踏上首都的高校，父亲有些回心转意，但表面上仍死撑着。

老卡喂完了奶，心满意足地扶着墙从地上站起来。我抚摸着嘴角还挂着奶液的黑脸小羊，对老卡说："以后把喂小羊的活交给我吧？"老卡用眼神表示了赞许。他随手从房梁上解下一根油汪汪的熏肠递给我："这是我自己做的，拿去吃吧！"

次日，当老卡用他手里的松木老槌，敲打楼下的木桩时，我冲下楼去，接过他手里的奶瓶。老卡笑眯眯地拍着小羊的脑袋说："宝贝，你妈咪来了。"

小羊似乎听懂了，哭泣着扑向我。动物跟人一样，时刻巴望着被呵护，被关爱。我喂它的时候，亲眼看见那个身为母亲的家伙，用羊角不时往外顶它的屁股。虎毒还不食子呢，可见这个世界上的不公，随处可见，不分族群。小羊吃饱了，伸出舌头舔舐着自己的胡须。我择去身上的干草，走出羊圈，廊檐下的两只大花猫依偎在一起，旁若无人地调着情，我心里一阵柔软，就想起了远方的母亲。

母亲苍凉一生，经历了少年丧父，中年丧夫，独自培养我长大成人，竭尽全力让我在广阔天地里鲲鹏展翅。由于父亲的怪癖和冷漠，母亲在隐忍中饱受压抑和煎熬。长年累月，她用自己的方式苦撑着，娇弱的身体里仿佛蕴含着惊人的能量。随着年龄的增长，我渐渐洞悉母亲的渴望。从许多泛黄的老照片中，我看到她摇曳多姿的过往。有一次母亲接到老同学聚会的邀约，激动得从柜子里拎出她那件枣红色锦缎旗袍，套在凹凸有致的身上，在镜子前照来扭去。已经很晚了，母亲从同学聚会的热潮中回到家，父亲正虎视眈眈地候在客厅里。母亲刚跨进屋，父亲一个箭步冲上去，拎小鸡似的一把将她提溜到床上，刺刺啦啦，母亲身上的旗袍顷刻间成了一堆布条……在希望与绝望的交织中，母亲终究是挺了过来。

父亲是我在北京读大二那年去世的。那是个冬天，父亲在后山给菜地搭棚时，突然口吐白沫，不省人事。母亲见状惊慌失措地招呼四邻，众人七手八脚地将父亲抬到山下的一所医院。我接到母亲的急电后，想方设法赶上了一列南下的夜车。待我次日早上下了火车，刻不容缓地奔到医院时，父亲已直挺挺地躺在医院太平间里的一张平板床上。我望着白单覆盖下父亲那僵硬的轮廓，不知是悲伤，还是疲惫，一屁股瘫坐在地上，身心空洞而凄然，脑子却异常清醒：我和父亲就像是两条背道而驰的铁轨，永远都没有交集的那一刻。

父亲去世后，母亲把一切念想都转移到了我身上，我的理想就是她的理想。但我并不希望，她只为我活着。

斗转星移，十多年转瞬即逝。从北京到天津，再到上海，十几年辗转与打拼，我终于有了自己的一角天地，便把母亲接到了上海。母亲是在小区公园晨练时跟老雷相识的。老雷是个地道的上海人，谦和周到，细腻包容，能将各种不起眼的食材，眨眼间变成满桌的佳肴。我支持母亲在历经磨难后，享受这份迟来的幸福。而母亲最大的心愿，则是希望我能遇到一个好男人。兴许是受了老雷的爱抚与呵护，母亲深有感触地对我说："女人的生命，由于好男人的介入而丰富。"

我是处女座，不折不扣的完美主义者。尽管我知道，这个世界没有一块纯粹的净土，完美主义者是没有出路的。母亲早年的委曲求全和逆来顺受，让我看到婚姻的可怕与无趣，也就坚定了自己的执念：没有合适的男人，我情愿不结婚。索性把自己封闭起来，不再考虑男女之事，省得在虚妄的爱情中，把自己跌得鼻青脸肿。一个女人如果把爱情看得过于重要，注定四处碰壁，伤痕累累。但我死不悔改。

四

在远离尘嚣的狼堡，我每天披着晨曦下山，顶着夕阳归来，好似一个人守着德国北方的一座山，一个村子，一座庄园，可一旦想起远方，想起母亲，便有种冰火两重天的反差乃至不安，这种不安所带给我的愧疚感，如同破窗而入的风，挡都挡不住。

夜间躺在床上，我的视线扫过松木墙上的小窗口，突然冒出一个个疑问：狼堡有狼吗？山庄为何只有老卡一个人？他还有父母和兄弟姐妹吗？实际上在我住进狼堡后不久，便偶尔产生过这样的念头。而今晚我更想知道的是，老卡的妻子是如何离他而去的？因为午间的休息室里，我从公司的一位阿尔巴尼亚清洁工口中听到，老卡的妻子是波斯尼亚人，一头棕色长发，相当的漂亮，却在几年前突然跟人跑了。

疑问像一个个挂着箭头的问号，直往我的嗓子眼里射。

两天后一个阴郁的黄昏，我回到山庄途经院落时，只见老卡低着头打扫牛圈，连抬眼皮子的工夫都没有。他实在是忙啊，一天到晚不是喂牛、喂羊、喂马，就是照看鹿、狗、猫，还要囤草伐木，一分钟都不闲着。从老卡身上，我看到德国农夫那特有的勤劳与憨厚。可不知为何，这个山林里单打独斗的勇士，感情的后花园竟是如此的荒芜!

我趁着给小羊喂奶的当口,若无其事地问:"老卡,这狼堡有狼吗?"

老卡灰蓝色的瞳仁左右晃了晃,而后豁然道:"有啊,狼堡哪能没有狼!"

"曾经,我以为狼堡不过是出于德国人的幽默,故意起了这么个名字。就如中国的虎跳峡、狼牙山一类的象征性意味的名字。那你碰到过狼吗?"

"当然。"老卡的回答,让我站了起来。"那是在山庄背后的一块谷地里。"老卡停止翻草,眼望群山说,"谷地里常年种着甜菜、燕麦和玉米,松林和田野之间有一条狭长的碎石小路,就在溪水流淌的拐角处,我与那匹狼狭路相逢。那是一匹有着棕灰色毛发、脸上带斑点的狼,离我不过十几米之遥。它两眼凄迷,尾巴扫着地面,和我对望了足足几分钟,但一点凶相也没有。我一动不动地站在它对面,手里握着的正是这个。"老卡冲我扬了扬手中的松木老槌说:"谁知,那狼低下头哧溜一下钻进了松木林。"

空气顿时凝滞,夜露白花花缠绕在屋檐下。风中的雪松大幅度摇摆着,影影绰绰地扫着枣红马的脊背,我的周身窜出一股凉气。常听人说,狼攻击人的时候,往往对准喉咙,从后面冷不丁扑上来。难道德国的狼会怕人吗?

老卡猜透了我的心思,补充道:"见了狼千万不要跑,以免它嗅到你身上的陌生与惊慌,对你更加穷追不舍。要稳稳站定,与它对视，做出勇敢的迎战姿态。说到底，动物是怕人的。"

岑寂的夜空下，一轮满月脱颖而出，在黑魆魆的丛林上明得耀眼，明得炫目。我定定地看着老卡，而后望向月亮，一股莫名的惊悸油然而生。不由得身子一颤，我闭上了双眼。老卡见状，关切地说："别担心，大自然有它的存在方式，它们的事情，它们比我们更清楚。"

我怔了怔，联想起东方的苍穹下，此时此刻每个窗口都亮着灯，窗口里的人在翘首期盼，等待阴霾散去的那一天。我于是迎着月亮，双手合十，并随口道："今天是中国的元宵节，我妈妈一个人在上海，我要祈祷，唯愿人间烟火处，处处皆平安！"

老卡不由分说拉起我的手，往他的酒窖里钻。老卡的酒窖像条古老的隧道，一面挂着熏肉、奶酪和干果，一面是码放整齐的红葡萄酒和白葡萄酒。他指指点点，如数家珍，我感觉自己像是面对一座收藏丰富的地下迷宫。他随意取了几样吃的、喝的，然后带我出了酒窖，来到厨房的餐桌旁。

老卡举着小刀子，动作娴熟地切着奶酪和熏肉，并打开自制的葡萄酒斟上。带烟囱的壁炉里噼里啪啦地燃烧着，蓝色的火焰舔舐着炉壁口，温暖的气息伴着松木清香，一下子冰释了我内心的郁结。老卡端起酒，用鼓励的目光对我说："祝你节日愉快！也问候你的妈妈！"

不知不觉地喝了两杯，微醺时我问老卡："你为什么总一个人，你有过老婆，是吗？"

"是啊，为什么？"老卡眼睛通红，像是自言自语道："那一年，卡缇娅和父母跑到德国来的。我在森林里伐木时，偶遇给人做帮工的卡缇娅，我们就此认识并很快走到了一起。最初，我们生活得很开心，卡缇娅手脚麻利，饭菜做得好极了。她擅长做酸菜烤肉、西红柿辣椒酱，楼上楼下都是她一个人打扫，日子过得很愉快，后来……"老卡突然卡住了，他吞下一口酒说，"后来她前夫从克罗地亚找了过来，卡缇娅就消失了。"

老卡端着大酒杯走到窗外，而后回过头来看着我，他那满带皱纹的脸上难掩忧伤和悲戚。我有些不知所措，赶忙岔开话题说："我打小胆子就大，从不怕动物，即便是凶巴巴的大狼狗扑上来，我也敢抱住它。"

老卡十分响亮地与我碰了下杯子，仰头喝干，赞道："Bravo!（很棒！）"

五

雪后初晴，狼堡上下一派惊心动魄的美。碧透的蓝天下，掩映在松林间的木质老屋炊烟袅袅，在孤寂中释放出俗世生活与童话气息交织的韵致。风夹带着雪花扯起我的长发，亲吻着我冻僵的脸，我迈进尚未被踩踏的林中小路，脑中飞出的却是"南园春半踏青时，风和闻马嘶。青梅如豆柳如眉，日长蝴蝶飞"的景致。

一阵轰鸣声从公司门前的铲雪车里发出，车后的道路两旁，积雪堆得小山似的。由于雪天难行，我比平时迟到了十几分钟，待我用潮湿的手套抹去眼帘的冰碴，轻轻走进办公室后，恍然觉得今天的气氛有些不对劲儿。我偷眼瞅了一圈，同事们一如既往地穿着短袖衫，木刻似的各自端坐在电脑跟前，就连平素低声嗡响的电脑也集体沉默着。在上海过惯了没有暖气的日子，我对于德国办公室里高达 25 摄氏度的气温不太习惯，加上刚从天寒地冻的室外进来，总觉得有只热噗噗的手，在我的脖颈处上下抓挠，我不禁干咳了几声，而后盯着自己的电脑一动不动。死寂中，我感到芒刺在背，一下子联想到这些天，没有一个德国同事像往年那样，热情洋溢地邀我周末到他们家里去做客。德国同事们的家庭，多半坐落在狼堡郊外，背靠山峰，房前屋后果树草坪，花团锦簇，即便是冬天，他们也会辟出半间房，通体玻璃镶嵌，各种花卉植物伸枝展叶，花开不败。而德国人招待客人的餐桌总是摆在花房对面，餐饮与说笑的同时，领略大自然融进生活的乐趣……而此刻，我的内心沁出了凉意，一种无法言说的隐痛像堵墙，横亘在我与德国同事之间。这比当着我的面说三道四或横加指责，更叫人心寒。

午间的休息室里，我独自在靠窗的小方桌前喝咖啡。上海分公司的 CEO 克劳斯，突然给我发来了一段话：

紫云，我已离开上海来到韩国。你妈妈在上海还好吗？如果你想提前离开德国回上海，以便陪伴和照料妈妈，我会立刻让乌娜安排你的行程！

我下意识瞅了瞅墙上的日历：二○二○年二月十日。

一个机灵，我恍然察觉到，这不正是外出务工者回家过年之后的返程高峰吗？人员的混杂与四处流动，势必带来巨大的隐患。这点，身为上海分公司老总的克劳斯，不可能不知道。但克劳斯是我的顶头上司，他的话，我岂能等闲视之。虽是地道的德国人，但克劳斯混迹深圳和上海十多年，丰富的中国经验，已经把他锻造成了不折不扣的中国通。克劳斯谙熟中国人的习俗，惯用含蓄的表达方式。因此，克劳斯这番话分明是在暗示：我应该提前离开德国，回上海去！

下班了，我闷闷不乐地走出公司，一如既往地沿着小马路往山庄走。穿行于遮天蔽日的林荫道时，一只白狐从杉林里蹿出来，它满地嗅着，而后哧溜钻进茂密的灌木丛。大概是听了老卡与狼狭路相逢的故事，我的心骤然间有些发紧，往日的轻松与淡定顷刻间消失得无影无踪。一样的林间小径，一样的灌木丛，此刻在我眼中仿佛成了卧虎藏狼的据点，看上去可疑得很，像是处处布满了陷阱。比如这会儿，我总觉得有只金色毛发绿眼珠的狼，夹着尾巴远远地跟着我，趁我不备时，从我的身后猛扑上来。

不管怎样，天黑前我终于回到了山庄，失魂落魄地一头栽到沙发上。云杉树的枝枝叶叶隔着窗子在天花板上晃来晃去，像密密麻麻的白纸黑字，幻化出克劳斯那条短信的模样。突然一声暴响，让我从沙发上弹了起来。原来是门铃声。我走至窗前，一把掀开布帘，只见几个身穿蓝色工装的塞尔维亚人，在篱笆墙外冲我打手势。看样子是忘记带院门钥匙了。我朝他们点了点头，即刻摁下外门的按钮。门开了，塞尔维亚人陆续进了院子，并朝我投来感激的一瞥。听老卡说，住在楼下的这几个塞尔维亚人，是狼堡机械厂的车工，每天早出晚归的，我几乎见不着他们的影儿。

月色盈窗时，我下意识拨通了戴维斯的电话。我想知道中国的这场新冠疫情，对我们上海分公司的影响有多大？戴维斯像是犹疑了一下，略微寒暄了几句之后，直截了当地告诉我说，如果中国的新冠疫情持续到六月底仍得不到有效控制，那么我们的上海分公司，很可能会宣布破产。刹那间我似乎明白了，对于当下的我而言，无论回去，还是留下来，每一个人，都注定在这场灾难里了。

六

时隔三天，克劳斯的信又发了过来。他这回采用的是电子邮件，文中的语气也显得较为正式。

紫云，我今天早上已经离开韩国，飞到了泰国西南部的兰卡迪岛。疫情让整个韩国陷入一片混乱，在超市等待采购的队伍长达一公里，药店前寻购口罩的人几乎发了疯，人们为了争抢一只口罩，竟然大打出手，真是太可怕了！你妈妈还好吗？

你不担心她一个人在上海的安危吗？如果你需要离开德国，提前回上海的话，请告诉我，我马上请乌娜为你订购回上海的机票。

克劳斯于泰国兰卡迪岛

2020.2.14

　　谁不知道泰国的兰卡迪岛，乃闻名遐迩的度假胜地，有着天堂般的白色沙滩。这么想着，脑中即刻浮现出温软和煦的阳光、摇曳生姿的棕榈树……为了避开中国的疫情，这位年富力强的德国老板远离上海的工作岗位，一会儿韩国，一会儿泰国，坐镇国外，遥控指挥。顷刻之间一股无名火从我的胸中燃起，我不假思索地飞速敲出两行字：假如你现在人在上海，我马上就回上海！

　　无名指轻轻一点，我闭上眼睛，试图体验一把厄运降临的快感。本以为在狼堡的时光可以平滑度过，想不到疫情从天而降，把我从异国他乡推入不尴不尬的境地。蠕动的黑暗中，似乎浮动着克劳斯那双锐利的眼睛，以及他气急败坏的神情。克劳斯是个清高易怒、唯我独尊的人，跟戴维斯含蓄深沉的处事风格形同两极，一个静水深流，一个咆哮澎湃。

　　又到了午餐时光，我心事重重地坐在餐厅一角，单调的松肠和酸菜让我觉得味同嚼蜡。我打开手机扫了一眼微信，母亲刚好发过来一段话："窗外堆满了血红血红的云，这是传说中的火烧云，不祥之兆。真希望老天爷能赏一场鹅毛大雪，将这个世界变成一张白纸，让我们从头开始！"

母亲不经意间的几句话，让我通体发紧，内心为之一颤，手中的刀叉哗啦一声砸落在地。在众人惊愕的目光中，戴维斯却从容地走到我跟前，他弯腰捡起我掉落在地的刀叉，并将他盘子里的半只烤鸡放到我面前，用目光示意我说："没事的，吃吧！"

他怎会知道我喜欢吃烤鸡呢？刚才排队领餐时，我盯着灶台上的那几只烤鸡，轮到我时已被领光，仅剩下吃腻了的酸菜和火腿肠。除此之外，戴维斯还探下身子，凑近我说："今晚有风暴，你要早点回去！"

我差点泪奔。这个人的身上有一种天然的亲切和诚恳，他对我所做的一切似乎天经地义，又那么自然而然。我低头吃着烤鸡，泪水不知不觉地滴落在焦黄的鸡腿上。

根据戴维斯的建议，我早早收拾起电脑，在风暴降临之前务必赶回山庄。不料乌娜竟走了过来，她直截了当地问我："关于你的行程，你是怎么考虑的？"我不明所以地看了她一眼，一言不发地继续收拾我的双肩包。这一眼或许激怒了她，乌娜抛出箭一样的目光："别忘了，你离开德国的日期是三月八日，你是怎么打算的？"

我实事求是地回答："我正在考虑延签，因为你知道，由于疫情的缘故，我若三月八日回中国，很可能无法如期返回，那么……"未及我说完，乌娜将手里的两页纸，重重地丢在我的桌上："你看吧，这是狼堡民政局的签证规定。"

我感觉周身的血管急速膨胀、上涌，幸好办公室的人都走光了。我极力调整着情绪，背起电脑就走。途经戴维斯的办公室时，他正斜倚门框，像是专门等我的出现。他眉峰紧蹙，说："如果你按原计划回中国，还回得来吗？"

可以断定，我现在一旦离开，四月底返回奥地利多瑙大学的希望几乎是零。即便回得来，根据欧洲现行规定，也要经过两周隔离，课程也会错过的。理性告诉我，为了保全生命和学业，我必须设法留下来。

可这些，我说不出口，只是站在那里。戴维斯开口道："你应该留下来，但公司的签证是乌娜负责的，她从明天开始休假一周，下周五才来上班，因为……"戴维斯突然打住，他望着走廊尽头呼啦一下关上的玻璃门说，"起风了，你赶紧回去吧。"

庆幸的是，智慧在戴维斯身上还闪耀着一种人性的光辉。我鼻子一酸，快步出了公司。

安然回到山庄后，母亲的微信电话打了过来。母亲像是知道我的心事，安慰我说："只要有吃的，我就没啥事。"可从母亲的语气里，我分明听出了悲怆。为驱散眼前的愁绪，我打开电视，只见荧屏里正在播报一位意大利人的葬礼。黑纱黑衣黑色棺木，脸上无一例外地捂着口罩，架着墨镜，麻木的人群背后，一片黑色的海洋。我伸手把电视关了。

生死由天，富贵在命，我陡然生出一股豁出去的念头。不再考虑什么延签，也不要看乌娜的脸色。我将乌娜丢给我的签证指南一扯两半，撕得粉碎，狠狠地扔进了垃圾桶里。这时，门口传来一阵窸窸窣窣的响声，我不由得支起耳朵，小心翼翼走过去，将门开了条缝，那似是而非的脚步声，像是刚刚远去，世界重新恢复了平静。我敞开门，赫然发现门链上，别着一支含苞待放的红玫瑰！

啊，今天是情人节！我带着欣喜和好奇走下台阶，四处张望。远处松涛阵阵，月亮在云层里走走停停，牛儿们悠然地吃着草料。天寒地冻的，谁会送我玫瑰花呢？

七

玫瑰的出现，令我浮想联翩。往事像玫瑰花瓣上的露珠，在柔和的灯光下闪闪烁烁。三年前的那个黄昏，我下了班特意绕到外滩，只为沐浴风的吹拂。路灯下，手捧玫瑰花束的小伙子，不遗余力地兜售着："情人节，情人节，便宜卖了啊，献给亲密爱人一朵红玫瑰！"

落日余晖洒在一束束鲜红的玫瑰上，黄浦江边顿显浪漫和温情。有花儿的感觉是美好的，被爱的感觉是诱人的，哪怕是错觉。这么想着，心里沉甸甸的。这时，包里的手机响了起来。是侯铁军打来的。他声音亢奋、颤抖，像是颠簸在船上："紫云，你在家吗？我就在你楼下，我可以到你楼上去吗？"

我托着手机加快了步伐，待我绕过小区的冬青护栏，一眼看到手捧花束的铁军。我放下手机迎了上去。铁军见我从外面回来，诧异道，我以为你早下班了，说着将一束香水百合举到我面前。白色的花蕾，在暖融融的黄昏里闪着清幽而温润的光，沁人的芳香直抵心脾。我接过百合，心里一热，不假思索地说："谢谢你，跟我一起上楼吧！"

没承想，铁军摩挲着手上点点滴滴的水渍，迫不及待地拦住我说："紫云，今天是情人节，希望咱俩的关系能进一步加深，请你给我一个承诺，今年年底，我们结婚吧？"

我不胜讶然。一束花，竟承载着如此重大的使命。我顿觉手上的百合，一下子沉重似铁，香气也随之变了味。好端端一件事，全让他这句话给毁了。本来，我正思忖着是否和他进一步发展和相处，果真是个男子汉呢，也别错过了一份好姻缘。而此时，花一分钱，就要立竿见影，火急火燎的，一点浪漫也没有。我于是将手里的百合一把推到他面前："谢谢你的好意，你还是留着自己欣赏吧。"说完，转身就上了楼。

走进房间，我忍不住从卧室窗口朝下观望，铁军呆呆地捧着那束百合，失魂落魄地立在原处，额头上汗津津的。也许是他家里逼得紧，压力大，他说过父母老催他，抑或是他的孤独感过于强烈，总之，近来铁军追得有些穷凶极恶，一点过渡都没有。

我当然想不到，铁军春节回家过年期间，于大年初六参加了一场婚礼。轰轰烈烈的婚礼过后，众乡亲进入酒席，一群年轻人把一对新人拥入洞房，想方设法轰走了陪伴新娘来的几个姑娘，而后把房门一关，理直气壮地跟新娘闹了起来。那一刻，铁军也夹在中间。新郎是他的堂弟，兄弟俩一起长大，一起读的高小，这会儿，比他小四岁的堂弟都娶了亲，叫他有些难为情。要是铁军一直待在乡里，别说媳妇，孩子怕早都有了。面对闹洞房的亲朋好友，新郎举步维艰，恼不是，不恼也不是。铁军便站出来适度挡驾着，对几个"趁火打劫"的大小伙子，不软不硬地抱怨了几句，以免他们太过分。铁军十分清楚，假如新郎不是自家兄弟，假如他不是多念了几年书，兼在上海这样的文明大都市受过熏陶，他很可能像他们一样，半真半假地跟新娘调情，怀着不可告人的隐情趁机过一把瘾。铁军燥热难耐，终于退了出来。喜酒没有带给他欢愉，反倒激起他内心的凄凉和孤寂。一个人围着村子转了两大圈，发誓回到上海，立刻向我求婚。

吃了饭，我翻出铁军曾经给我的留言，一遍遍琢磨。他说："你身上的恬淡、正直和传统美德，是我的最爱。可你太理性了，像是经历了世间的一切，天性中就有着深思熟虑的成分。每当面临男女之事，你都冷静得出奇！"

铁军一再表示，他是爱我的。半年来，局外人也着实把我和铁军当成了一对情侣。而事实上，我像是受了一种外力的推动，和他维持着似是而非的恋人关系。不过呢，每次想起他的好，倒也让我心有戚戚。铁军有着过硬的电脑专业知识，人也勤奋，只要我有需要，他基本随叫随到。我真的希望能被一个男人温柔地触摸与疼爱，尤其夜幕降临，在大上海耀眼而暧昧的光晕里，我常常幻想着，有那么一个人，坚定，沉稳，含情脉脉，不由分说地把我揽在怀中。

　　两个月后，我答应了铁军向我发出的提议：共同相处一段，作为最后的尝试，以免留下终生遗憾。我的这一行为，得到了佳宁的赞许。她推波助澜地附和道："反正眼下，你也没有更好的人选，而铁军就在你身边。当现实和理想发生碰撞而相持不下的时候，还是放弃理想，选择现实吧。"

　　那个周末我搬到了铁军的住处。我想试试跟一个男人同居的生活，到底能持续多久。铁军喜不自禁，欣然接受了我的条件：相处期间，共同经营一日三餐，像兄妹那样住在一个屋檐下，但不能和我发生肉体关系。尽管如此，他兴奋的眼神中不经意间闪出了一丝阴郁。也许他隐隐意识到，孤男寡女朝夕相处，什么可能没有呢？

　　最初的几天铁军还表现得非常克制，彬彬有礼。但那看似商量的表情里有些失真和怪异。这种状态维持了一周，直到一个周六的深夜，他突然像变了个人似的猛烈地扑向我。我惊诧于自己的包容和忍让，竟让他越过底线，侵犯了我的身体。然而，真正导致我们分手的原因不在这里，而在于我们对金钱的态度，以及一日三餐中所暴露出的截然不同的生活观念。

　　有一次下班路上，我打电话让铁军帮我买一瓶雀巢咖啡，连同咖啡伴侣。结果，他提了一箱雪碧回来。理由是他看不惯中国人崇洋媚外，认为咖啡是不折不扣的洋货，中国人没必要喝这种洋玩意。可此前我俩曾看过一场法国电影，从影院出来后，铁军呶着嘴皮子感慨道："欧洲人喝咖啡的样子，真潇洒！"

　　别人喝咖啡可以，轮到我怎么就不行了？我终于意识到，这个男人根本就不适合我。我于是甩甩头走出他的灰色公寓楼，脚底像生了风。

八

雪中的狼堡烟蒸气氲，静穆无比，一派庄严的美。我突然觉得狼堡的雪，跟德国人的气质十分吻合。它不盲从、不仓促，经历了足够的沉淀和酝酿之后，不急不慌地飘落，一下就是好几天，直到整个世界简化成一个整体、一种颜色。

在无人走过的雪地上，我踩出了一条小路。前方的丛林中眨眼间凹出一溜大而深的脚印，我的心怦怦直跳，每跨出一步都像是在追赶一个人，一个脚步坚实的男人。潜意识里我想看看他的身躯、肩膀和容颜，以及他均匀的呼吸和叹气，心中一阵狂喜，不由得连跑几步，都有些血脉偾张了，却在脚印消失的地方赫然惊觉，自己正濒临一处绝壁的尽头……从梦中惊醒后，我望着耀眼的白色，一直坐到天亮。

吃早饭时，戴维斯打来电话。依旧是那种欢快的语调，说他正在周边林子里打野兔，问我今天有何打算？是否愿意跟他到一个特殊的地方去？

这个特殊的地方，有着令我心动的名字——天使岛。该岛静卧于狼堡背后，离山庄四五十公里。戴维斯的车子从这座山绕到另一座山，盘来绕去，最后在群山峡谷之间，现出一汪碧潭，顺着戴维斯的手势，我看到小岛状如枯叶，漂浮在一片凝固的湖面上。我甚为惊讶："大冬天，这水怎么像是流动的，这里不结冰吗？"

戴维斯解释道："这正是小岛的神奇之处。这里状如盆地，深藏谷底，被阿尔卑斯山层层环抱，冷空气难以逾越，因此，外面天寒地冻，而湖中小岛却残留着夏日余温，难得地保留着一团和气。"

"这不是天方夜谭吧！"我暗自惊叹着，抬头见小岛的入口处，横亘着一座古罗马城堡，门前铁骑石雕，钢盔兵器，一副草木皆兵、严防死守的态势。脚下是一条逼仄的砖石小路，两边散落着几道残垣断壁，焦土灰墙之间荒草萋萋。戴维斯一把拉住我的手，沿小岛唯一的入口，踏进这个遗世独立的神秘王国。

我和戴维斯并肩站在瞭望塔上，顿觉居高临下，一个四角见方的天井，幽闭如监狱，在脚下的城墙铁索之间展开。我心里一紧，吃惊地问："这里是干什么用的？"

戴维斯神情端凝，悠悠地说："若干年前，当人们对麻风病束手无策的时候，唯一能做的，就是遵循《旧约》中的指示，让他们与世隔绝。麻风病历史久远，像《圣经》一样古老。面对这种可怕的疾病，欧洲人一筹莫展，只好听从上帝的旨意，把他们关起来。于是，一群身份尴尬的德国人，被天主残酷地抛弃，继而被封存在这座小岛上，无可奈何地打发他们死灰般的日子。生与死的交接仪式每天都在这里上演，以我们难以想象的方式。"

我顿时有些心惊，朦朦胧胧地想起苏珊·桑塔格在《疾病的隐喻》中曾说过的那段话：

疾病是生命的阴暗面，是一重麻烦的公民身份。我们每个人生活在世上都有双重的公民身份，其一属于健康王国，而另一种，则属于疾病王国。尽管我们都很乐于享用健康王国的护照，但人生中总有一段时间，也许每一个人都被迫承认，我们可能会成为疾病王国的公民。

巴掌大的小岛，竟有两三排像模像样的房舍和若干带庭院的小阁楼。隔窗打量，带蕾丝花边的桌布、枕套和木制楼梯，释放出一个世纪前的生活气息。岛上的病人不只是独自来的，有情侣、家眷乃至四世同堂。山风猎猎，我的脑子里映出一个姑娘的身形，灰色毯子下覆盖着一副惨不忍睹的面孔，腐烂的皮肤，扭曲变形的脸，鼻子上长满了疥子，萎缩成爪子一样的手，以及风中飞舞的枯发……

听着戴维斯的讲述，我眼神发虚，想象自己作为其中的一员——一个麻风病携带者，背井离乡，告别亲人和朋友，像一团褪了色的黄页，被封存在岛上的光景。时光潺潺，生命是一场没有彼岸的航行，只能无休止地等待。想到这些，我脚下一滑，顺势贴住戴维斯，紧紧地搂住他，以便让颤抖的心安稳下来。

小岛腹地矗立着一座棕色小教堂，一脸威仪的神父和怀抱耶稣的圣母玛利亚，在冰凉的十字架前秉烛祈祷，犹如长夜不眠的墓碑。临水的墓园里，插满了白色的木桩，木桩上镌刻着歪歪扭扭的字句，风消日蚀，已模糊不清。我便问："这是死者的名字吗？"戴维斯点头，并说："那些长短不一的句子，是患者垂死挣扎时的独白。"我蓦然觉得这白色的木桩，定然见证了黑暗中的声声哭泣和人世间最苦涩绝望的呐喊！

我进而想，肉体被疾病摧残，外貌变得狰狞，可这里的清风明月下，是否有过花好月圆的温馨和穿越生死的爱恋？

戴维斯说："岛上人渐渐放弃了单纯的等待，把有限的光阴注满温情和生趣。城堡远离尘世，固若金汤，却也避开了战争，避开了盟国的轰炸，像一座封闭的天堂得以保全。能够活下来的，都是上帝触摸过的天使。一九五七年小岛迎来了曙光，笼罩了五十年的阴霾，由于磺胺的发明而烟消云散。磺胺成功杀死了麻风杆菌，岛上的麻风病人最终得以新生，并带着希望重返人间。"

说这话时戴维斯望着脚下的落叶，群山雪峰，在他挺拔的身后构成了一道恢宏的背景。戴维斯突然眼眸一亮，低下头来平静地对我说："我的外公外婆就是从这里走出来的。"

我不禁"啊"的一声，这才醒悟，他今天为何带我到这里来。

"后来他们的生活还算安稳。"戴维斯补充道，"养儿育女，平静终老。但我母亲的心里，却落下了无法医治的阴影。"

我定定地望着戴维斯。"啊——啊——啊——啊"两只乌鸦一动不动地立在出口的立柱上，叫声一声高过一声，似风中还魂，又像是为沉默中的我们送行。

九

　　浓荫之下的狼堡内敛、压抑、深不可测。冰封的狼堡犹如与世隔绝的洞穴，一个躲避疫情的理想之地。时间如雪落无声，不知不觉间我的签证濒临到期。根据欧盟申根国的协议规定，我在德国的逗留期限，半年内不得超过九十天，而我眼下在德国逗留已过八十天，延签的事迫在眉睫。再过一周，如果我不能顺利延签，将属于非法居留。求生的欲望如山风肆虐，延签的希望似雪花飘散，是顺着欲望的链条攀爬，还是守着坚贞的雪花一点点融化？我思前想后，犹豫不决。

　　知女者，莫若母。母亲遥不可及，却看透了我的心思。

　　"孩子，你可要留在德国啊，多瑙大学的学习机会，是你多年的梦，绝不能耽误。东西两半球，天涯共此时。只有你好，妈才安心。如果这个时候，你为了我回来，那我只会提心吊胆，不得安宁。听妈的话，想办法留在欧洲，千万不要回来啊！"

　　是走是留，我的心被撕成了两半。为了陪伴孤身一人的母亲，我应当回去，可为了巩固职场完成学业且避开当下疫情，我应该设法留下来。而许多时候，情理与现实，往往是两码事。

　　公司的签证一直由乌娜主管，这是她的职责。我在德国的日程以及在老卡山庄的住宿，都是乌娜一手操办的。可眼下她仍处在休假当中。休假是欧洲人雷打不动且神圣不可侵犯的权利，任何职员任何时候都可以享受自己的休假日，无须看上司的脸色。时间和情势如烈火烹油，我要眼睁睁等她一周吗？犹犹豫豫地，我来到乌娜的助理佩特拉的办公桌前，试图寻求她的帮助。

佩特拉是个温文尔雅的中年女性，对我一向亲善。去年我来德国出差时，她和丈夫特意请我到他们家里去做客，她的小女儿丽萨，一个蓝眼卷发的小天使，拉着我跟她玩儿。不巧的是，佩特拉见我进来，扬了扬手里的车钥匙说："紫云，很抱歉，我得马上去学校接丽萨！"

我讪讪地回到办公桌前，同事们都走得差不多了。德国人就是这样，无论老板在不在，都不会影响他们的作息。下了班的同事，不是去游泳，就是去打网球，或者去健身房，时间自由而充沛。我不由得想起在上海的日日夜夜，总有干不完的活，加班加点是家常便饭。多少次我一个人在电脑前忙到深夜，公司的班车早过了，我只好打的回家，光在路上就得耗掉一个半小时。昏沉沉地回到家，倒头就睡，连做梦的力气都没有。同样是人，人家怎么就活得这么从容，这么自我，这么理直气壮呢？

观察久了，我发觉德国早期的教育起着至关重要的作用。中国哲学家陈嘉映教授针对中国教育，曾说过一段发人深思的话：

我梦想的国土不是一条跑道，所有人都向一个目标狂奔，差别只在名次有先有后。我梦想的国土是一片原野，容得下跳的、跑的、采花的、在溪边濯足的，容得下什么都不干就躺在草地上晒太阳的。

　　我很在意并察觉到许多欧洲国家的教育，并不以单纯的考试分数作为对人才的绝对衡量标准，他们的出发点主要立足于发掘孩子们的潜力，并鼓励个人的自由创造。在这块土地上，既乐见天赋之人攀上金字塔尖，也允许一部分人蹲在山腰看风景，随心所欲地滚在草地湖泽闲坐聊天、吹拉弹唱。人各有志，异趣横生，让差异化个体生命，在自由的空气里任意绽放、出彩，拥抱不一样的生命之光。

　　昏暗的天光下，我愁眉不展地走在小路上，步子迈得格外沉重。戛然一声，佩特拉的绿色小奔出其不意地停在了我身旁。她摇下车窗说："要不要我送你回去？""你不是去接丽萨了吗？"我不解地问。

　　佩特拉得意道："我已把她送到舞蹈学校练芭蕾去了。"

　　我抬脚上了车，刚刚坐稳，佩特拉便问及我的去留问题。真是心有灵犀！我于是将自己有关签证的困惑和盘托出，并告诉佩特拉："即便我马上飞回上海，也无济于事。因为上海工厂已然停工，克劳斯人在泰国，所有员工都隔离在家，行政办公人员都是远程操作。与其回到上海被隔离在家，什么也干不了，倒不如留下来，我至少可以顺利完成我的 EMBA 学业。不过，万一我母亲有事，我会立刻回上海。学习和工作再重要，也无法与母亲的健康相提并论！"

佩特拉听后，松开握着方向盘的右手，怜惜地拍了拍我的肩。她是个善解人意的女人，与乌娜的咄咄逼人形成强烈反差。佩特拉蓦地停下车，建议道："我现在就陪你到狼堡民政局走一趟如何？当面咨询一下你的延签事宜？"说罢，她迅速调转了车头方向。

不大会儿，我们就来到了砖红色的民政局办公楼。不巧的是，主管外事签证的负责人正在西班牙度假，周二才能回来。他的秘书听了我的情况后，十分爽快地说："请您下周二带上材料再来吧！"

佩特拉看了我一眼，笃定地说："好，下周二我送你来！"

十

周末我从镇上采购回来，大老远闻到一股浓郁的肉香，就一路追着香味快速回到山庄。原来是楼下那帮塞尔维亚人围着一炉炭火烧烤呢。烟熏火燎之中，焦黄的牛排和火鸡腿在阳光下滋滋地冒着油烟，散发出难以抵御的诱惑。这时一声清晰的英语问候冲我说道："女士，请一起来吃烧烤吧，刚才我去敲过你的房门呢！"

这是他们中最年轻的一位，浓黑的头发和睫毛，脱去工装已然换上了轻便的牛仔衣，敞开的黑色夹克袒露出棕红色高领毛衣，看上去英气逼人。我被内心的馋虫拖着，欣然随他来到摆满食物的餐桌前。几个大男人见了我，都憨笑着与我握手致意。老卡不声不响地走过来，双手捧了块黄澄澄的杏子蛋糕。"难道有人过生日吗？"我好奇地问。

众人听了，嘎嘎嘎地大声笑起来，并抖动着眉峰将年轻人推到我面前，打趣道："瓦尔特，请你告诉这位中国女士，今天是谁的生日？"

年轻人名叫瓦尔特，我不禁喜出望外。瓦尔特，是多么亲切而熟悉的名字啊！稍微有点阅历的中国人，都对这个名字充满了敬意和神往。我二话没说，折身跑回楼上，取了一盒西湖龙井和一把带风景的檀香折扇，双手递给瓦尔特，说："祝你生日快乐！"

瓦尔特在大家的哄笑中拿起折扇，笨拙而小心翼翼地拉开，仔细端详着上面的字画，之后慢悠悠地将起左臂上的衣袖，露出几个幽蓝的刺青隶书——"我爱你"。

我眼睛一瞪，惊呼道："哇，你喜欢中文？"

瓦尔特的脸瞬间绯红，羞涩道："我只是觉得好玩儿。我妹妹是学中文的，她给我解释了意思。"我更加惊奇，追问道："你妹妹在哪儿学的中文？"

瓦尔特绯红的脸上，即刻露出满满的自豪，说："妹妹曾在贝尔格莱德孔子学院里学过一段时间汉语，眼下她在柏林大学专修中文。"瓦尔特专心地把玩着折扇，自言自语道："这个留给我妹妹，她一定会非常喜欢的。"

闲聊中，瓦尔特告诉我，他父亲是塞尔维亚人，母亲是克罗地亚人。我便问起塞尔维亚足球的事。这下他更自豪了，说那可是欧洲的一支劲旅，他们的红星队是南斯拉夫唯一夺得过欧洲冠军联赛的球队。我的脑中即刻闪出来狼堡的第一夜，足球比赛的胜利差点让他们掀翻了地板，吓得我做了半夜的噩梦。原以为，我的楼下不定住了一帮怎样的凶神恶煞，而今接触，却发现他们都是些顶顶可爱的人。

曾几何时，南斯拉夫的贝尔格莱德、古巴的哈瓦那和阿尔巴尼亚的地拉那，并驾齐驱，被誉为社会主义的"三盏明灯"，跟东方的社会主义中国遥相呼应，缔结了兄弟般的手足之情。老实说，我对南斯拉夫的好感源自我挚爱的舅姥爷。那是一份连带着荣誉且经久不衰的南斯拉夫情结。当年舅姥爷作为北京军乐团的一名圆号手，因其清俊潇洒的外表，位列军乐队第一排，在首都机场庄严迎接过铁托的到访。舅姥爷回顾当时的情景时说，铁托长得跟他的名字一样"铁"。

暖阳一丝丝蕴藉在院内，密密实实的篱笆墙将风挡在外面。我和几个壮汉一起吃着烤肉，品着蛋糕，并接连喝了两罐啤酒。

我端着啤酒对瓦尔特说："你可知道，你的名字在中国家喻户晓，假如你到中国来，仅凭你的名字，就会引起轰动的！"

"是真的吗，为什么？"瓦尔特不明就里地问。

"这跟你们的老电影《瓦尔特保卫萨拉热窝》有关啊。电影中的许多人物和场景，是那个时代中国人对东欧国家最美丽的记忆，已深深烙在了中国人的心里。"

月光打在瓦尔特赤红的脑门上，亮晶晶的。他轻叹了一声，似有所悟……

十一

周二下午如期而至，我仔细备好了签证所需的全部资料，还特意跑到镇上补了张标准照。等待的时光，像阴冷天空下飘零的云朵，不时舐舐着窗眉上的冰花。焦急中，我通过网络再次浏览起民政局的有关规定，尽量多地掌握一些有效信息，以便应付签证官的盘问。

离约定时间仅剩下三刻钟了，我突然看到乌娜从走廊一闪而过。她不是休假了吗，怎么来公司了？我的心怦怦直跳。一团乌云悄然吊在窗前，屋里的光线随之暗淡。我故意去了趟卫生间，并偷眼打量侧室的佩特拉。她正勾着头忙碌着，紧张的空气似乎连根针都插不进去。

时间一分一秒地溜过去，我盯着窗外，如坐针毡。心想，佩特拉不至于忘记两点钟的民政局预约吧？德国人一向信守诺言，看重约定，像钟表一样精准。昨晚她还发来信息提醒我别忘了把材料带全呢。

只剩下半小时了，我一下从椅子上弹起，带上资料冲到佩特拉跟前。佩特拉面露难色地看着我，两只手托着下巴，目光躲闪着，支吾道："乌娜来了，签证之事由她负责，还是让乌娜帮你处理吧。"

　　言外之意，她不便插手我的事。我真想一拳头砸向她的脑门儿。人性在生命的关键节点上，总是流露得分外真切。我胡乱想着，走到会议室跟前，借助落地窗，只见乌娜、老总、戴维斯正跟分公司总经理举行线上会议。会议将持续多久，没人说得清。束手无策之际，公司门外突然来了辆出租车，车上的人下来了，司机正打算调转方向……我一不做二不休，拔腿就朝出租车跑去。

　　当我风尘仆仆地赶回公司重新坐到办公室桌前时，我意识到，自己闯祸了。随着一股"香奈儿五号"特有的气味，乌娜来到了我面前，她双手插在黑色紧身裤里，挑衅似的瞪着我："你为什么不经我允许擅自去找民政局？你不知道这是我的工作吗？"

　　杀人不过头点地，我豁出去了，便毫不示弱地说："你不是休假了吗？我怎么知道你会提前来上班。再说了，今天的预约是上周五订下的，无缘无故地爽约符合你们德国人的做事习惯吗？"

　　乌娜冰蓝的眸子怒视着我，并发出碎玻璃般的寒光。她薄薄的嘴唇绷得很紧，一副蓄势待发的样子。但最后，她还是忍住了，"啪"的一声摔门而去。

　　大不了一走了之，我反正受够了。真不知乌娜最近为何如此不近情理，动不动横眉立目，铁了心跟我过不去，就连她周围的气场都似乎时刻与我作对。说什么按流程办事，职责范围，说白了，不就是想让我的逗留化为泡影吗？

我知道自己没戏了。民政局的负责人已亲口告诉我，即便给我延签，也只能限于德国境内，除了德国我无权踏上任何其他国家。那么留下来还有什么意义呢？之所以要留下，不就是为了赶上奥地利多瑙大学的课程吗？既然命运给出了答案，我照原计划打道回府，回国就是了。

一夜疾风，后半夜才平息，醒来拉开窗帘，成群的乌鸦在田野间滑翔，发出空旷而凄厉的叫声。母亲曾说，出门看见乌鸦，不吉利，说它们是喊丧的鸟，但老卡告诉我说，乌鸦聪明绝顶，通晓许多人间事，还能辨识镜子里的自己，是十足的吉祥鸟。

这个夜晚注定有些不同凡响。我梦见母亲四处逃窜，超市出现了一波波抢购潮，值守人员穿着白色防护服，严防死守，任何人不得入内，居民们居家自保，家家户户的门被封，从后窗望出去，街上空荡荡的，偌大的国际大都市，一片死寂……

十二

下班前佩特拉在走廊上拦住我，像是在此等候多时了，她一脸歉意地拉住我的手，恳切地说："紫云，明天是周六，镇上将举办一场非常特别的教堂音乐会，如果你愿意去的话，我在前排留个座位等着你。"

我知道这些天，为了签证的事，佩特拉一直对我心存愧疚。将心比心我已经想通了，并且十分理解她的处境——在强势的乌娜面前，我们都是弱者。再说了，我对教堂音乐会充满了莫名的神往和期待，因此略微犹豫了一下，便答应前往。

周六我如约来到小镇中心的玛利亚教堂，挨着佩特拉坐下。教堂前方烛台林立，环绕圣坛中央的演奏者，一律黑西服，白衬衫，看上去高贵而神圣，令人肃然起敬。

静默中莫扎特的《安魂曲》徐徐奏响。我不是太懂音乐，但随着音符的起伏、跳闪、低回和飞旋，我似乎听到绵密的倾覆、撞击和毁灭，时空的经纬被阻隔，世俗的次序和规则轰然倒塌，众生祈祷，万物溯洄。

窗外重峦叠嶂，薄雾氤氲，一只蝴蝶飞呀飞，战战兢兢地落在了彩色窗格上。蝴蝶的粉绿色翅膀在阳光下翩跹，我由此想到了春天的气息。没有过不去的冬天，也没有来不了的春天，这个念头一经闪现，便坚不可摧。我闭上双眼，脑海中的世界一如既往，那里星河璀璨，草木葳蕤，我在其间畅然独行……余音袅袅中，我感到所有忐忑、躁动，惊惧，都在这场盛大而美妙的音乐里，得以抚慰和涤荡。

我和佩特拉并肩走出教堂。她回头看了一眼高耸的灰砖尖顶，对我说："这是罗马时期的一座教堂，建筑古老而独特。"并且，她撩了一下额前的米黄色刘海，说："一百多年前这里发生了一场灾难，人们莫名其妙地被一种病毒所袭击，许多人被感染、倒下，于是纷纷跑到这座教堂里来做弥撒。这也是为什么，镇上会在这个时候举办音乐会，希望借助莫扎特的《安魂曲》，为中国祈福，为世界祈福！"

　　我眼角湿润了，感激地看着佩特拉，对她的善意和用心深表谢意。

　　佩特拉说："那边有个小市场，我们去喝一杯。"我便随她沿粗朴的砖石小径，一路走到广场中心。这里停着一辆辆载满物品的农家车，自然围拢成一个农贸市场，蔬菜、香肠、面包、奶酪，还有形形色色的葡萄酒和手工制品。太阳在云里穿梭，水杉的影子时隐时现，一波一波的人穿梭于市场，吃吃喝喝。

　　我抵挡不住诱惑，从一个老太太手里买了顶山里人常戴的粗制毛线帽。当我把帽子套在头上时，感觉自己成了狼堡的一员，大家看我的眼神中充满了掩饰不住的惊喜。

　　佩特拉从一辆饮料车上端来了两大杯滚烫的桂皮酒，递给我一杯，我俩就那么面对面站在一张圆桌前，热烈地喝着，聊兴也跟着浓了起来。我端着酒说："你们这里虽然身居山林，生活情趣一点也不受干扰。"

　　"风声、狗吠声、马嘶声，还有羊的欢叫声，我们每天都像是在大自然的交响乐里生活，日夜回荡，即便在梦里。"佩特拉温柔地注视着我，举杯和我碰了一下。突然，一个男人的背影让我想起了什么，我便装作若无其事地问："戴维斯也住在这个镇上，他今天怎么没来听音乐会呢？"

　　"呃，我也这么想呢，通常情况下，他是从来不会错过这里的音乐会的。也许是因为，他的家庭……"佩特拉欲言又止，像是话里有话。

　　热辣的桂皮酒温暖了我的肠胃，进而剥掉了裹在我身上的外壳。我忍不住问道："戴维斯总是独来独往的，他有妻子吗？"

基于我们之间的信任，佩特拉直言道，因为戴维斯妈妈的病情，说着她用食指点了点自己的太阳穴，他的妻子两年前就离开了他。直到最近，他们才刚刚办妥了离婚手续。

我轻轻"哦"了一声，感觉像是有什么东西卡在喉咙里。我直愣愣地看着佩特拉，内心翻江倒海，五味杂陈。

十三

时光在惊涛骇浪中，终于迈入了阳春三月，与此同时，万里之外的好消息纷至沓来。祖国内地陆续回归正常，母亲那边告知，小区开展了生鲜内购，她主动接龙，荤素搭配，连同豆腐和水果，并很奢侈地得到了大蒜和小葱。看到这里，我不禁莞尔。在上海住久了，母亲也跟着上海人过起了精耕细作的小日子。当母亲有滋有味地谈论小葱和蒜头的时候，我对上海的一切，都有了信心。

当你经历过一些事情的时候，眼前的风景已经有些不一样了。岁月翩然流逝，只剩下丝丝缕缕的线条，模糊而又清晰。奇异的平静中，我恍然意识到，好久没有克劳斯的音信了。凭我对他的了解，克劳斯绝不是一个甘寂寞的人。中国疫情最终得以控制，举世瞩目，并为之欢欣鼓舞和称道。克劳斯呢，他眼下正忙些什么？他本应该催促我回上海才对呀！也许，是我那次不太客气的回敬，彻底激怒了这个睚眦必报的人，以至于他对我的惩罚，正在泰国的兰卡迪岛上默默酝酿着？这异样的平静和反常，让我有种山雨欲来风满楼的忐忑。

电脑屏幕上提示来了一封新邮件，我迅速点开。

鉴于新冠疫情在欧洲的急剧蔓延，多瑙大学出现了一位感染病例。出于健康安全的考量，本学期多瑙大学的课程全部改为线上进行。请世界各地的同学们，做好远程上课的准备。

多瑙大学教务处

我紧绷多日的弦终于松弛下来。这个学期我无须亲自赶往奥地利去上课了，即使回到中国，也可以继续我的 EMBA 课程。这时乌娜走过来跟我确认周末回上海的机票，我毫不犹豫地点了点头。桌上的电话铃骤然响起，是戴维斯打来的。

推开戴维斯虚掩着的门，他眉峰一挑，问我是否来杯红酒？我怔了一下，继而点头。他便走向酒柜，取出一瓶红酒，打开后仔细斟了两杯，递给我一杯。我接过酒杯，若有所思地举到鼻端，轻轻嗅着。戴维斯端着酒杯踱到窗前，突然转身凝视着我说："克劳斯辞职了，也就是说，他不再担任斯科曼上海 CEO 的职务了。"

我大惑不解，茫然地盯着他，本想问为什么，他去了哪里？可话一出口，却变成："那么，谁来接替克劳斯担任上海的 CEO 呢？"心想，上海分公司是斯科曼旗下最大的分公司，生产规模和员工相当于所有分公司的总和，一刻也不能群龙无首啊！

戴维斯浅笑着，眼神复杂而淡定。他自信满满的表情似乎暗示着即将揭晓的答案，像是在对我说："过几天，你就明白了。"

我望着他，貌似心领神会，却也意识到关于上海斯科曼CEO 人选的事不该我过问。这时，门外响起了杂沓的脚步声，并且夹杂着纷纷的议论声。我仰头喝完杯中的最后一口红酒，走到戴维斯跟前的茶几旁，放下空杯，微笑着离去。

十四

周末的早晨，风雪已过，阳光明媚。我告别了忙碌中的老卡和已然长大的黑脸小羊，拖着行李箱来到篱笆墙外，等候戴维斯接我去机场。

雪后的狼堡天宽地厚，林木森森，满目的清新和莹润。我带着依依惜别的心情环顾四周，山坳间陡然出现一个小黄点，那黄点快速移动着，在堆满积雪的山谷间，宛如白色波涛中航行的一艘金色帆船。我目不转睛地盯着它，由远及近，最后稳稳泊在了我跟前。

竟是一辆出租车！门开了，戴维斯从副驾驶座位里走出，径直来到我面前。

我迷惑不解地看着他，一时无语。戴维斯读懂了我的迷惑，用一种我从未见过的表情，郑重其事地说："德国总部决定，从现在起由我代理克劳斯，出任上海斯科曼分公司的CEO。所以，我现在就跟你一起出发。"

我一脸疑惑，怔然站在原地，呆若木鸡。

"怎么，你不欢迎我和你一起到中国上海去工作吗？"

我诧异的眼神从戴维斯跳动的双眸，移向他额前的一缕淡金色卷发，犹如聆听一串抑扬顿挫又妙不可言的音符。身处异国他乡，连日来遭遇的一系列无助和郁闷深深地蕴藉心头，让我充满了漂泊之感，可这突如其来的惊喜，让我难以置信。

"Are you sure？（你确定吗？）"我依旧怀疑地问。

"Of course！（当然！）"戴维斯耸了耸肩，自信地答道。

前往机场的高速路上，一只苍鹭擦着道旁的山毛榉矫健地飞着，似乎有意在追赶我们。在我的印象中，苍鹭总是独自飞翔，形单影只，是异乡旅人的缩影。为了打破沉寂，我侧过身来问戴维斯："有件事，我一直想不通，你不觉得乌娜最近有些反常吗？"

"乌娜的丈夫从意大利滑雪回来，不幸染上了新冠肺炎，在慕尼黑重症病房住了一个多月，上周才刚刚脱离危险。"

我陡然凝住，一时间如置身魔幻现实主义电影中，亦如乘坐过山车般，大起大落，身不由己。

戴维斯看了我一眼，对着司机的后脑勺吹起了口哨，哨音不紧不慢，忧伤，低回，豪迈，是出自南斯拉夫老电影《桥》里的主旋律：啊朋友再见，啊朋友再见，啊朋友再见吧，再见吧再见吧……

法老的石雕

一

窗前的荧光屏上，翻卷着瞬息万变的国际风云：伦敦大本钟在午夜敲响；美国国会骚乱，拜登入主白宫；长赐号超级邮轮横亘苏伊士运河；疫情笼罩下东京奥运会开幕；"911"二十周年之际美国从阿富汗仓皇撤军……过去一年来的大事，随着舷窗外的斜阳节节退去，跳入视线的，是走廊尽头绿色帘幕背后一个若隐若现的中年男人。

他戴着耳麦，捂着口罩，身体前倾，间或对电脑音频说着什么，那微微卷曲的烟灰色头发，在幽暗的灯光下，看上去雾蒙蒙的。这是在开线上会议呢，梅贞突然意识到飞机上有 Wi-Fi。今时不同往日，科技发展到了能够保证电磁干扰而不影响飞行安全的程度。曾经在沉闷冗长的飞行中，眼巴巴瞅着云彩苦熬的人，此刻，正目不转睛地扫微信，发语音，看视频，稳步前行的航班如同飞翔的高铁。

梅贞下意识将手伸进一旁的坤包，却又缩了回来。只要在飞机上碰一下手机便有种罪恶感的惯性，仿佛手机开启的瞬间，厄运即刻降临。梅贞不能冒这个险。即便心里痒痒的。可飞机上提供的那些个影音多半偏向大众，满足不了她的个性需求。随身携带的一本小说，勉强读到了第四十八页，梅贞就有些头昏脑涨，眼睛也开始罢工了。

再看那道绿色隔帘，厚重，下垂，霸道，像一把剪刀，将时空悍然切割成两个截然不同的世界。那边是价格昂贵的头等舱，座位宽松舒适，饮食精良多样，笑容可掬的空乘不时嘘寒问暖。晃动的缝隙里，那烟灰色头发的男人，耳麦摘掉了，却依旧捂着口罩，他手托下巴神情专注地想着什么。梅贞的目光仿佛夹带着一股电流，男人立时感到了灼热，他扭过头来看了一眼。

这一眼，让梅贞心下一紧，若有所思，进而浮想联翩起来。

这是个德国人，梅贞暗暗断定。她的自信，并非空穴来风。还在慕尼黑读书那会儿，就奠定了她对德国男人气场的熟稔。其次在维也纳生活和工作多年的经历，又让她进一步领悟到：奥地利人工作是为了生活，而德国人生活是为了工作。

不由自主地，梅贞对这个马不停蹄的男人起了一丝同情。好不容易有个借飞天避世的机会，一连网，又进入了工作状态。空中开设的网络便捷倒是便捷，却也让人失去了难得的与世隔绝的清静。正如好友的抱怨：好端端一个闭目养神的空中飞人，随着高空 Wi-Fi 时代的到来，变成了马不解鞍的"空中加班狗"。

朵朵白云水母似的，浮浮荡荡，隔着舷窗蹭在她的鼻尖儿上，梅贞感到了凉意。她伸手取出座位前的《时尚》杂志，随意浏览着，一段字拂面而来：

旅行不仅是时空迁移，也会对人的心理及认知造成影响。旅行的意义，不单单在沿途的风景，重要的还在于，遇到你想见的人。

梅贞的脑中，不由分说地跳出一系列经典老电影中的艳遇场景，巴黎、罗马、威尼斯、巴塞罗那，连同那些巍峨的城堡、瑰丽的殿堂、新奇的文化氛围，在摄人心魄的自然风光里，将浪漫和暧昧煮成欲望，进而达到史诗般的效果。而艳遇中的男女主角，都是些倾国倾城的万人迷。一股饭菜的氤氲裹挟着咖啡的浓香弥漫过来，紧接着，是杯盘轻触的声响。梅贞随即合上杂志，调直座椅，并顺手拉开了小桌板。

二

"Sind Sie die Dame?（女士，是您吗？）"

一句德语问话从天而降。梅贞猛抬头，竟是那个德国人！而此刻的他，已摘掉口罩，棱角分明的五官展露无遗。可这会儿，梅贞除了用眼睛表达惊喜，实在无法做出更多表示。但她心领神会，并且怀着莫名的期待。

男人随即俯下身，凑近她说："我看到你的第一眼，就觉得是你！"

梅贞垂下眼帘，自己又何尝不是如此呢。她只是有些迷惑，印象里的他，是一头浅栗色卷发，难道她记忆有误，还是这些年工作的重负改变了他头发的颜色？正暗自思忖着，空乘小姐的餐车已步步逼近。男人无可奈何地耸了耸肩，再次俯下身，用商量的口吻说："吃完饭，到那边聊会儿好吗？"说完，头朝走廊中间一偏。

得到了梅贞的"OK"，他转身离去。

一阵喧嚣和狼藉过后，梅贞有条不紊地收起小桌板。突然梅贞想起什么，于是朝走廊上瞅了一眼——约瑟夫正手扶舱壁，朝这边张望呢。

梅贞站起身，走了过去。

"真好，我们又见面了。还记得吗，我叫约瑟夫，来自汉堡？"他调侃似的问。

实际上，他们的自我介绍八年前就开始了。彼时，梅贞搭乘的那趟航班刚起飞不久，箭头由北京指向了乌兰巴托。真没想到，梅贞的眼神略显迷离地说："我们又见面了，竟然还是在飞机上！"

"不同的是，上次我们从中国到欧洲，而这次，我们是从欧洲飞中国。能遇到美丽而又投缘的女人，实在是可遇而不可求。我真是幸运啊！"约瑟夫重复着曾经的感慨。"是否来一杯红酒？"得到梅贞的应允，他转身去了服务间。

望着约瑟夫轩昂的背影，梅贞的内心不胜感慨。这是经历岁月打磨之后的重逢，有着别样的况味和深意。当年她在慕尼黑读书时，曾跟班里的中国女生，饶有兴致地讨论过欧洲男人的特点：德国男人挺拔俊朗，温文尔雅，尤其西装革履一族。他们比法国男人严谨沉实，比意大利男人多了一丝稳健。而眼前这位，正处于她对德国男人定义的范畴之内。

男人小心翼翼地端着酒来了。梅贞接过酒，顺手与他碰了个杯，低头啜饮着，而后四目相望，心照不宣。奇怪，怎会一点陌生感都没有，梅贞含糊地想着，难道这些年的风风雨雨，都是为这一刻的相见在做准备不成？

约瑟夫眯着眼，嘴角含笑说："记得上次，你曾问我，什么样的状态下两个陌生男女的话题最旺盛？我的回答是，双方都处于失恋，或某种因素导致即将失散。可现在，你要是问我同样的问题，我会说，是在经历了无奈的深情和长久思念之后。"

梅贞沉吟着，转而道："你的线上会议开完了吗？真要怪空中网络的开通，否则，漫长的飞行过程中，你本该彻底放松休息一下才是啊！"

男人眉峰微挑："你说得对。过去出差坐飞机睡觉，比晚上在家睡觉还安稳。毕竟电话无法打到飞机上来震碎我的睡眠。很多时候，我真想跟地面和家庭彻底切断联系，必要的、被迫的、可有可无的。"

提到家庭，梅贞一时沉默。她低下头，见走廊上的地毯起了毛，猩红的色彩模糊不清，就怀疑这架航班或许就是他们八年前搭乘的那架。舷窗、舱壁和座椅，老朋友似的立在远处，专等他们的光顾。如同昏暗的灯光，一切都带着陈旧感，却经受住了时间的冲刷。梅贞突觉地毯上的印痕，如同河流涤荡的水花、音符，不觉联想起大学时跟初恋男友躺在校外的运河大堤上，聊天喝酒看流星的无数个夜晚，以及堤岸横七竖八的空瓶子。要不是父母拼死反对，她就跟着男友跑海南闯荡去了。

飞机赌气似的冲进冰山雪峰般的云层里，轻颤了一下，又一下，像是在刻意提醒他们，这不是莱茵河边的酒吧间，而是万米高空的云隙里。两人对视后，含笑退去。

三

大雨过后的北京黄昏，梅贞拉着湿了半截的行李箱，拥入北京首都国际机场的航站楼。手忙脚乱地托运完行李之后，她如释重负地迈向安检通道的长廊。却在转角处，遇到了一位欧洲男人。他身穿茶色西服，系着条纹领带，双手托着一个黑色公文包，茫然无措地立在一辆行李车前。当然不认识，可为什么有种似曾相识的感觉呢？这是个德国人，梅贞下意识想。随即放慢了脚步，同时联想起德国的地铁车厢或是剑一般飞驰的ICE上，她常常见到这种类型的男子，西服笔挺，神态自若，白色衬衣上永远打着领带。梅贞不由得走近了男人，对视的瞬间，两人竟不约而同地现出微笑，并齐声道：

"Guten Tag!（你好！）"

"您好！"

问候语令双方都惊喜不已。因为梅贞用的是德语，而德国人讲的是中文。

接下来，男人红着脸说："很遗憾，我只会这一句中文。"

"需要我帮忙吗？"梅贞仰着脸问，并想知道他为何愣在这里。男人羞涩道："很遗憾，因路上堵车我刚刚错过了一趟飞往汉堡的航班。不知今天，还有没有机会返回德国。"

"也许你可以乘坐我们这个航班，如果还有座位的话！"梅贞的航班，虽然目的地是奥地利维也纳，但途经德国法兰克福，从那里转飞汉堡，还不到一个小时呢。

梅贞的提议，让男人眼前一亮："哦，让我考虑一下，还要看看我的运气。"

潜意识告诉梅贞，假如他真能赶上这趟航班，说不定他们会在飞机上再见呢。不过眼下，一波接一波的旅客潮水般涌过来，悬！走出去两步，梅贞猛回头，十分爽亮地朝男人道了声"祝你好运！"而后快步离去。

飞机在云雾蒸腾中渐渐平稳下来。碧蓝的天空透着银光，汹涌的白云骏马般追赶着飞机，争先恐后地簇拥在机翼两端。梅贞瞅着蓝得刺眼的天际，像是在漫无边际的大海中畅游，她的心漂浮起来了，试图与自然连接对话。只有这个时候才能放任心灵，在真实和虚幻间翱翔，并且将尘世间的一切甩向脑后，安心独享这份远离尘嚣的清澄惬意。恍惚间，那德国男人的蓝眸闪了进来，尤其最后一瞥，他那近乎乞求的眼神。真不知他怎样了，是徘徊于北京的机场，还是已搭上了这趟航班？

"Sind Sie die Dame？（女士，是您吗？）"

梅贞猛抬头，正是滞留于机场的那个德国人！

"我找了您半小时了！"男人冲她挤了挤眼。"真幸运，我得到了这架航班的最后一个座位——商务仓。真要感谢您的建议，否则，我可能还在北京的机场徘徊呢！"

男人的兴奋溢于言表。他那微微卷曲的栗色头发，在雪白的额前晃动着，眼睛含笑时透出一股掩饰不住的自信。男人突然伸出手来，"我叫约瑟夫，来自德国汉堡。"见旁边的乘客在打量，约瑟夫探身提议道："到走廊上喝一杯好吗？"

梅贞略为迟疑，起身走了过去。

面对面交谈时，梅贞望着约瑟夫轮廓鲜明的五官，竟有种说不清的恍惚。"您在想什么？"像是觉察到梅贞走神儿，约瑟夫轻声问。

"我在想，还是在德国读书期间，我曾陪同一个家乡的经贸代表团到汉堡去考察过。汉堡的市政厅、商业区和庞大繁忙的海运码头，给我留下了很深的印象。"

"您在德国读的是什么专业？"

"MBA 工商管理硕士，同时在慕尼黑一家公司做项目实习。"

约瑟夫心里一动。多年来，他不一直都在寻找这样的一个人吗，甚至希望能遇到这样一位中国伴侣——她既通晓德文，又熟悉德国企业管理。

见约瑟夫脸色微红，目光游移，梅贞不禁问道："您经常来中国吗？"

"这是我第三次来中国考察。我们在汉堡的家族产业是农机，我主要负责市场开发和营销。中国的市场前景如此广阔，像我们这样的发展型企业，早该来中国寻得一席之地。我已选定了河南，作为合作开发的第一步，如果顺利的话，圣诞节过后我就要在中德之间频繁往来了。"

"您眼力不错。河南是农业大省，市场潜力相当大。并且，这是我的家乡呢！"

"太好了。"约瑟夫不假思索地说："您是否可以考虑为我们公司工作呢？想想看，我们在中国即将进行的生产和市场投入，正需要像您这样的专业人才啊！"

实际上，梅贞又何尝不愿如此呢。在德国学习那会儿她就曾设想过，是否能遇到一种机缘，将事业和家庭跟中国紧密连接起来，共同经营中德之间的一份事业。毫无疑问，她将在其中发挥自己的所长，并起到至关重要的作用。可眼下，已经太晚了！心里的微妙变化，迅速折射到脸上，继而撼动了梅贞手中的杯子。小半杯的酒，险些漾了出来。约瑟夫不明就里地看着她，欲擒故纵地问："你喜欢德国吗？"

梅贞的眼前霎时现出一幅缤纷的画卷。她特别喜欢德国的秋色，灿然中充满恬静与成熟，又深又蓝的苍穹下，蜿蜒着神奇而质感的阿尔卑斯山，富有层次的深深浅浅的草坪的颜色，她常常在水银泻地般的溪流旁，举目眺望山巅的古堡和教堂，连同那隐隐遁入森林的气魄……梅贞忘情地说："我好喜欢德国！"

"那么，你可以永远留在德国啊！"约瑟夫脱口而出。

四

前排座位上的大胡子男人，将座位朝后一扳，这猝然的声响惊醒了梅贞。她用眼角的余光瞟向邻座的屏幕，正是一部印度电影的尾声，哭哭啼啼之后切换出一片湛蓝的海水，跃动的画面上突然跳出几个大字：塞浦路斯。

爱琴海上这个迷人的小岛，让梅贞的思绪飞了出去，跌跌撞撞地穿过天际，划过海面，毫无保留地定格在那个惊世骇俗的晚上。

那是多年前一起跟塞浦路斯有关的劫机事件。在由埃及亚历山大飞往维也纳的航班上，一个名叫萨马哈的利比亚人，声称自己身上绑有四枚炸弹，胁迫飞机降落到塞浦路斯的帕福斯机场，并要求乘务长，立即通知他定居在帕福斯小镇的前妻艾琳娜到机场来，否则，他将引爆腰带上的炸弹。一时间，两百多名乘客骤然陷入了机毁人亡的紧张和恐惧当中。那一刻，刚刚结束了北非科考任务的奥地利考古学家威尔顿·琼斯，也在这架航班上。

经过八个小时的对峙，飞机迫降在塞浦路斯的帕福斯机场。

威尔顿是躺在担架上被抬下飞机的。一场不期而遇的劫机，刺激了他的心脑血管疾病，加上目睹飞机上的险情和斗智斗勇，威尔顿心力衰竭，勉强支撑到飞机着陆，颓然倒下。经地面医生抢救，虽无大碍，但他需要静养，就被送到了机场附近的一家酒店。当时，梅贞就在这家宾馆的客房部做服务生。中医世家出身的梅贞，深谙病理知识，并通晓人体的各种穴位，她主动为威尔顿做局部按摩，运用中医方式调节和梳理他的气脉。已然好转的威尔顿，决定继续留在塞浦路斯，并顺便考察了岛上的古希腊和古罗马遗址。

三个星期的光阴，对于一桩爱情的滋生和发育，不长不短，适逢其时。

回到维也纳之后的威尔顿，很快向梅贞发出邀请，并提前帮她联系好了德国的一所理工院校。依照他们在塞浦路斯的约定，梅贞毅然辞去酒店的工作，到慕尼黑大学来深造，攻读工商管理硕士。当他们的爱情瓜熟蒂落并到了谈婚论嫁的时候，威尔顿攥起梅贞的手说："塞浦路斯是我的福岛，尽管我痛恨一切劫机行为，却也因祸得福。一场意料之外的险情，却让我遇到了携手一生的爱人！"

梅贞就想起两人相遇时的那一幕，她隔着酒店的落地窗，看到停机坪上安然着陆的客机，着实松了一口气。她甚至见到了劫机者的前妻，那个叫艾琳娜的女人。她果然漂亮，魅人的眼眸，凸凹有致的身材，一个典型的希腊美女。可贵的是，女人深明大义。她接到希腊当局的通知后，火速赶到机场，通过地面对讲机百般劝慰前夫萨马哈，要他理智，不要胡来，并说只要他保证机上的乘客安全，她会在机场等他归来。

据说那个男人"太爱她了"，受不了她的移情别恋。当初他们也曾爱得如胶似漆，却没能跨越时间带来的沟壑，最终分道扬镳，各奔东西。万念俱灰的萨马哈以劫机手段前往塞浦路斯，只为再见爱人一面，然后跳入爱琴海……爱情让人痴迷，让人癫狂，让人无法理解。

思绪如摆脱不掉的飞机轰鸣声，连绵不绝。梅贞闭上眼，不觉回到初抵维也纳的那个夏季，威尔顿为了迎接她的到来，早已做好了去塞浦路斯度蜜月的计划。在古罗马神殿遗址旁的一栋海边别墅里，他们悠然度过了一段光阴止步的时光。威尔顿是个用心的人，他之所以将蜜月旅行安排在这里，除却缅怀初涉爱河的美好，旨在以此为起点，共同携手开启他们的婚姻生活。

虽然梅贞作为宾馆服务生在这里工作过，可彼时的她，哪里有闲心享受岛国的惬意，更谈不上品味岛上的多姿风情和审美趣味。有了威尔顿，她在杂草丛生的遗迹和断壁残垣间，第一次领略了古希腊文化之妙，也由此触摸到欧洲最早的雏形和现代社会的基石。梅贞有理由相信，他们的爱情将历久弥新，因为塞浦路斯是爱神阿芙洛狄忒诞生的地方。

五

"有一种安静，是由脚步声营造的。寂静中他走来了，而后立在原地，等待她的到来。我一直记得你的眼神，坚韧而清澈。"他说。"知道吗？这些年我曾多次在维也纳转机，就是想试试自己的运气，看能否再见到你。感谢上帝，这次我如愿了。"

幽暗中，他的声音如剧情独白，深情而低缓。梅贞心里一热，为他的真诚，以及执着。一簇云影扫过来，似情人的眼波，摩挲着她的脖颈。梅贞轻声道："有时候就是这样，当你真心怀有一念渴望并为之付出努力时，整个世界都携起手来，帮着你实现。"

"我们的重逢合情合理，如果有续集，也是顺理成章。你说，我们有续集吗？"

梅贞一时惊愕，而后目光虚空，她失神地望向那个低头扫微信的长发少女，自言自语道："年轻真好，可以冲动，可以犯错，可以懊悔，可以有机会重来。时间和爱情到底谁胜谁负，不是由一场旅行决定的。时间自会有它的爱恋。可我，已人到中年。"

约瑟夫意味深长地瞅着梅贞："跟你在一起，我觉得特别放松，像是在解放自己。因为你的存在，沉闷的机舱成了一座隽永的酒吧，这个夜晚，注定独一无二。"

是啊。有了红酒和彼此的存在，漫长而枯燥的旅行变得情趣盎然。满脑子人世间的事，却不见烟火。因为这里既不属于过去，也不属于将来，它只属于现在。

"跟我到汉堡去！"八年前的那个夜晚，飞机扫着巴尔干半岛的重峦叠嶂，猛然冲向欧洲上空时，约瑟夫突然扳过她的肩甩出了这句话。没等梅贞反应过来，他又补充道："在北京机场见到你的那一刻，我就觉得似曾相识，目送你轻巧的背影一点点消失在人丛里，我顿感失落。但我有种预感，我们一定会在飞机上见面的！"

德国人的自信，在逼仄的走廊上不管不顾地挥洒着。他直直盯着梅贞，期待自己想要的结果，并从心里千呼万唤，希望她头发一甩，无条件跟他走。

一股气流波涛般滑过机身，飞机似有腾空之势，犹如起飞。梅贞一阵眩晕。约瑟夫伸手拦住了她。梅贞扭动了一下身子，面露痛苦地说："您知道，我此行到维也纳的目的是什么吗？我是来定居的。三个月前我和威尔顿办理了结婚手续，并在我的家乡举办了一场隆重的中式婚礼。他因工作关系先期返回了维也纳，我便多陪了父母一段时间。"顿了顿，梅贞继续说："从明天开始我就要在维也纳开始新的生活和工作了。"

约瑟夫错愕地望着梅贞，他显然没有料到。于是兀自举杯，一饮而尽，继而目光朝向幽暗中的旅客。微光中，他的侧影雕塑一般，面部轮廓是刚毅和温情的结合。他忽然转过身来，轻拍梅贞的肩，用他的下巴贴住她的前额。梅贞一阵战栗。他是那么潇洒且涵养十足，无论从外表还是内在气质，都是她所倾慕迷恋的那种男人。

飞机无视两人的情绪，持续颠簸了好几下。梅贞周身潮润，额前沁出了汗。她掏出纸巾，却不小心滑落在地。蹲下来捡拾的瞬间，出其不意地跟约瑟夫触碰到一起，面庞对面庞。约瑟夫趁势抱住她，紧紧地。他们相拥着起身，站稳。不管怎样，此刻有他的肩膀在，她感到安稳和妥帖，接着她却莫名其妙地笑了。人生短暂停留的愉悦和被理智束缚的欲望，一股脑流泻在这个笑里，像是伺机而动的命运，可遇而不可求。一个转念，梅贞豁然醒悟：不能再这样待下去了，否则，我会不顾一切地跟他到汉堡去！

六

飞机紧追云的影子，看黄昏如何来临。日落后的地平线上，黑魆魆的山脉鬼魅似的凝固成一片铜墙铁壁。夜行的机舱内，除了精力过剩的旅客，在不厌其烦地搜索电视节目，更多的，已在小毯子的覆盖下浑然睡去。梅贞闭目沉思，脑中的约瑟夫像一台月光曲，在耳畔浅吟低唱。温情，浪漫，暧昧，久别重逢，相见恨晚，这混沌不清的爱情组合——一首无主题变奏曲。

是欲望带动着希望，还是希望搅动着欲望？重逢的契机犹如时空悬置下的一场幽会、隔离状态下的一个梦。该怎么办呢？梅贞竟想起《简·爱》里男主人公那耳熟能详的台词，恍然间失掉了自主，情不自禁地跟着他一寸寸滑向九霄云外。

终于摆脱了仅仅作为过客身份的初衷，梅贞顿觉身轻如烟，转瞬之间和他漫步在午夜巴黎。斑驳的树影下，他们像真正的情侣那样携手同游，轻快地攀上圣心教堂的台阶，一同俯视塞纳河畔的万家灯火。环形广场的尽头是花神咖啡馆，两人从容坐下，他嘴角轻漾，像是带着萨特的口吻，坦然道："陌生，也意味着崭新和惊喜。我们的相遇既是偶然，也是你们中国人说的那种缘分。只要有你在，森林、湖泊和天空回旋的任何一个地方，都是我们的舞台。"

他的手臂在她的黑发上轻抚，双目对望着听舒伯特的小夜曲，而后滚落到草地上亲吻，奋不顾身，欲罢不能……

"扑通"一声，过道里跑动的小男孩儿，不偏不倚地跌倒在梅贞脚下。她赶忙将孩子抱起，交给随后赶来的年轻母亲。梅贞看着母子俩亲昵的背影，豁然想起四岁的儿子西蒙，心里顿时泛起一股难以名状的苦水。

不知是因为生孩子时她已属大龄产妇，还是由于威尔顿身体的缘故，孩子生下来显得特别乖，不哭不闹，长到两岁时，梅贞发现不对劲，到医院一查，得知西蒙的智力有些障碍。夫妇俩起初不相信，好端端的，怎会生出个有智力障碍的孩子！母亲建议梅贞把孩子带回国，再仔细检查一遍，结果让梅贞再次遭到痛击，她绝望了。

母亲体谅女儿的辛苦，知道梅贞从小就不善家务，天南地北地疯跑，就劝慰她道："你和威尔顿都要工作，经常出差，还要还房贷，哪里有精力照顾孩子，就把西蒙留下来吧。北京有适合儿童康复的好医院，你爸当过医生，我们都退休在家，有的是时间，可以 24 小时陪护孩子治疗、康复！"

梅贞咬咬牙同意了。她只能暂且忍痛割爱。可威尔顿却不那么情愿。见梅贞一个人回到维也纳，儿子被独自留在了中国，他欲言又止，心中相当不快。之后，两人便摩擦不断，僵持和冷淡如影随形。梅贞原本是一个自信的女人，自信可以跟时间、生活和挫折抗衡，自信情感的分量抵得过时光的叠加。可现实，有时候，完全不是那么回事儿。

意识仿佛扎上了翅膀，扑棱棱飞到了八年前。飞机掠过西伯利亚白茫茫沉寂的雪域，掠过锈迹斑斑的伏尔加河，莫斯科近在咫尺。梅贞有些跃跃欲试，她想象着莫斯科红场上那些气势恢宏的古典建筑，格调凝重的大教堂，还有柴可夫斯基的《睡美人》。时间、命运、疾病、死亡，连同内心深处最细微的感受。空气中霎时回荡起《悲怆》的旋律，恐怖、绝望、失败、灭亡，人们为生存而挣扎，厮杀，生活中所有的欢乐都转瞬即逝。沙皇俄国的末期，俄罗斯人民被压抑的灵魂在悲怆里起舞。

不知哪来的风，绿色幕帘陡然起了皱纹，像时空中的一道裂缝。他来了，肩上搭着一件酒红色套头毛衣，像一个骑士，在山重水复的崎岖处现身，为她拨云见日，又像是危难之际拉她走出苦海的那个纤夫。相遇的意义就在于真实。于是，梅贞毫无保留地向他敞开了一切，困惑、疤痕、隐痛，以及不可名状的希冀。人世间的酸甜苦辣，混沌不清地扯到了天上，感情到底有没有出路？

七

九个半小时的航程，经得起一波三折、跌宕起伏和峰回路转的消磨。与此同时，梅贞在灵魂深处也经受了一场鏖战。曾几何时，她不过是初踏欧洲的一名学子，像只难以驯服的小兽，带着野性而原始的力量，既谨小慎微，又狂放不羁，却真实、质朴、洒脱，与威尔顿的温文与宽容反差极大，却也相得益彰。梅贞告别父母在北京的机场登机前，威尔顿曾发来信息说："知道你下了飞机不想吃西餐，我找到了维也纳最好的一家中餐馆，并定好了座位。"

威尔顿对接纳一个中国妻子的到来，做好了全方位的准备。

飞机大幅度震荡时，梅贞正和约瑟夫心无旁骛、忘乎所以地聊着。警示灯骤然亮起，乘务长用前所未有的音量提醒大家各就各位，系好安全带。梅贞心里一凛，跟他拉了拉手，迅疾回到座位。

机身大幅度颠簸，并有急剧下降之势。两边的舱顶上，隐约现出丝丝缕缕的烟雾，相伴始终的飞机轰鸣声似乎消失了。梅贞两耳发蒙，一阵恐慌，如坠深渊……这不是空难的前兆吗？梅贞的天灵盖"咔嚓"一声，她伸手抓起包，摸出手机，打开网络，点出一个号码。

"Hallo! Wo bist du? Schon in Beijing angekommen? Ist etwas passiert?（你在哪里，已经到北京了吗，发生了什么事？）"

听到威尔顿的声音，梅贞一下子泪流满面。命悬一线之际，这是她想起的第一个亲人。激动、惊惧，乃至语无伦次："我在飞机上，就要到北京了，我一定把西蒙带回来，等着我们啊……"信号骤然消失，乘务员说话了："旅客们，刚才飞机遇到蒙古上空一股高压气流的冲击。现在，险情排除了，请大家谅解，但不要离开座位！"

梅贞松开汗津津的手，突然感到肌肉酸痛，嘴里弥漫着一股浓烈的腥味。刚才太紧张了，牙齿打战时竟咬出了血。她痛苦地闭上眼，所剩无几的魂魄，飘到了几天前的那个黄昏。梅贞回国前夕，威尔顿走进自己的陈列室，出来时双手捧着一块石雕。一段时间了，两人由于孩子以及难以言说的生活困扰，产生了无法忽视的分歧，冷战不断。威尔顿指着石雕上的两个人形，深情地对梅贞说："这是金字塔下最古老的一种雕塑，你仔细看看，左边这个是法老，右边是他的妻子，妻子的一只手搂着法老的腰，另一只手握住他的手臂，两人的膝下依偎着他们的孩子——这是古埃及婚姻和睦的美妙象征。"

梅贞接过石雕，端详了半天，内心像是被蜇了一下，疼痛难忍。她怎会不知，作为考古学家的威尔顿，一向对石头情有独钟。再看他的眼神——凝望她的眼神，从未有过一丝厌倦。虽然他们的婚姻并不完美，可梅贞从内心承认，他和威尔顿是属于同一块石头的。现在，他们之间唯一的缺憾，就是孩子的缺席。那一瞬，斜阳如花，一群椋鸟乌泱泱挂在天际，像挤挤挨挨的古埃及文字。天堂的穹庐布满地狱之火的颜色，但依旧是天堂。

"难道我们只能在机场见面吗？"在北京机场提取行李的这一刻，约瑟夫穿过人潮，来到梅贞跟前，执拗地重复着八年前在法兰克福分别时的问话。

既然是旅行，就有结束的时候。是谁说过，一个人只能顺乎自然地接受合乎他气质秉性的东西，如果他攫取的范围超过了这个界限，那简直是不道德。这个世界充满了诱惑，也布满了陷阱，人世间的浮华比比皆是。

梅贞略为踌躇，随即坦然道："相遇的绚烂，足已让我们终生难忘，祝您幸福！"

约瑟夫蓝眸微挑，缓缓伸出手来，紧紧攥住梅贞的手。彼此在凝视中伫立良久，像所有离别的人一样，都舍不得放手。"我会记住你的微笑，永远！"

看着他再次转身，渐行渐远，彻底消失在视线里，梅贞的眼皮沉重得抬不起来。稍顷，她甩了甩头，拉起行李箱，信步朝出口方向走去。

提乡村九号

一

由于实习公司的突然变故，我不得已离开居住两年的首都柏林，辗转来到德国西南弗莱堡附近的伦巴小镇。经公司同事拉赫曼·斯蒂尔兹的介绍，我租住了小镇远郊一栋咖啡色别墅的地下室。

这是一个门前带天井的小房子，虽说处于半地下状态，但布局精巧别致，家具、灶台、浴室和厕所一应俱全，并被收拾得井井有条、一尘不染。我最喜欢的是床前空地上，铺着一张厚墩墩的象牙色羊毛地毯，虽说旧得泛了黄，可赤脚踩上去，从脚底板到心窝都暖融融的。据说房子和人是有缘分的，我真是对它一见钟情。除此之外房租五百马克，包水、电、暖气，这是我踏上德国以来遇到的最理想的单居室。尤其看到院子的外墙上，标有"提乡村九号"的门牌号，我当即决定，就它了。

周末的早晨，阳光透过茶色玻璃墙，映在毛茸茸的地毯上，我起身吃了早点，而后拉开房门，一股氤氲的法国香水味儿扑面而来。紧接着，房东瓦格纳太太手扶栏杆，沿窄窄的楼梯，一个台阶一个台阶地走下来。老太太身着果绿色西装套裙，脚踩半高跟鞋，穿着透明玻璃丝袜，那打理精致的烟灰色短发，在晨光下银光灼灼。

我赶忙抹了把刘海，微笑着迎出去。老太太用纯正的德语问了声好，而后一字一顿地告诉我，从下个月起，我得补交五百马克的住房押金。

我心里咯噔一下，讲好了的房租，月初即转账，干吗还要让我交押金？说是押金，一旦脱了手，就是肉包子打狗——所有的中国留学生，都在这个问题上吃过亏。因为退房时，德国房东总会罗列出种种理由，顺理成章地扣掉押金。见我毫无反应，瓦格纳太太随即用英语重复了一遍。我依旧故作惊讶地眨着眼，不屈不挠地装傻。

老太太感觉自己白费了半天口舌，无可奈何地摇了摇头，在洒满阳光的小天井里踱了几步，又朝我的屋内认真扫了一眼，掉头朝楼梯方向走去。这时，拉赫曼的黑色奥迪停在了院外，并隔着篱笆墙朝这边招了招手。

还是上周五下班时，拉赫曼特意在公司楼道口拦住我说："你不是特别喜欢德国的黑森林吗？来镇上几天了，还没到山上去过吧？"见我摇头，他随即道："周六上午我刚好经过这里，带你去转一圈如何？"

也许是来自中国西北大漠没见过森林的缘故，我对德国的黑森林向往已久。据说格林童话里的《白雪公主》和《灰姑娘》的故事，就是以这片神秘莫测的黑森林为底色写成的。想到这儿，我兴致勃勃地点了点头。

瓦格纳太太见了拉赫曼，不失风度地问了声好，而后将目光从篱笆墙外收回来，厉声道："我的房子只租住给您一个人住，是不可以带男朋友来过夜的！"

我不明究竟，拧着眉头与拉赫曼面面相觑。

大约半个小时后，拉赫曼的黑色奥迪穿过弗莱堡郊外，迂回曲折地冲上了山道。行至半山腰，但见错落有致的草坪上，蒲公英开得汪洋恣肆，风过处，犹如颤动的金箔。我伸出脖颈朝高处望去，密匝匝笔直参天的杉树林，黑压压了无边际，我不禁感叹："的确是黑色的啊！"拉赫曼瞅了我一眼，随即将车子停在丛林边上一个三角地带，然后对我说："这里有条小路，进去看看吧。"

我亦步亦趋地跟着拉赫曼进了林子。走了不过两三百米，由于丛林过于茂密，阳光几乎照不进来，感觉阴森森、冷飕飕的。我下意识双手抱肩，眼神犹疑，停了下来。拉赫曼便说："今天就到这儿吧，里头冷得很。"

重新回到阳光地带，视野豁然开朗。溪水断崖旁有条长凳，我和拉赫曼并肩而坐，举目望去，对面的山头上有座古堡，雾霭重重的。见我看得专注，拉赫曼说："这座古堡有上千年了，好多童话故事都跟它有关系。"我不由惊喜，这时，从山脚下闪出一个男孩儿，头戴安全帽，脚蹬旱冰鞋，在绿荫夹道的半坡上滑来滑去，犹如绿浪翻滚中的一条小舟。我忘情于这眼前的美好，早晨瓦格纳太太那句莫名其妙的话所引起的不快，已融化消解在这峡谷碧水间的惬意里。

二

记得搬入提乡村的那个午后，我将箱子里的衣物书籍和日用品，一股脑抖落到床上，再一件件归置到衣柜、书桌和卫生间里。一个半工半读的留学生，仅有的家私不过如此，三下五除二便收拾停当。之后我想起瓦格纳太太的介绍，说是小区附近有个大超市，并给我留下地址。于是我背上双肩包，揣上地址，大步流星地出去了。

从超市回来已是傍晚，我提溜着沉甸甸的购物袋，缓缓步入院子。去往地下室的花园小径上，刚好经过女主人餐厅的落地窗外，只见橘红色灯光下，瓦格纳太太一袭紫色低胸连衣裙，红宝石耳坠，黑色细高跟鞋踏在绚烂的波斯地毯上，粉面含春地举着高脚杯，跟一位年龄相仿、穿戴考究的老头儿，对坐在铺着雪白桌布的餐桌前，边喝边聊。我心里一颤，这是怎样的生活啊！再看厅里的摆设，墙上的油画，角落里的壁炉，以及博古架上的雕塑和瓷器，艺术画廊似的。突然"哇"的一声，瓦格纳太太雪白的安哥拉猫，从窗前的灌木丛里跃出，弓着脖子立在我跟前。我悚然一惊，逃也似的朝地下室走去。

当晚，我用买来的食材为自己做了顿可口的饭菜：青椒炒肉丝、香煎鸡翅，并打开一听啤酒。两个月来，应付学业、赶写论文、寻找实习公司，还有搬家……总算安顿下来了，我推开玻璃门，仰天吐出一口酒气，忍不住爬上楼梯，来到上面的园子里。瓦格纳太太餐厅的灯早熄了，而楼上卧室里的温馨，隔着双层窗帘弥漫出来。我抬脚出了院子，树荫、石径、红砂岩小别墅，似乎在冷冽的月光下，晃动着。参差的房舍背后果树林立，凉风习习，送来苹果的幽香。不知不觉地我转了一圈，又一圈，四下里寂静无声，连个人影都没有。一栋栋庭院深深的小别墅，花草、藤蔓和篱笆墙，森林似的围成密闭的空间，不知夜间的德国人，在做些什么？

就想起张爱玲的一句话：你在村子里吃一块肉，全村人都知道。说的是中国农村，人与人无遮无拦，谁说了什么，做点什么，一点隐私都没有。而德国小镇的生态，则是另一番景象。无论是别墅区，还是公寓楼，生活的秘密永远保存在个人手里。

三

又是周末，我攀上露天小楼梯来到地面，阳光无遮无拦地洒下来，瓦格纳太太和那位穿戴考究的老头儿，一改装束，双双穿着蓝色工作服，戴着绿色橡皮手套，在房前的大花园里除草。这定是她的丈夫了，我不假思索地想。因而穿过花园小径时，我一面和他们打着招呼，一面快步走出了院子，折身朝公交车站的小马路上走，脑中依稀充斥着海棠、红枫、矢车菊，还有一对恩爱的德国老夫妻。

这天下了班，我没有直接回住处，而是搭乘一位同事的顺风车，来到弗莱堡市中心。因表妹想报考弗莱堡大学的艺术系，托我为她拍几张大学校园及其周边环境的照片。弗莱堡是有名的大学城，并且是中世纪沿革下来的一座古城，物华天宝，人文荟萃。关于这座城，我搬来之前还听到一个有趣的说法："世界上有两种人，一种是住在弗莱堡的人，另一种是想住在弗莱堡的人。"

这是一所不折不扣的"无边界大学"，各个专业的学院都散布在城里各处，没有围墙，没有醒目的指示牌。弗莱堡院校不仅敞开，还与街上的咖啡馆、商店和二手货摊儿不分彼此。有家小赌场，就开在大学图书馆附近的一条街上。可就是这所貌似散漫的大学，竟产生了十多位自然科学的诺贝尔奖得主，以及韦伯、胡塞尔、海德格尔、哈耶克等一大批哲学家。书香扑鼻的教学楼墙上，镌刻着一句铭文："真理必叫你们得自由！"实际上，弗莱堡的德文"Freiburger"，就是"自由之堡"的意思。值得玩味的还在于，校园里同时端立着荷马与亚里士多德的塑像，似乎在告诉人们：诗歌与科学，浪漫与理性，完全可以相互依存，相映生辉。

从大学阅览室里出来，天空飘起了绵密的雨丝。我踩着发亮的鹅卵石路面，辗转来到镇上的罗马式小广场。赫然屹立的哥特式大教堂，是罗马时期的珍贵遗存，其建筑材料，就源自黑森林盛产的一种红色砂岩，色泽鲜明，独具特色。"二战"后期，整个德国遭遇盟军大轰炸，弗莱堡也未幸免，但教堂和钟楼顽强地保存了下来。一如这个民族，小镇经历了中世纪的宗教改革、炮火洗礼，乃至风雨侵蚀，仍理性而坦然地面对这个世界。云开雾散之后，映入眼帘的是粉红色墙面与金色雕塑组成的馥郁。流水潺潺的沟渠旁，点缀着对比度强烈的彩色民居，以及形形色色的工艺品小店。

时近黄昏，广场上的露天市场开张了。大大小小的货卡一字排开，火腿、奶酪、熏肠和糕点摆得琳琅满目，还有货真价实的山野蜂蜜和布谷鸟钟等，都是久负盛名的黑森林特产。当然，本地的葡萄酒更不会缺席。摊儿前人来人往，繁忙而熙攘，浓郁的生活气息，瞬间盖过了大教堂的肃穆。我禁不住诱惑，买了两根熏肠和一瓶蜂蜜，正待离去，突然看到在一辆货卡前采购的拉赫曼，我毫不犹豫地走了过去。

拉赫曼看到我，先是一怔，而后笑着对身边的女人说："这就是我跟你说起的，公司新来的中国实习生琳达。"同时，对我介绍说："这是我太太卡塔利纳。"

我赶紧伸出手，与卡塔利纳的手握在了一起，略为寒暄之后，我很快告辞而去。

四

德国的冬季，来得真早，十月刚过就纷纷扬扬飘起了雪。下班后，我步行20多分钟回到寓所，几乎浑身凉透。到了屋里，仍是一团寒气，伸手摸了一把床头的暖气片，冰凉冰凉的。怪了，早晨离开时房间还是暖的，这是怎么回事呢？我旋即拧开暖气阀门儿，即便如此，也要持续一两个小时，屋里才能真正暖和起来。

次日晚上回来，房间里冰凉如初。再看暖气，开关回到了零。我不禁诧异，真是活见鬼，难道瓦格纳太太会跑到我屋子里来，亲手关掉暖气开关不成？她那么富有，整天珠光宝气的，住着花园别墅，装饰考究的客厅，会在电费上如此抠门儿吗？

但事实表明，每天都有人走进我的房间，并且趁我不在时，关掉了暖气。

我心里窝着火，下意识打开电磁炉，给自己煮了碗洋葱面。起锅的时候，我望了一眼门外的雪花，突然灵机一动，并未将电磁炉彻底关闭，只是关小一点，直到房间温暖如春。接下来的几晚我如法炮制，烧完了饭，继续让电磁炉保持一定的温度。可有天夜里，我埋头于几页论文，之后倒头睡去，竟忘了关电磁炉。恍惚间好似被人推入一片火海，死到临头地挣扎着……豁然醒来，见电磁炉上余烟袅袅，炉灶边已成炭黑色。定是燃烧时间过长，导致电磁炉毁损。三更半夜的，我惊出一身冷汗，睡意全无，直盯着天花板到天亮。

到了公司，我忧心忡忡地把夜间发生的事儿告诉了拉赫曼，这个憨厚的德国人义愤填膺道："瓦格纳太太不可以随便进你的房间，更不应该关掉你的暖气，这是违法的！"

不仅如此，拉赫曼还跟着我一起回到住处，验证了我的说法。于是他腰一叉，提笔给瓦格纳太太写了张纸条，并声明：电磁炉是他不小心弄坏的，保险公司会来估价赔偿。完了，拉赫曼叮嘱我早晨离开房间时，把这张纸条放在暖气片上。

这一招果然奏效，从此，我房间里的暖气开关再没被关掉过。不仅如此，圣诞节期间的一天，瓦格纳太太突然在园子里截住我，十分友好地问："您有没有洗过的衣服需要烘干？"

转眼到了春节，风雪交加，奇冷无比，同学们互相邀约着凑在一起，抱团儿取暖，以自己的方式欢度这个属于我们自己的节日。除夕之夜，我邀了镇上仅有的四五个中国留学生，一起来过年。我烧了几道地道的家乡菜，他们带来了红、白葡萄酒，我们围坐在地毯上举杯畅饮，恣意释放着人在他乡的孤寂、落寞和疲惫，不知不觉地眼里蓄满泪水，最终哭作一团。乡愁，如同捡拾不尽的珠子，一串接一串。醉意中，我们不顾一切地冲出去，在雪中疯跑、嬉闹、大喊大叫，继而买了张周末车票，一窝蜂似的扎到德法边界的斯特拉斯堡去，痛痛快快地玩了两天。

五

几天后的一个早上，我外出时，见瓦格纳太太缩着头，独自站在篱笆墙外丝丝地抽烟。看到我出来，她马上招呼我说："是到镇上去吧，可否帮我复印几页材料？"

难得碰到老太太张口要我帮忙，我欣然答应。在实习公司值班时，我突然想起瓦格纳太太的嘱咐，趁打印室里没人，索性用公司的复印机，三下五除二，将瓦格纳太太的材料复印完毕。当我兴高采烈地把复印件交到瓦格纳太太的手上时，她郑重表达了谢意，可转瞬之间，却板着脸问："原件呢？"

我一下蒙了。是啊，原件呢？我翻来覆去找了好一番，恍然大悟，原件一定被我落在办公室复印机里了，匆忙之中竟忘了抽回来。

瓦格纳太太听罢，扭身回了房间，出来时已穿戴整齐，满是皱纹的脸上打了一层淡淡的腮红。她眉毛一挑，招呼我坐进她的绿色小奔，她要我立刻到公司将原件取回来。

谢天谢地，瓦格纳太太的原件，安然无恙地躺在公司的复印机里！

然而，就在那个月末，我收到了实习公司的解聘书，并附带一封瓦格纳太太写给我公司的亲笔署名信，大意是：我违背住房合同随便在她的房间里接待朋友过夜，还有男人，几月几日几时来，几点几分离开，全都详细记录在她的备忘录里。她甚至拍下了我的中国同胞在雪地上留下的大脚印，并罗列了一系列我不讲卫生的事实，如不及时打扫淋浴间，不定时清除冰箱的异味，厨房的瓷片上油迹斑斑，除此之外，还说我不顾她的尊严和脸面，把湿漉漉的内衣内裤，晾晒在楼梯的栏杆上……

当着同事的面，我读着这些内容，身上好似爬上来一窝蚂蚁，从头到脚，里里外外，把我啃噬得片甲不留，自尊心如同废纸一般，被揉搓了一地。骤然间，我感觉自己如临深渊，泪水抑制不住地从眼眶里崩出，我大叫一声冲出办公楼，一口气奔到提乡村九号。

夜幕下，我气喘吁吁地来到瓦格纳太太的门廊下，狠命地按响了她的门铃。

门开了，不是瓦格纳太太，而是那位曾与她共进晚餐并时常在园子里除草的德国老头儿。我有些意外，随即收起一脸愠怒，尽量平和地问："您太太在家吗？我找她有事。"

老人和颜悦色地答道："哦，对不起，她不是我太太，她是我的女朋友。前天夜里瓦格纳太太突然中风，还一直在医院里抢救呢！"

复活节前夕，我一大早整理好行囊，推开住了九个月的地下室的房门，越过天井爬上楼梯来到地面。踏出院落的瞬间，我情不自禁地回头张望，就在这时，白色睡袍裹身的瓦格纳太太，耷拉着脑袋靠在门前的黑色轮椅上，颤颤巍巍地举起右手，朝我晃了晃。

我迟疑了一下，冲着她扬起了手。

看不见风景的房间

车子避开熙攘的人潮，一路沿护城河往南行驶，绕过古城墙外的西大街之后，缓缓停靠在香君大酒店的侧门。左丹取包掏钱之际，一辆黑色奥迪擦身而过，在酒店门前的中心地带戛然停下，紧接着一个微胖的背影从后门探了出来。

左丹眉头一紧，对司机说："师傅，开过去，到前面那棵梧桐树下再停！"

顺手带上车门，左丹在梧桐树荫下伫立片刻，她机警地扫了一眼那个刚刚迈上台阶，继而步入酒店大堂的微胖身影。她转身朝马路斜对面的时装店走去，前些日为了陪领导外出考察，左丹在这家时装店一口气买下两件春秋衫，她很清楚，临街的那个试衣间有扇窗子，掀开窗帘，可对香君大酒店的前厅一览无余。

"美女来了，真巧啊，我刚进了一批意大利新款女装，特别符合您的气质！"老板娘见了左丹很热烈地迎上来。

左丹接过老板娘递过来的一款橄榄色立领小套装，说了声谢谢,径直去了临街的试衣间。她看都没看套装,直接将它挂上衣钩,小心拉开窗帘,仔细打量对面的动静。此刻,那具微胖的身影正立在大堂中央,跟身边的两个人说着什么,不时带着夸张的手势,隔着马路左丹似乎看得到他飞溅在空气中的唾沫星子。这是左丹的顶头上司——古城招商办孟主任。

左丹今天要见的人,可不是这样的做派。

在左丹眼里,夏春秋是名副其实的高端领导,有真才实学,有审美趣味,又那么谦和有度。前不久在法国考察期间,左丹还意外领教了他的艺术鉴赏力。穿梭于巴黎左岸的那个黄昏,夏副市长边走边聊,徐志摩、海明威、福楼拜,他甚至提到了萨特和波伏娃。后来考察阿姆斯特丹的海运码头时,他对大航海时代的荷兰,以及荷兰人填海筑坝的奇迹,简直如数家珍。怪不得夏副市长被派到古城来挂职时,曾掀起了不小的风波。一帮土包子领导大开眼界的同时,免不了自惭形秽,就有些羡慕嫉妒恨。政府大院里最近又有传闻,说,夏春秋顶多撑到明年,他不是调回省里当厅长,就是留在古城任书记,前途不可限量。

手机叮咚一声,左丹忙把提在手上的普拉达包包挂回墙上,她从包里摸出手机,只见留言栏里的几行字儿,锥子似的刺进她的瞳孔:"左丹,你得赶紧想办法啊,大晨在看守所都蹲了五天了,他出这么大的事,不都是为了你嘛!"

婆婆将昨天晚上的口头催逼,转换成文字发给她,字字句句都像是婆婆那张干瘦扭曲的脸。自从刘大晨出了事,老太太死盯着她，生怕儿媳妇不尽力，错过了捞儿子的最佳时机。左丹定定地望着窗外，心里的委屈如马路上的人潮，川流不息。但她提醒自己，务必沉着冷静，尤其这个时候。

随着一阵高跟鞋的脆响，时装店来客了。老板娘把刚才的欢迎词变本加厉地重复了一遍，接下来左丹听到了一个清晰而熟悉的声音，这不是他们招商办的办公室主任林蜜吗？——孟主任身边的头号红人儿。孟主任是出了名的豫剧迷，而林蜜是省戏校下来的，文化水平不高，可眉眼撩人，讲话声音能掐出水来。有天下班前，林蜜被孟主任单独招去汇报工作，不大会儿，孟主任的办公室里竟传出了抑扬顿挫的豫剧唱段，从《打金枝》到《杨门女将》，间或伴随几句念白，铿铿锵锵的。

这时，马路上的车轮与沥青路面擦出一声裂帛似的鸣叫，左丹一个机灵，如惊弓之鸟。得赶紧离开这儿！此时此刻，左丹最怕的就是碰到熟人。于是她弯腰低头，从帘下追踪林蜜的步履，只见她的白色细高跟，擦着褐色地板，不慌不忙地踱到西墙的衣架前，拎起两件橙色裙装就进了墙角的试衣间。左丹一个闪身走出来，微笑着朝老板娘点点头，快速跨出门去，穿过马路，登上台阶，眼疾手快的门童"唰"的一声打开了酒店的大门。

左丹径直走向前台，索取了房间钥匙，经由电梯上了五楼，一溜烟似的飘进走廊尽头的一间客房。顾不上查看房内的陈设，左丹脱下外衣扔到床上，便一屁股坐在窗前的小圆桌旁，刻不容缓地掏出手机，发了条信息：夏副市长，我到了，在409

房间。

等待期间，左丹起身扯开厚重的银红色窗帘，借助明亮的光线，凭窗眺望。遗憾的是，视野内除了两棵花絮落尽的泡桐，并没有可供观赏的风景。她的目光越过泡桐树巅极力朝远处张望，一座庞大的建筑群拔地而起，头戴橙色安全帽的建筑员工，工蚁似的穿梭忙碌着。她下意识数了数楼层，已盖到了十三层，不偏不倚地挡住了前方的视线。左丹有些沮丧。因为被建筑工地遮蔽的有开阔的田野、波澜不惊的护城河，还有那座打着明代烙印的青石拱桥。而此刻，左丹心里的视线穿过建筑群，伸向了临街的一栋三层楼。她不由得一阵反胃。刘大晨就是在那座办公楼底层的一个房间里不分昼夜、挖空心思，把自己鼓捣出了事，继而东窗事发进了看守所。否则，她也不会魂不守舍地来到这里，死乞白赖地求助于人。

已经打听清楚了，问题相当严重，牵涉到上千万资金呢！

婆婆一把鼻涕一把泪，神经质地抓住她的手说："你人脉广，赶紧想想办法，这事儿耽误不得。"婆婆的表情分明在埋怨，可话到嘴边却又打住了。她突然贴住左丹的肩膀，将干瘪的下巴伸过来，用一种奇异的眼神看着她，说："你不是跟夏副市长熟吗，去找找他呀？"

婆婆嘴里的热气，宛如蜘蛛趴在了她的鼻孔上。左丹眉头一蹙，想起两年前那个早上，大晨接了电话对她说："妈要咱们回家过周末。"左丹犹豫了一下，还是跟着他回去了。公公死得早，婆婆将大晨兄妹俩拉扯大不容易，老太太一个人独守空房多年，怪寂寞的，只要没啥当紧事儿，他们都尽量回家。何况这次是老太太主动提出来的。

可当他们进了院子，却见当屋摆了张麻将桌，婆婆满面春风地一面招呼他们，一面忙着摆放苹果、花生和瓜子。女人的敏感，让左丹一下子发觉，婆婆今天特意抹了口红，描了眉，两颊红润，身上的铁锈红连衣裙也是新的。便忍不住好奇地问："妈，您这是要打麻将啊，人手也不够呀！"

"过会儿你就知道了。"婆婆兴冲冲说着，朝她使了个眼色，示意左丹到偏房里去。进了屋，婆婆顺手带上门儿，转身从衣柜取出一条水墨绿长裙，在左丹身上比画了两下，压低嗓门说："这是香云纱，朋友送的，我特意留给你穿呢。"未等她反应，婆婆眯着眼补充道，"待会儿，实验中学的韩校长来家里打麻将，你叫他韩叔叔，殷勤点儿。你知道，小玉很快就毕业了，看能不能进他的实验中学教书。"

一缕光线越过窗棂战战兢兢地爬进来，在婆婆皱纹密布的下巴上晃来晃去，像一撮皲裂的树纹。左丹抬头向外，假装盯着一只南飞的麻雀出神。待她拉开门进了客厅，一个中等偏高，肤色黝黑的老男人笑呵呵地来到家里。婆婆赶忙拉起左丹的手，十分亲厚地说："韩校长，这是我儿媳妇，在政府招商办当翻译，外语讲得呱呱叫！"

左丹叫了声韩叔叔，端茶倒水削苹果。麻将上桌后，婆婆娴熟地抚弄着手里的麻将牌，侧脸跟韩校长聊着："丫头就要毕业了，得仰仗您老费心啊。这孩子乖巧、机灵，手脚勤快，模样也不丑，反正你身边没个闺女，干脆叫这丫头给你当闺女算了！"

婆婆旁若无人，越说越起劲，她兜售自己女儿的表情，叫左丹想起某出戏里八面玲珑的老鸨子。

想到这儿，左丹闭上眼，忽地又睁开。她真是懊悔呀，要不是千方百计地把大晨从供销社里调出来，他也不会出这么大事儿——也没那个机会。大晨之所以能从那个半死不活的供销社，调入风生水起的城市信用社，还不是她左丹努力的结果吗！尽管大晨有着过硬的财会专业知识，可他骨子里的清高不时流露出来，不大受领导待见，因而在供销社窝了几年，始终原地踏步。当初左丹嫁给他时，也不是没犹豫过，觉得他事业发展不够理想，可谁让他长了一副阿兰·德龙的身材，眼睛不大，却很聚光，散漫温厚的表情里有股文艺范儿，莫名其妙地就打动了她的心。

机会来得既偶然又顺理成章。那次的东非肯尼亚考察，是陪同古城招商银行领导和供销系统去的，左丹出色的英语和公关能力，不折不扣地落在了周行长眼里。非洲之行相当顺利成功，除了与肯尼亚地方政府签署了投资合作意向，还将供销社积压多年的日用品一股脑儿处理给了当地批发商。在内罗毕的告别晚宴上，周行长特意敬左丹一杯，说："这次的考察成果，你功不可没啊！"赞赏之余，周行长竟提到了自己的儿子。感叹说，"我儿子上中学时，我就希望他把外语学好，可这小子数理化样样都行，就是英语差得离谱。眼看就要高考了，我真担心他的外语成绩会拖了他的后腿。"

说者无心听者有意，左丹认真地说："周行长，我大学毕业后在高中当过三年的英语老师，送的全是毕业班，高考升学率在城里名列前茅。要是不嫌弃，我给您儿子吃点小灶怎么样？"

周行长顿时眉开眼笑，连声道："那敢情好，我正愁得没招，要是左小姐能帮我儿子提高一下英语成绩，他考大学还是完全有希望的。到时候，让我怎么谢你都成啊！"

左丹既爽快，又含蓄："周行长不必客气，这点小忙我义不容辞。说不定将来，我真有事求您帮忙呢？"

周行长快人快语："只要我能办到，只要我能办到！"

一晃就到了次年秋季，天高云阔，金风送爽。周行长心想事成，儿子不仅顺利通过了高考，还如愿以偿跨入了中南财经学院的大门。与此同时周行长投桃报李，将左丹的丈夫刘大晨，拐弯抹角地调入了古城信用社。不出半年，大晨还阴差阳错地当上了信用社主任会计。可事情，就出在大晨担任主任会计和期货操盘手的那段日子。

周末的傍晚，吴胜利从苏州回来时，拎了一篓肥美的大闸蟹，还有一箱澳大利亚红葡萄酒，特意驾上他新买的白色丰田，来到古城墙外最热闹的东大街。一台推土机正轰隆隆当街作业，小区门前堆起了一人高的黄土和石块。吴胜利本想直接去大晨所在的六楼，无奈脚下障碍重重，就打通了大晨的电话，叫他来接应一下。大晨走出小区，见吴胜利满头大汗，白衬衣湿了半截，一手拎着大闸蟹，一手拎着葡萄酒的，很是纳闷。

吴胜利将箱子递到大晨怀里，随口问："这么大动静，你们这里是要干吗呢？"

大晨指了指那台张牙舞爪的推土机，说："准备在那里起个二层楼，要开麦当劳。"

吴胜利是大晨高中时的同学，两人性情相投，并在供销社同一个科室里共过事，可谓知根知底的朋友。政策宽松时，心眼儿活泛的吴胜利停薪留职去了深圳，吃了几年苦头之后，提溜着第一桶金杀回古城开了家贸易公司，自己当起了老板。平时天南地北地疯跑，吴胜利跟大晨几乎没联系，却在这个时候，冷不丁冒了出来。

进了房门，两人略微寒暄了几句，吴胜利便提着螃蟹直奔厨房。他亲自动手，三下五除二将热气腾腾的十八只大闸蟹端上了桌。待红彤彤的蟹壳蟹脚狼藉地堆满大餐桌，两人举着红酒不住地碰着，喝得十分尽兴。大晨红着眼，若无其事地瞅着杯子里的玫瑰色红酒，又琢磨了一番瓶子上的商标，坦然道："这洋酒，真有意思！"

见自己的昔日同事仍是一副心不在焉的洒脱样儿，吴胜利撑开肿胀的眼皮子，瞅着客厅上方的婚纱照——左丹眼神向下，妩媚里透着一股倔强，像是对他的不屑。吴胜利收回目光，举杯跟大晨碰了一下，说："兄弟，我知道弟妹能干，经常陪着领导出国，可咱老爷们也不能太示弱。有机会，咱哥俩得联手干件大事儿！"

"我能干什么大事儿？"刘大晨仰头灌了口红酒，一脸迷惑。

"在过去的供销社待着，是没啥出息，一个计划经济下的烂摊子。可现在你进了信用社，又当起了主任会计，情况就不一样了。"

"那又怎么样？每天过手的资金千千万，可跟咱一点关系都没有。"

吴胜利掏出一盒万宝路，递过去，又摸出一颗叼上，大晨举起打火机双手给他点上，吴胜利猛抽了两口，从烟雾里伸出头，郑重地说："机会总是给做好准备的人！"

此刻的左丹，正陪同夏副市长徜徉于巴黎郊外的蒙马特葡萄酒庄。

说是考察，由当地导游安排了两家法国化学企业参观走访，他们一行在厂房外观摩了一圈儿，而后跟金发碧眼的法国工程师和企业家有个见面会，之后合影留念。次日去巴黎，是他们的城市观光时间。夏副市长身着蓝色牛仔裤、米色夹克衫，目光炯炯，步履矫健，穿过香榭丽舍大街规整的林荫道，流连于绿荫环绕的爱丽舍宫前。夏春秋用官场中从未有过的一种目光，细看卢森堡公园的贵妇、缪斯和诗人们的雕塑，并拂去塑像眉峰和鼻尖儿上的灰尘，若有所思。

"夏副市长，您在想什么？"一旁的左丹，忍不住问。

"我在想，这几尊雕像，是不是出自罗丹的高徒斐拉奇之手。"

"啊，您对法国雕塑也这么专业，太厉害了！"

"哪里，哪里，我只是法国艺术和文学的爱好者。"

　　午后的时光，导游留给大家自由活动。随行的几个成员跟着导游到"老佛爷"商场购物去了，只有左丹紧随夏副市长穿街走巷，七拐八拐地到了圣日耳曼区的花神咖啡馆。在一棵冠盖云集的梧桐树下，夏春秋请左丹喝奶油咖啡，还有牛角小面包。两人悠闲地聊着，眼波交集处，透着说不出的默契。

　　鉴于这个小型考察团的成员中，有位葡萄酒厂的厂长，此行的日程中便安排了一项法国葡萄酒庄园的参访项目，在导游的引领下他们来到名扬天下的蒙马特葡萄种植园。法国真是无愧于葡萄酒大国的称号，在葡萄种植和酿酒技术方面，可谓世界领先。这是巴黎最古老的一座葡萄园，坐南朝北，掩映在古典瑰丽的建筑群间，为时尚的巴黎平添了一抹田园气息。左丹怀着虔敬仰视著名的圣心大教堂，听导游口若悬河："久负盛名的美酒和引人入胜的历史，在蒙马特高地遥相呼应。二世纪中叶，蒙马特修道院的修女们开始在这里种植葡萄，并开启了酿酒生涯。时光流淌到两百多年前，路易十五的情妇蓬巴杜夫人与康帝亲王，争相将这块风水宝地收入囊中。蓬巴杜夫人的财力自然不及亲王，酒庄最终归于亲王名下。时至今日，我们仍能从这款丰富多变的佳酿中，捕捉到它的皇室遗风……"讲到这儿，导游补充道，"这里的葡萄酒产量极其有限，如同限量版的香奈儿，正因此全世界的'蒙马特粉丝'才翘首以待、望眼欲穿！"

　　在凉飕飕的酒窖里，众人就着淡黄色的法国奶酪，品尝酒庄提供的蒙马特干白。临行那位葡萄酒厂的厂长，特意买了两瓶红白葡萄酒。夏副市长迟疑了一下，买了瓶三十年酒龄的蒙马特干红。左丹杏眼圆睁，仿佛在问：不知什么样的人有此口福？

一阵咔嚓咔嚓的声响，伴随嘈杂的人声从窗口灌进来，左丹忙收起思绪，走到窗前。原来是建筑工地上的大型起重机在作业，戴着安全帽的工头在楼顶喊着号子，忙得不可开交。收回目光的同时，左丹伸手带上窗子，把噪声挡在了窗外。

要说平素，大晨是出了名的惧内，对左丹的话一向言听计从。虽表面上不怎么在乎，可时间久了，大晨的心里到底有些不平衡。左丹的这次外出考察，让他感到前所未有的轻松，甚至有几分窃喜。对于吴经理送上门来的期货交易单，他琢磨来琢磨去，那种挡不住的诱惑令他寝食难安，以至于到了后半夜，仍盯着褪了色的天花板百转千回，难以入睡。吴胜利的那番话，鼓点般敲击着："想想那些当权者们吧，动辄成百上千万的，你知道他们的手里有多少钱吗？说出来吓你一身冷汗！咱们这些小鱼小虾，无非在乱石缝里找水喝，不尝试，你咋知道有没有水呢。一旦事成，稳赚一笔！"

吴胜利说得言之凿凿，恳切无比，激愤得脸都紫了。

要是左丹在家就好了。关键时刻，刘大晨还是想起了老婆。可这念头仅仅闪了一下，很快就寂灭了。正因为左丹不在，我才能真正为自己做一回主。大晨眼皮一挑，对着墙角笑了。也许每个人的内心，都有着现实法则无法攻破的一角，大晨貌似脆弱、顺从，而一旦拿定了主意，便以非同寻常的方式，迅速颠覆着既定的程序。

清晨，随着两只麻雀的聒噪，大晨翻身爬起，一把推开窗子，朝霞满天。那栋造型别致的"枫丹白露宫"，正傲立在日月湖边。大晨的眼前跳出左丹的倩影，多少次，她眼巴巴望着前方，自言自语说着："什么时候，我也能住进枫丹白露宫呢？"吴胜利的话再次激起大晨的欲望——只有尝到了有钱的好，你才知道没钱的不好。等事成了，许许多多原本遥不可及的梦想，一下子就能来到跟前。

大晨心一横，对着墙上的结婚照说："左丹，你等着，我会给你一个大大的惊喜！"

叮当——，似乎有人来了，左丹周身紧绷，她轻轻走到门后，屏息谛听，而后判断出门铃是从隔壁房间发出的。这才松了口气，瞄了一眼手机，仍没有消息，便回到床边，脱掉鞋子，斜靠在枕头上，眼前不觉一亮——雪白的墙壁上竟有幅画，一幅镶着巴洛克边框的荷兰郁金香图。千姿百态的郁金香正以摇曳起伏的姿态，释放出难以臆测的清芬与暧昧，阳光刺破处，一架古老的大风车，仿佛在海风的推动下徐徐转动。左丹条件反射般想起了荷兰，想起了阿姆斯特丹。

阿姆斯特丹，名副其实的色彩之都，鲜花、草坪、风车、海洋。在那块缤纷的土地上，还诞生过两位最善摆弄色彩的画家——伦勃朗和梵高。"梵高离癫狂太近，因而瞥见了人类最真实的心灵。也许因为深陷黑暗，梵高便想去另一个世界寻觅独立的光源。"夏春秋是看了梵高那幅血淋淋的自画像后，说出这番话的。

他们一行六人是从巴黎乘夜车到的阿姆斯特丹，然后下榻在运河边上的一栋传统小旅馆。已是清晨，左丹推开临河的雕花木窗望向对岸，石砌楼房的绿色百叶窗垂落着，荷兰人室内的生活被捂得严严实实。石桥上码放着成堆的自行车，肥胖的白人妇女嘴角衔着烟，怒骂桥下黄发纷乱的青年，一道苍老而淡然的目光从女人背后掠过。

计划内的公务参访活动，两天内顺利完成，他们便跟着导游来到市区观光游览。身穿白色夹克衫的导游小姐，兴致勃勃地说："别看阿姆斯特丹是个老迈的城市，但它并不倚老卖老，而是充满了朝气和生机。人间所有梦想得到的享受——物质的、精神的、肉体的，在这里都能一一得到满足。"左丹诧异的是，一座商业气息如此浓厚的城市，却不乏田园牧歌式的乡村野趣。只要你把眼光投出去，都市与乡村便可自由切换。

"想什么呢？"见左丹撇开他们，独自站在一棵香樟树下沉思，夏副市长走过来问。左丹不好意思地笑说："我想起高中时期曾经读过的朱自清的散文，其中有一篇是写荷兰的。"见夏春秋面露好奇，左丹嘴角轻启，如同展开的书页：

一个在欧洲没住过夏天的中国人，在初夏的时候，上北国的荷兰去，他简直觉得是新秋的样子。淡淡的天色，寂寂的田野，火车走着，像没人理会一般。天尽头处偶尔看见一架半架风车，动也不动的，像向天撑开的铁手。

夏春秋听完，眼中闪过一道波光，惊喜道："青春的记忆，年轻就是好啊！"

也有尴尬的时候，是在阿姆斯特丹老城区闲逛时，抬头见一红色标牌"Erotic Museum"。李厂长碰了碰左丹问："这是啥意思啊？"左丹愣了一下，正要回答，导游小姐开口道："这是全欧洲唯一一家'色情'博物馆。其实也没什么，看看无妨，免费的。"

几个人听了，你看看我，我看看你，内心跃跃欲试，只是碍于情面故作镇静。

导游小姐见惯了这种场面，她手一挥，众人躬身就跟了进去。

博物馆不大，房间里头套房间，有点楼中楼的格局。当门立着一尊雪白的维纳斯雕像，继而是骑着自行车的荷兰女子，脚蹬雕花木鞋，风驰电掣中金发飘飘，带着玛丽莲·梦露的笑颜。接下来一个令人瞠目结舌的"性"世界纷至沓来，图片、卷轴、书册、挂件，五花八门的性工具等。面对这些，早已面红耳赤的左丹，闪避到一角，一种莫名的悸动，携带着狂奔猛泄的能量，骤然蕴藉在小腹，她身子一颤，顿感下体有股热流涌了出来。

糟了！左丹登时心惊肉跳，一阵慌乱。算好的日子，怎么会提前来了呢，真是要命。她左顾右盼，下意识摸了摸臀部，而后折身朝楼梯口移步。女店员似乎知晓左丹的秘密，顺手指了指墙角的 WC。左丹会意，随拐进角落里的洗手间。刚进门儿，便瞅见了摆放在显要处的一包卫生巾，眼泪都出来了。

出了洗手间，迎面碰上沿楼梯下来的夏春秋，左丹头一低，朝门口走去。

夜幕降临后的月色海盐似的洒向古老的建筑群，也洒在运河两岸的长街上。红灯照耀下的橱窗里，穿着暴露的女郎们开始了她们形形色色的表演。左丹觑着眼，打量这些极尽风骚的橱窗女郎们，有白人，有黑人，也有黄种人，她们带着难以描摹的眼神，或坦然站立，或从容端坐，那种故作轻松的姿态，让左丹有种说不出的难堪。

左丹找了个理由，不再跟着他们徜徉。她溜达着原路返回旅馆，冲了个热水澡，而后歪在床上想心事儿。又深又蓝的穹隆下，星辰密布，不时有流星划过。静谧中电话铃倏然响起，左丹拿起来接听，竟是夏春秋。

"这个时候，你一个人窝在房间里不亏吗？"

左丹忙问："你今天下午不是会朋友去了吗？"

"是啊，老同学请我在船上吃了晚餐后，我就让他把我送回来了。怎么样，到我房间里来说会儿话如何？"

左丹举着话机的手本能地抖动了一下，惊慌中听筒从手掌滑落在地。夏春秋显然察觉到了，转而说："这样吧，咱们到楼下酒吧里坐坐，喝点东西好不好？"

撂下电话，左丹套上毛衫，搭了条丝巾，走下楼去。夏春秋正坐在厅前的露天小酒吧里抽烟。月光照在他饱满的国字脸上，看上去神采奕奕的。就在这一瞬，两人目光对接，似乎都藏着说不出的心事。联想起刚才运河两岸的橱窗女郎，左丹打破沉默说："荷兰好开放啊，他们是怎么变成这个样子的？"

既然通晓巴黎的雕塑，对阿姆斯特丹定不会陌生。夏春秋沉吟了一下，说："你可知道十七世纪的荷兰是海上贸易强国，他们创建的东印度公司遍布全球。走南闯北的人，思维相对开放，四海为家的海员们挣够了钱，上了岸就想寻欢作乐。据说那时的姑娘们，喜欢把点燃了的蜡烛放在窗台上，暖融融的红色光泽叫人想入非非，而红光映照下的女人，是具有催情效果的。"夏春秋瞥了一眼左丹，总结道："久而久之，阿姆斯特丹就变成了今天的样子。"

左丹耳根发热，一股隐蔽的情愫油然而生。面对这样一个男人，她第一次觉得自己的定力不够，也许迟早会被他俘获。男人放下酒杯，轻轻按住她的手。左丹没有动弹，仿佛在享受这突如其来的亲昵。夜游的几个人有说有笑地回到旅馆，夏春秋看到他们，连忙招手。于是便兴致勃勃地凑过来，大家围坐在一起闲聊。

"我真是搞不清楚，这到底是自由民主，还是放任自流？"

"阳光的背面是阴影，红灯区的行业，是与经济繁荣相伴而生的。"

......

眼前的对话，有一搭没一搭地进行着，左丹的思绪羽毛般飘了出去。在这样一个世界里，她想起了那位著名的中国作家郁达夫，以及他早年在日本东京求学时的苦闷与彷徨，连同一段刻骨铭心的风流艳史。

在从阿姆斯特丹飞往北京的航班上，夏副市长与左丹邻座。十多个小时的飞行，让他们的关系有了一个飞跃。话题从运河边，到风车村，再到古城的政府大院，聊得畅快淋漓。飞行至蒙古的乌兰巴托上空时，夏春秋突然侧过脸来，白色衬衫敞开了两颗纽扣，看上去干净而又性感。他毫无过渡地一把攥住左丹的手，看她的眼神别具深意。左丹一动不动地感受着他指尖的力度，她沉默着，尽管手心汗津津的。好一会儿，她才慢悠悠地抽出了自己的手。

回到古城，左丹应夏春秋之邀，去了一趟郊外的草莓试验田。是他主动发来的信息，并亲自开车来接的她。说是周末遇上这么好的天气，怎能辜负好时光！正是初夏，左丹穿了条白色短裙，蓝色 T 恤衫，洁净利落，甚至有几分飒爽。夏春秋上下打量，情不自禁地说："世人只讴歌酥胸，却忽略了酥腿。"

左丹听了，脸一红，扭头朝向无垠的田野。草莓试验田的一侧是西瓜地，另一侧是搭着塑料大棚的菜园，不远处有个狭长的村落，村子背面是众人皆知的黄河故道。就在故道两侧，起起伏伏、沟沟坎坎的河滩斜坡上，有片茂密的槐树林。

"你就这么喜欢看风景啊？"见左丹站在田埂上出神儿，夏春秋走近问。

"你呢，不喜欢看风景吗？"

"你就是我眼里最美的风景！"

好在看护园子的农民并不认识夏副市长，这让他们倍感轻松，一点心理负担都没有。两人面对面蹲在草莓地的两边，亲自动手摘了满满一筐晚熟的草莓，夏春秋吃了两颗，并坚持为这筐草莓付了钱，而后递给左丹说："带回家去，让家人也尝尝！"

左丹推脱了两下，说："这么多，您也带些给家人吧？"

夏春秋拍掉手上的泥土，说："你全都带走，我的家人离得可远着呢。"

左丹听后，心头一动。她知道，夏春秋是一个胸怀大志的人，试图在这中原之地营造出一片属于古城的盎然生机。这片草莓试验田，就是按照他的规划，由一片杂草丛生的荒地开发出来的，旨在让古城民众有个外出郊游的地方，并且自行采摘草莓和瓜菜，其乐无穷。

本以为就此打道回府，夏春秋的车却长驱直入朝向村后的黄河故道开去。只见他东拐西拐，穿过一片槐树林，在对岸的一家土菜馆门前停了下来。土菜馆很土，从外面看上去甚至有些简陋，仿如一户普通的农家院落。而当他们穿过后院，沿回廊走进去，却是曲径通幽，别有洞天。到了回廊尽头，夏春秋领着左丹，走进配有实木桌椅、沙发布垫儿、墙角立着一架棉花纺车的小包间。

"好独特的地方呀。"左丹甚为惊奇，不觉喊出了声。

照夏春秋的示意，左丹顺从地坐在他对面的一把椅子上。这时，夏春秋将腋下的黑色手提包放在桌上，然后从包里取出一个瓶子，不动声色地把它推到左丹面前。

"啊，巴黎的蒙马特干红！"左丹再一次杏眼圆睁，大呼荣幸。

夏春秋笑了，意味深长地说："这瓶三十年酒龄的干红，我想来想去，只有你配得上。"说完他走到墙角，拿起电话，语调平和地说："还是老规矩，可以上菜了。"接着他又补充道，"吩咐个伙计来，把红酒拿去醒一醒。"

地锅鸡，苦瓜片，红烧泥鳅，莲藕鲫鱼汤。"来来，尝尝这家土菜馆的招牌菜。"夏春秋亲切地招呼左丹，说，"这里的菜，看似平常，却比宴会上的山珍海味都要鲜美！"

不得不承认，这是左丹吃得最舒心最可口的一顿晚餐。黄河故道的土菜，配法国蒙马特红酒，稀世绝配，太让我开眼界了！左丹接过夏春秋用普通玻璃杯盛放的法国红酒，发自内心地感叹着。最后一道主食，更是让她惊得目瞪口呆。老乡用三轮车推着个小火炉，一路沿回廊来到包间外，进而推至餐桌前，当着两位客人的面，从熊熊燃烧的小火炉里取出了烤得金黄焦脆的大烧饼，放在桌上的柳条筐里。左丹惊得目瞪口呆。在古城，她吃过无数的烧饼，却从未见过这样的场景。

挂着竹帘的窗外，是沉默而苍凉的黄河故道，在傍晚的天光下释放出亘古的忧伤。夏春秋靠在椅背上，脸上带着宽和的笑意，他陡然起身，走到左丹跟前，不由分说地拉起她的手，引至沙发跟前。左丹的瞳孔有些涣散，但她努力稳住自己的心神。夏春秋将两只手搭在左丹的肩上，同时脸贴过来吻她。陈酿已久的蒙马特红酒，跨越千山万水来到黄河故道，在两人滚烫的呼吸和舌尖的搅拌下变得越发浓郁了。

身不由己的两人已滚落在靠墙的沙发上。仿佛从梦中惊醒，左丹一个鲤鱼打挺，从男人的怀抱中挣脱着站了起来。她执拗地转过身去，快速取了包退到门前。男人也站起来，很绅士地说："那好吧，那好吧，今天就这样。以后有什么事，我希望你来找我啊！"

呆坐床沿儿的左丹，满腹委屈地想：我现在不是找你了吗，你为什么不回应我呢？

都是大晨惹的祸！左丹的眼泪簌簌坠落。作为信用社专职期货操盘手，他明知公司期货交易的策略和原则，却在吴胜利的蛊惑下，被挣钱的欲望冲昏了头。两人一番密谋之后，决计里应外合，以有利价位提前买入相关期货产品并埋单，而后采用与公司报单价格相同、时间衔接紧密和大单覆盖的方式，进行一系列违章操作和交易……自以为瞒天过海，死到临头还打着如意算盘——待左丹从欧洲归来，一切将大功告成。

哪个房间的门开了，继而传出了一连串老男人的咳嗽声。左丹悚然立在门后，屏心静气，之后无可奈何地回到床边。隐忍、冷静、处变不惊，本是她素有的禀赋，哪怕她的内心早已是波澜万丈。出了这么大的事，左丹也顾不上温水煮青蛙了，她今天早上一骨碌爬起来，决计舍身救夫。幸好公检法这一块，恰是夏春秋分管的口，于是便拨通了他的电话。却是秘书接的，说夏副市长在香君大酒店开会，让她下午再联系。左丹按时打过去，急切地求他帮忙，只听他含含糊糊地说："找个房间细谈吧！"

不知过了多久，群山环绕的草原上呼啦啦地冲过来一群长尾猴，尖叫着朝她龇牙咧嘴，与此同时一个富有磁性的男中音娓娓道来：猴群中力气最大的那只公猴，最能俘获母猴的心。它气度威严，卓尔不凡，像是服了春药般魔力无穷。这个世界处处鱼龙混杂，向来是美与野性的冲突。而在动物世界中，是不存在道德约束的，因而贪婪的公猴，往往把整群母猴据为己有，无一例外。柔韧、厚重而又绵长的解说，直抵左丹的心。转瞬之间，风度翩翩的夏春秋，变成了那只力大无比的公猴，他拍打着自己的胸肌朝她猛扑过来……

她夸张地呻吟着喘息着，豁然睁开双眼。只见夜幕低挂，一颗星星也没有。左丹恍然意识到，刚才那场厮杀激烈又温情脉脉的场面，不过是梦里演绎。梦境与现实的交织冲撞，让她羞愧难当，一种虚妄的轻飘感伴着隐隐的酸楚，瞬间溢满周身。

这些年，她在各种诱惑面前左闪右避，自以为有能力保持那么点洁身自好。而古城，是一个关系大于规则的地方。归根结底，这里讲的是关系、裙带和人情世故。人微言轻毫无根基的她，何曾没有想过，倘若有他这把大伞罩着，什么事不好办！他位高权重，关键是，对她青眼有加。私下里，左丹真的贪恋过那种不寻常的温暖与安全感。她原本就不是和风细雨里长大的女人，有着数不尽的心事，在这样一个小地方，没人做得到横平竖直黑白分明。混沌、莽撞、率真，偶尔带着一丝野性，让她与大院里的循规蹈矩划清了界限。或许正是她的跳脱、格色、不落俗套，像一股旷野的风，给那些不甘平庸大权在握的男人们带来了莫名的刺激。而当她于燃眉之急，果真撕下脸皮俯身相就愿荐枕席时，却发现兜兜转转地绕了个圈儿，如同一个干瘪的休止符，被无情地凉在空中，又像是红灯照耀下的站街女。

难以排遣的郁闷中，左丹打开电视，古城的晚间新闻滔滔涌来：市委书记下基层看望群众；市政开发建设有条不紊，前景一派大好；今年的秋庄稼长势喜人，老百姓满怀信心。最后，市政厅大红背景的主席台上，端坐着几位重要领导，气韵内敛的夏春秋赫然在目。主持会议的秘书长底气十足，声如洪钟："副市长夏春秋同志在我市挂职两年，政绩突出，明天将离开古城赴省里担任要职。今天的大会既是为他庆功，也是为他送行……"

左丹的大脑嗡嗡作响，太阳穴蹦到了心口，顷刻间失掉自主。她与他的目光仅一线之隔，却山重水复，层峦叠嶂，一切都还未开始，便煞了尾。黑暗带着刺眼的光，灼得她心痛不已。左丹似乎听到满腔的希望，在自己身上碎裂的声响。

大晨这是咎由自取，她恨恨地想。一阵悲哀连带着刻骨的屈辱，由内而外地蔓延开来。左丹闭上眼，在黑暗中祈望有灵光闪现。拥塞的意识里车来人往、喧声不断，各种闪念不自觉地逸出视野。窗外风声起伏，花絮落尽的泡桐狂躁地低语着，像是有点错乱又无法总结的人生。左丹机械而无力地踱到窗前，站在变幻不定的夜空下，仿佛站在世界的尽头。

情困布鲁塞尔

一

苏黛眉是在北京首都国际机场入关时被拦截下来的。她随后被带到机场大厅拐角处的一间办公室。蓝色制服的年轻女警官神情端凝地上下打量了她一番，最终客气地说："女士，您不能出关，也就是说，您不得入境。"

一阵轻微的寒栗迅速掠过黛眉的心头。她当然明白"不得入境"的含义，就是不得踏上中华人民共和国领土。想到这一层，黛眉的眉心火苗似的乱窜，两只手汗津津的，慌乱之中竟脱口而出："为什么？"旋即，她就后悔了。

这还需要问吗？她早该料到的，只是不想正视而已。有些事在未经验证之前，总会抱着那么一丝侥幸。俗话说："不到黄河不死心，不见棺材不掉泪。"黛眉无奈地垂下双眸，在虚幻中双手合十，暗暗做了几秒钟的祈祷。

女警官大概想给黛眉一个彻底的交代，便展开她的护照，再次与电脑屏幕上的信息一一对照，而后庄重地对她说："您的名字已被列入中方禁止入境的名单，您现在所能够做的，是原路返回！"

仿佛一脚踩空，黛眉的五脏六腑迅速掀起一股跌落深谷的闷响，轮廓清秀的五官顿时扭曲了。她就势抵住跟前的一张办公桌，竭力让自己站稳。女警官随手拉过一把椅子，示意她坐下来。黛眉歉然点头，努力让自己保持镇静和优雅，她不能失态，这是多年来养成的职业习惯。那些连缀着民族尊严和个人素养的风仪，在她心里生了根。事到如今，黛眉知道争辩是没有用的，再追究下去，只会自取其辱。

然而，黛眉并没有死心。她明白任何事情都可通过谈判和交涉来进一步争取，哪怕事态到了最严峻的时刻。这是多年的外交生涯赋予她的经验和思维惯性。黛眉掏出纸巾轻轻拭去眼角的泪，她按住胸口一字一顿地恳求道："能否请您通融一下，我是接到母亲病重的消息连夜赶回来的，我哥哥正在接机口等着我呢。能不能让我跟哥哥见一面——就在你们指定的时间和地点？"

大约半小时之后，黛眉被引到一间四面通透的玻璃房内。

等待的时光，黛眉扫视熙熙攘攘的前厅，回想起刚才抵达机场的那一瞬，她简直有些眩晕了。新盖的航站楼大得令人瞠目结舌，从布鲁塞尔机场降落到北京，如同从萎缩景观一下子切换到广阔天地，她不得不放慢了脚步来适应，好让自己一点一点地融入海关检查的洪流。前方的海关检查员是个清瘦的小伙子，剑眉大眼，黑发浓密，黛眉的心为之一动，就想起了在温哥华念书的儿子。大鹏也有这样一双剑眉大眼和同样浓密的黑发。可大鹏的头顶有两个不为人知的旋儿，据说有两个头旋儿的人，特拧，爱钻牛角尖，这话是有道理的。这几年大鹏很少主动与她联系，也不肯接受她的邀请到比利时来读书。她知道，大鹏的心里始终赌着那么一口气。

"女士，您和亲属的会面时间是五分钟。"

女警官说完，身子一闪，黛眉的大哥迎了上来。

兄妹俩一照面，都有些百感交集，随着一声"哥"的呼唤，黛眉的泪水簌簌直落。在这间装备精良的茶色玻璃房内，两人当着警官的面纵有千言万语，却不知从何说起。待他们回过神来惶然进入角色，时间仅剩下了三分钟。大哥接连道了几声珍重，立在一旁手足无措。黛眉心头一惊，接下来的问候与叮咛，像罐装盒里的沙丁鱼，跌跌撞撞、挤挤挨挨地直往外涌。

当晚九点五十分，黛眉在一名男警员的护送下，重新踏上回布鲁塞尔的航班。飞机轰然升空的这一刻，黛眉整个人都淹没在汹涌的泪海中，她颓然倒向窗前，心随机身的颤动而剧烈地抽搐。苍茫大地、沉沉雾霭之上，祖国的蓝天白云异常清澄，也异常炫目，像电影里的慢镜头缓缓定格在黛眉的脑中。不知过了多久，她迷迷糊糊地睁开眼，飞机恍如穿行于冰川雪峰之间，机身羽翼被响亮地刮擦与冲撞，心上留下透明的划痕。

二

哥哥的电话是前天下午打进来的。当时黛眉正在楼上俯瞰落叶满地的庭院，夏季早过了，阳光灿烂的日子倏地褪下，布鲁塞尔的深秋悄然来临。哥哥的声音并不响亮，却急促得叫人心慌。黛眉还是第一次接到家里人打给她的电话，她抓着听筒的手本能的有些颤抖，仿佛手里抓的不是电话，而是一枚带着引线嘶嘶燃烧的手雷。

"妈摔伤了。"哥哥急切地说，"昨天晚上从浴盆出来时滑了一跤，刚巧磕在了便池上，眼下正在圣保罗医院等待手术，你能不能回来一趟？"

黛眉被哥哥的话惊得两眼发黑，不知所措。怔了好一会儿，才回过神来，她匆忙走到镜子跟前，用十指拢了拢头发，并将一张银行卡塞进包里，一眨眼的工夫，就来到布鲁塞尔的繁华地带，在那家欧亚旅行社，迅速订了一张布鲁塞尔飞往北京的机票。

次日黄昏，黛眉整装待发。勃兰特提前从部里赶回家，将车泊在紫藤缠绕的篱笆墙外。他走进客厅，黛眉立刻迎了上来。勃兰特见妻子目光游离，关切地问："都准备好了吗？"黛眉重重地点了点头。勃兰特欠身拎起玄关处的咖啡色行李箱，越过厅前的砖石小径，直奔后备车厢。

晚霞透过车窗斜射过来，将黛眉身上的银灰色风衣和胸前的提花丝巾映得姹紫嫣红。她索性闭上眼，坦然接受夕阳的温暖抚摸。一夜盘桓，黛眉难掩焦灼。闭目养神时，白天的紧张和忙乱纷至沓来。尽管仓促之间来不及细想，她还是利用大半天的光阴，火速购了几样物品：两条施华洛世奇水晶项链，三瓶香奈儿五号香水，又在布鲁塞尔皇后大街选了几盒精装咖啡和比利时巧克力。母亲正躺在医院里等待手术，托人情势在必行。这样的节骨眼儿上，她不能不多备几样东西，否则心里不踏实。办完这一切，黛眉又折入西街银行取了一笔现金，拿报纸裹了揣进随身携带的手提包。车过桥墩时，车身猛烈颠簸，黛眉下意识捏了捏身边的黑色手提包，暗自吐了一口气。

机场如集市，人头攒动，熙来攘往。要说在欧洲，布鲁塞尔飞北京算不得最繁忙的航线，因为立足于比利时经商打拼的华人有限，不像德国和法国，是华侨华商的大本营。可欧盟总部驻扎在布鲁塞尔，北大西洋公约组织也设在这里，全欧洲的头头脑脑们频繁往来于此，每天坐在一起商讨政治、经济、恐怖袭击、军事制裁、难民涌入等问题。猛然抬头，黛眉见自己的咖啡色行李箱已被勃兰特拖上了黑色传送带，金发碧眼的汉莎小姐正微笑着请她出示护照和机票呢。

在安全通道的铁栅栏前，勃兰特轻声道着珍重与妻子热烈拥抱、吻别。

目送黛眉的背影消失在明晃晃的人群里，勃兰特这才踱出大厅，在廊檐下的抽烟区，掏出一支飞利浦叼在嘴上。可他摸了半天，打火机似乎没在身上。一旁的浓妆女人主动把火递过来，勃兰特微笑着点上，深吸一口，心里的忐忑略有缓解。昨晚，当他听到黛眉回国的决定，并看到那张已然到手的机票时，的确有些忧心忡忡。他在当夜的梦里，见妻子乘坐的航班因北京天气原因，而被迫降落到乌兰巴托。这不是个好兆头！勃兰特一觉醒来，惊了一下，他于是把自己的不安，委婉含蓄地告知妻子。他是个有策略的人，分寸把握得恰到好处。可担心归担心，他并没有十分的把握，何况黛眉持有中华人民共和国护照，理所当然的是中国公民呀！

然而，勃兰特无法忽略的是，三年前当他决定和黛眉成婚时，欧盟总部明确向他发出通告：退休之前，他不得前往中国。除此之外勃兰特还隐隐感觉到，他的仕途前景也将受到一定程度的影响。

这是他和中国外交官联姻必然付出的代价。

爱情总是这样，常常穿着诱人的外衣让你就范。无论付出多大的代价。

三

那是五月，瑞士最迷人的季节。勃兰特奉命到日内瓦参加多边会谈，连续三天的激烈争辩和讨论过后，他心神涣散，头昏脑涨。他逃离了一场可有可无的晚宴，独自来到雪岭冰峰下的一个露天酒吧，一面沉醉于周边的湖光山色，一面啜饮高脚杯里的凯瑟拉。酒还剩下了一小口，勃兰特若无其事地低头把玩着酒杯，忽见水晶杯的底座上晃动着一个倩影。他猛地抬头，朝斜对面的小径上望去。

女人刚刚走出林荫，款款迈向酒吧的樟木台阶时，不料一个趔趄，"啊"的一声跪在了地上。勃兰特隔着座位急奔过去，一把将女人搀起。黛眉忍着痛，拼命挤出一丝笑意，蹒跚着就近坐下来。她要了一杯果茶，轻轻抿了两口，遂低下头去，不停地揉搓着疼痛难忍的右脚踝。

隔着两个座位，男人不动声色地瞧着，只有片刻迟疑，他便从容起身，走到女人跟前说："请允许我为您看一下脚好吗？"

骨科医生世家出身的勃兰特，虽在读高中那年改弦易辙，十分逆反地抵制了父亲要他子承父业的打算，但多年的耳濡目染，勃兰特轻而易举地汲取了不少骨科常识和临床经验。此刻，他带着骨科医生的职业目光，将女人的脚轻轻搁在自己的腿上。他俨然一个医生，十分娴熟地捏住女人的脚，扭过来扳过去，三下五除二就免去了黛眉到医院就诊的麻烦。稍后，勃兰特眉头舒展，搓了搓手道："问题不大，回去涂两天 Voltadol，哦，就是一种跌打损伤的止疼药膏，就没事了。"

"Voltadol？"黛眉反复咀嚼这个生僻的字眼儿，连感谢的话都忘了说。勃兰特认真地说："这个药膏针对跌打损伤效果奇好，瑞士的各大药店里应该都有出售。"不过，勃兰特转而补充道，"我在酒店的洗漱包里倒是有一管，这种常用药物，我总是随身携带的。"

　　黛眉不假思索地从包里取出纸和笔，请勃兰特将药膏的名字写给她，并说："明天上午我有个会议要参加，我希望今晚就能涂上你说的这种药膏。"她收起纸和笔，自言自语道："但愿我居住的索菲特酒店附近会有家药店。"

　　勃兰特双肩一抖："啊哈，真是巧极了，我也住索菲特！如果您不介意的话，可以顺便搭乘我的车回酒店，我把药膏拿给您用就是了。"

　　坐进勃兰特的黑色宝马，黛眉这才腾出心思打量一番身边的男人。从侧面看上去，勃兰特鼻梁挺拔，肌肤晶亮，圆润的下巴与雪白的衬衫和酒红色领带交相辉映，儒雅里透着一丝贵气。黛眉的心为之一动。车开得很慢，如同驱车漫步在林荫大道上。黛眉把目光从山巅收回来，饶有兴志地观赏马路两旁的风景。这时，男人扭过头来定定地看了她一眼。这一眼他不仅看清了女人异乎寻常的美，还觉察到她脖颈处纤细跃动的青紫色静脉。黛眉忙又把目光投向远方，在心里揣摩起男人的身份和来历，而后试探地问："您是北欧人吧？"

　　勃兰特沉下灰蓝色的眸子，说："我出生在比利时一个北方小镇。那是面向大西洋的一个古老渔村，我的曾祖父是捕鱼高手，直到今天，欧洲人爱吃的金枪鱼，有许多，就是来自那里的沿海渔村。"

　　不知怎的，黛眉的思绪竟跳到了波罗的海一带。她一厢情愿地认为那个地方常年伴随极昼和极夜现象。夏季几乎日不落，即便深更半夜天地也是微亮的。那么冬季呢，黛眉继续猜测北欧人如何面对几个月不见天日的冬季，是否会让人心绪烦乱、万念俱灰呢？她带着同情的目光瞟了一眼勃兰特，这时，两人的目光刚好相撞，不由得都笑了。

在酒店大堂分手时，黛眉握住男人递到她手上的跌打扭伤的药膏，由衷地道出内心的感激。顿了顿，黛眉略显腼腆却又落落大方地伸出手说："我叫苏黛眉，不知您后天晚上可有时间，我想请您去郊外的中餐馆吃烧卖？"

四

这是一家中国风味的餐馆。酒店布置得清雅别致，字画、瓷器、根雕、修竹乃至慈眉善目的观音，都点缀得恰到好处，深得中国传统文化的精髓。老板是中国台湾人，操一口浓重的台东口音，夫妇俩在风光旖旎的日内瓦湖畔经营这家餐馆三十多年了，广受中西方食客的青睐。

黛眉谙熟西方人的口味，就点了酸甜可口的咕咾肉、脱皮虾和石榴状的水晶烧卖。末了，黛眉又特地为勃兰特要了两枚红烧狮子头。看到黑色雕花漆面餐桌上，陆续摆出色香味俱全的拼盘与主菜，勃兰特将餐巾挂在胸口，迫不及待地挥舞刀叉，吃得兴致勃勃。

餐饮接近尾声，两人举起店主送上的冰片梅酒一饮而尽。在酒力的膨胀下，勃兰特眉峰一抖，视线从女人宝蓝色的真丝手绣领口，滑向其丰满的胸部，他的内心狂跳不止。勃兰特暗暗惊叹于女人肌肤的光洁与细腻，她纤弱精巧，没有那种夸张的性感。勃兰特情不自禁，一把托起黛眉的手，搁在唇边吻了吻。

妻子尤利娅也曾有过一张富有魅力的脸，他和她甚至算得上青梅竹马。可不知为何，结了婚，生了两个孩子之后，妻子的嗓音和性情逐渐变得粗俗无常，近乎霸道。有时候她当着外人的面，丝毫不讲情面，动不动对他发号施令，让他这个极重涵养的外交官斯文扫地。大概由于尤利娅从小在农场长大，父母是荷兰农场主，一天到晚跟牲畜打交道。家里的房前屋后，绿荫环绕，花木葱茏，可妻子本人，却越来越像一株干枯的植物，不仅丧失了水分，连女人的天性也渐渐远去。

黛眉避开勃兰特顽固的盯视，把目光投向杯子里的酒，而后抬起头来嫣然一笑，两颊泛出一团红晕。"您很迷人。"勃兰特直言不讳。事实上，他一直注目黛眉，并从她温婉柔和的姿态里，想象着整个中国的样子。最后，勃兰特字斟句酌地问："您，是和家人在一起生活吗？"

他问得小心翼翼。西方男人往往以询问家庭为掩护，向对方发出爱的信号。此刻，他多么希望对面坐着的女人，是单身一个。

"我儿子在念高中，明年的春末夏初将参加高考。您可知道，中国的孩子要想读大学，必须经历一场严酷的选拔考试。"母亲的自豪与安详，瞬间洋溢在黛眉的脸上。她从包里掏出大鹏的照片，伸到勃兰特跟前。

勃兰特的心如同被蜇了一下。他迅速调整情绪道："这孩子看起来很有个性，一定像他爸爸。他爸爸是从事何种职业的？"

黛眉扫了一眼远处的雪山冰峰，喃喃道："他是一位科研工作者，高级工程师，长期奋战在中国西部。"

"那么，将您这样一位纤弱女子独自丢在家，他不觉得惭愧吗？"

"惭愧？不啊，他的工作很重要，很神圣，他肩负着祖国的重任，站在中国科技高峰之巅。与之相比，家庭算不了什么，也无法相提并论。"

勃兰特差点想说，一个健全的婚姻是不允许夫妻双方长期分居的。

黛眉读懂了勃兰特的眼神，笑着解释道："哦，这些都已经过去了。六年前，我丈夫在一次重大工程试验中受了重伤，过世了。"

黛眉说得平静，可男人的心却陡然起了波澜。勃兰特按捺住一涌而起的狂潮，轻声道："对不起。我本人在布鲁塞尔工作，但我的家人在比利时与荷兰交界处的一座小镇上。我几乎每周都回家，与孩子们团聚。"勃兰特着重强调了"孩子"的分量，实则用心良苦。不过他每次回家，的确只是与孩子们团聚。儿子的功课，女儿的交友，至于妻子——他已经很久找不到那种温存与和谐的感觉了。连他自己都不清楚，究竟是从哪天开始的，他和妻子之间，似乎只剩下了普通意义上的寒暄与敬畏。

会议结束前夕，勃兰特的身心在不屈不挠地抵触着回家的惯性。他破天荒对这个司空见惯的城市充满了留恋，他是如此强烈地渴望留下来，并且坐在这个女人的对面，看着她的黑眼睛喝酒、聊天，听她娓娓道出远方的故事。怎么回事？勃兰特问自己。在日内瓦湖畔的工作之余，与小巧可人的东方女人邂逅并擦出火花——这是否套路得令人生疑。勃兰特啜了口啤酒，摸了把燃烧的额头，似乎瞬间甩掉了胆怯与恐慌，他突然直视黛眉，温存地说："明天是周末，我能请您到布鲁塞尔做客吗？"

五

从布鲁塞尔回到天津，黛眉对自己说："这个人就是我的归宿。为了他，我可以无条件拥抱欧洲。"

多少年了，黛眉为了全方位照顾儿子的情绪，一直孤寂死守，单调而平静地打发着光阴。这些年她的生命里仿佛只剩下两样东西：儿子和工作。她因此打消了一个又一个来自外界的干扰，调动起所有的意志，把自己打造成一个心如止水的女人。为了增强自身的免疫力，她定期走进瑜伽会馆，以绵软之力抵御肉体的各种欲望，以柔克刚，提防来自周边的风吹草动。

然而，树欲静而风不止。其他人也就罢了，叫黛眉头疼的是她的顶头上司刘主任。这个仪表堂堂的男人，常常借工作之便向她发起攻势。有一次在雅加达开会，刘主任暗示她道："这次会议并无实质性内容，完全可以不参加，可我为了你才安排了这次行程。数九寒天，整个中国北方像座冰窟，人冻得都变了形。而印尼一年四季花团锦簇，何不趁此舒展一下腰身，尽情享受一番呢？"

黛眉听出了弦外之音，淡然一笑："谢谢刘主任的关心，我身上的湿疹复发了，大概跟印尼的热带气候不无关系，我已请会务组人员帮我找医生了。"后来在肯尼亚，他们碰巧又是一同前往。工作之余刘主任嘘寒问暖，以内罗毕社会治安混乱不堪为由，寸步不离地跟着她，甘当护花使者。刘主任望着眉眼和腰身都甚是撩人的黛眉，禁不住心猿意马，恍兮惚兮。

黛眉一上飞机便意识到即将面临的尴尬和危险，满脑子手忙脚乱。飞机掠过雄奇壮观的乞力马扎罗雪山时，黛眉的心里难掩悲哀。二十世纪末的今天，她这个高级知识女性面对上司的纠缠，似乎只能忍气吞声、委曲求全。读书时黛眉研修的是西洋文化和语言，而面对现实，满脑子仍旧是甩不掉的传统和自保。她太了解刘主任了。这个人不是一般的精明强干。之所以选择沉默，是黛眉考虑再三，不得已而为之。打不成狐狸反惹一身骚的例子，黛眉见得多了。为此，黛眉甚至想调离京城，一走了之。

勃兰特的出现不啻为一束阳光，让黛眉瞬间燃起了希望。这个人难道就是我期待已久的福音？想不到这些年，黛眉刻意筑起的铜墙铁壁，会被这个北欧男人轻而易举地推倒并穿透。黛眉还是第一次爱得这样炽烈、这样专注、这样不计得失。与此同时勃兰特的信随之而来，他向黛眉表明："你在我生命中留下的那道清晰而灿烂的痕迹，没有人可以替代。我已经决定了。"

不到两个月，勃兰特便办妥了离婚手续，连同财产分割。现在，他和黛眉一样，是自由人了。他那桩分居三年的婚姻，因为有了内在的驱动力，如此迅速而顺理成章地结束了。

无论男人还是女人，都不愿长期忍受和维持一桩无爱的婚姻，他们处理感情的方式，也来得理性而直接。妻子爽快地答应了勃兰特的离婚诉求，但条件是：两个孩子和她的生活费均由勃兰特承担，家里的房产也划归在她和孩子的名下。待两个孩子长大成人，正式参加工作之后，将自动脱离父亲的资助。至于勃兰特供养前妻的生活费，则有可能变成终身制——只要她有足够的理由，证明自己再也无法继续工作。

说起来，勃兰特的工资待遇相当优厚，可经过这么一瓜分，竟然所剩无几。没办法，这里的法律在解决离婚案时，总是毫无悬念地偏袒女人和孩子。这是国家为防止家庭破裂而采取的必要措施。即便如此，渴望离婚的男人仍旧如四月的郁金香，此起彼伏。却也足以表明，勃兰特为了黛眉，着实做到了破釜沉舟、孤注一掷的地步。眼下，只要黛眉愿意，马上就可以飞过去，投入这个欧洲男人的怀抱。

真正面临抉择时，黛眉却犹豫了。她不能不考虑母亲和儿子的感受。大鹏读小学时，丈夫在一次试验中出了事故，眨眼间人就没了。她单打独斗地挨过了这些年，眼看儿子要升入高中，公公婆婆决计把他们唯一的孙子接到身边去。一方面，公婆对黛眉频繁出差颇有微词；另一方面，他们认定了黛眉迟早会嫁人。面对老人，黛眉选择了理解和忍让。她放手把大鹏过户到公婆名下，并转到北大附中去读书。有一次，黛眉从国外出差回来，下了飞机直奔婆家。她惊恐地发觉，儿子的话少了，看她的眼神开始发飘。黛眉的心里，一阵刺痛。

投奔欧洲，嫁给勃兰特，势必导致黛眉与儿子的关系雪上加霜。而母亲年事已高，身体每况愈下，她却在这个时候毅然决然地选择了爱情，进而远走他乡。黛眉心里的不舍和痛楚无以言表。纠结和彷徨之际，黛眉敞开心扉向母亲倾诉。母亲听了先是一怔，之后笃定地说："孩子，妈觉着你爱这个人。爱情是上帝的恩赐，可遇而不可求。大鹏是你的牵挂，可孩子终究有长大的那一天。人生在世，碰到一个爱你的人不容易，可别轻易错过。一个女人不能牵绊太多，别学我。妈守寡几十年，知道一个女人的日子是嘛滋味！"

一番话把黛眉说得声泪俱下。那些形单影只、深不见底的日子里，黛眉何曾不想有一个知冷知热的人陪伴左右？她忘不了去年夏天，那个灼热的夜晚，持续的高温叫人一味沉沦在绝望中。伴着轰隆隆的雷声，一阵暴雨浇过，黛眉一个人蜷缩在床上，心里的雨点淅淅沥沥。恍惚间，她感觉自己被人紧紧搂住而动弹不得。世界寂静无声，男人的拥吻和摩擦迅疾而尖锐，霎时刺破黑夜，直抵她身体的最深处。黛眉豁然醒来，身上的丝绸睡裙像遭了雨淋，湿漉漉的。回想起刚才梦中的一幕，黛眉羞愧难当，无地自容。黛眉一声号啕，不管不顾撕扯起身上的睡裙——她不能再故作镇静、自欺欺人了，她已经被炽热的欲望碾压多时了。

母亲的支持更加坚定了黛眉远赴欧洲的决心。人的命运就是这么奇妙，冥冥之中好似受到一种神秘力量的牵引，朝着不知名的方向滑行。

六

母亲的手术做得还算顺利，大腿骨接得严丝合缝，接下来就是静养了。伤筋动骨一百天，又经历了这样一场手术，不知要多久才能恢复呢，何况母亲已是花甲之年。黛眉想着，就拨通了母亲的手机。母亲躺在病床上说："黛眉，你从比利时带回来的东西可真管用啊。照你的吩咐，把那条蓝宝石水晶项链给了你大嫂。我在医院待了这些天，她总是和颜悦色的。"

母亲隔着万水千山，在那头无限感慨着。

虽说黛眉在北京的机场被挡在了家门口，但她庆幸自己赢得了珍贵的五分钟，得以把随身携带的物品和钱悉数交给大哥。这也是万般无奈之中唯一的安慰吧。母亲手术后的当晚，大哥既已向她通报了情况，说："一切顺利！给妈做手术的是天津有名的骨科女专家。"

两周后，大哥把母亲从医院接回家中。鉴于那条项链的威力，大嫂一直风调雨顺，一日三餐也供应得很及时，早晚帮着婆婆翻个身，搀扶着上趟厕所什么的，都不在话下。时间不紧不慢地过去了两个月，大哥见母亲的右腿还是使不上劲，着地发颤，就用黛眉的钱给妈买了一辆质量上乘的轮椅。母亲很快掌握了轮椅上的机关，运行起来还算灵便。时不时的大哥会推着母亲到楼下吹吹风，晒晒太阳，接一接地气。

二哥跟二嫂住在郊区，平均每周来一趟。两口子讲实惠，不乱花钱，到了楼下就从农贸市场上买些蔬菜、水果，沉甸甸地拎上来。二嫂脱去大红外罩，敞开里头的羊毛衫，走到婆婆跟前问一问腿的情况，便推门闪入厨房，一眼瞥见大嫂脖颈里耀眼夺目的项链。单看那款式、亮度和成色，不用说，是外国货。二嫂嘴一撇，心里明白了几分。自己不过得了一盒巧克力，哪里能和项链比。这么想着，脸上的表情开始阴转多云，霎时僵硬起来。大嫂似有意会，一面择菜，一面夸赞她的毛衫，东拉西扯地分散着她的注意力。

坐在客厅里的老大跟老二使了个眼色，兄弟俩到阳台上说话去了。

午后，大哥和二哥分别跟媳妇嘀咕了一阵，而后守着母亲慢吞吞地说出了下一步打算。根据目前的情况，他们很可能要打一场持久战。在照顾母亲的问题上没有人可以免俗，只能轮流照顾。大哥说，从下月开始，让妈到老二家去住，习惯了就多住几天，不习惯再回来。挪挪窝，换换风水，对老人的健康有好处。大嫂瞅了瞅低眉顺眼的婆婆，突然提醒道："还有大琴呢，女儿也不能白养吧？"

"是呀，大嫂说得对，姊妹四个，谁也不能袖手旁观。"二嫂随声附和道。刚才由于那串项链引起的不快，似乎已烟消云散，妯娌俩旧嫌尽释，瞬间站到了同一个战壕。大哥扫了一眼窗前的母亲，朗声道："黛眉就不用说了，东西和钱都是她出的，至于大琴。"他咬了咬下嘴唇，目光闪烁地说："回头我把咱们商量的结果告诉她，看看大琴的反应。"

坐在轮椅上的母亲，眼望窗外，心里阵阵惆怅。这是她的痛处。她和大女儿之间的隔阂有些年头了。那是上山下乡的火红年代，大儿子随知青队伍轰轰烈烈地涌上北大荒的闷罐车之后，就轮到了大女儿。听说大琴所属的知青小组，要奔赴内蒙古大草原。父母得知，日夜焦灼不安。有天晚上父亲压低嗓音对母亲说："内蒙古，你道是嘛地方，一天到晚跟畜生在一起，荒凉贫瘠，物质匮乏。"

母亲听后，眼睛都直了。天高皇帝远的，她越想越害怕，声音里拖出了哭腔："这可怎么办好，咱能抗得过政策吗？"

接下来，一夜沉默。

两天后父亲突然躺倒，腿也不灵便了，上身直摇晃，一下床就天旋地转。母亲便跟二哥一道，推着憔悴不堪的父亲，一趟趟从街坊邻里的眼皮子底下穿过，送往职工医院去诊疗，说是哮喘病兼脑缺血。黛眉瞧着脸色阴沉又行动失常的父亲，被二哥吃力地背上背下，泪水顺着小脸儿直往下滚。母亲一把将女儿揽在怀里，低声说："别怕，你爸是装的。"

"那爸爸的哮喘呢？"黛眉仍不明白。

母亲觑着眼，捏了捏她的腮帮子，提高嗓门道："都是装的！"

不想这话，叫推门进来的大女儿刚好听见。大琴用怪异的目光盯着母亲，又瞟了一眼满脸泪花的妹妹，嘴巴蠕动了几下，不声不响地带上门出去了。

父亲装病的消息被戳穿了。结果，还差半年不该下放的二哥被立即送往沧州，大琴如期开赴内蒙古大草原。紧接着父亲被挂上牌子当街示众，受尽羞辱。本来就有着轻微支气管炎的父亲，被折腾得口唇淤血，面色青紫，入了秋便不停地咳嗽、哮喘，渐渐消瘦得不成样子。

七

暮秋，黛眉为远赴欧洲悄悄做起了准备。她想试探一下儿子的反应，就找了个理由，把大鹏接到身边。大鹏见妈妈满腹心事却欲言又止的样子，疑惑着，却没有深究。母子俩平平静静地待了两天，眼看就要分手了，黛眉终于鼓起勇气，向儿子道出酝酿已久的心事和即将远行的计划。

不承想，大鹏听后表现得十分坦然，他用一种置身事外的淡定对黛眉说："妈，你就放心走吧，我的事不用你操心。考上大学后我打算去温哥华读研。"黛眉一把搂住大鹏说："外出学习好，妈支持你。希望你从中学会独立思考和应对社会的本领。"大鹏答应着，重重地点了点头。

很久没跟儿子谈得这样融洽了，黛眉从北京回来，带回了少有的好心情。儿子的事搞定了，黛眉二话不说拉着母亲就进了商场。她给母亲买了件质地纯正的羊绒衫，亲自给母亲套在身上。母亲穿上这件水红色的羊绒衫，眉眼舒展，红光满面，顿时年轻了许多。黛眉略加思忖，又给母亲买了套冬季保暖内衣，外加一双防寒棉皮鞋。海河边上，冬季的风凛冽无比，母亲喜欢一大早沿着河堤走来走去，老年人脚底保暖最重要。

临行前一天，黛眉又带母亲到洗浴中心泡了个澡，蒸蒸桑拿，亲自给母亲搓背、洗头、剪指甲。搀扶母亲出浴的这一刻，往事如潮水一般，突然漫上黛眉的心头。当年她怀着五个月的身孕，曾在这家洗浴中心的小单间洗过一次澡。痛快淋漓的蒸汽浴过后，黛眉出浴时腰一闪，导致四肢着地。一阵刺痛过后，她感觉体内有股温热的液体汩汩流出。随即，她看到白色地板砖上的一摊浊水，变成了血水。黛眉惊恐万状。就这样，孩子不明不白地流掉了。

黛眉那次坐的是空月子。丈夫听说孩子胎死腹中，回家看望她时貌似平静，背过脸去便愁肠百结。爹娘盼孙盼了多少年了，他是三代单传的独子，在家族关系的链条上担负着承前启后、继往开来的重任。黛眉想象得到，婆婆是怎样地捶胸顿足、痛哭流涕，从此再也没停止过对她的抱怨。丈夫走后，黛眉跟着父母回了娘家。天下就有这样巧的事，邻家的女儿也在娘家坐月子，人家生的是个大胖小子，那嘹亮而理直气壮的啼哭声像示威，又像炫耀，日日夜夜撕扯着黛眉的心。那些日子，黛眉像一只被撒了盐的水母，浑身上下每一个毛孔都在滴水。孩子哭，她也哭，真真是心如刀绞。幸亏有母亲寸步不离地在身边，让她一点点熬过那段痛不欲生的日子。

半年后黛眉再次怀孕，丈夫的科研工程也处在关键时刻。母亲不敢怠慢，遂将黛眉接回身边，直到她顺利产下大鹏。母亲就是这样，当儿女遇到麻烦或需要帮助时，她总是冲锋陷阵、心甘情愿地充任保姆和厨娘。黛眉念初中时，着了魔似的要学小提琴。母亲一咬牙，花去两个月的工资给黛眉买了把小提琴，并想方设法求得艺校的一位音乐老师给黛眉上课。三年后，适逢部队文工团来天津招文艺兵，黛眉跃跃欲试。母亲二话不说，拉上黛眉就去了招考办。

那是个阳光明媚的午后，黛眉在一间隔音良好的厅里从容站定，一曲《新疆之春》和《花儿为什么这样红》让招考老师们听得如痴如醉、意犹未尽，黛眉不知哪来的勇气，放下小提琴，略带羞涩地说了段天津快板：

来到了天津卫啊，
嘛也没学会。
我学会了开汽车，
……

专业轻松过关，接下来就是体检。体检老师见黛眉怯生生的，就悄悄叮嘱她说，我的手指往哪儿指，你就往哪儿说。这么着，体检也迎刃而解。不料在最后一关——政审时，她被刷了下来。理由是，黛眉的父亲在上山下乡的问题上，留下过很不光彩的一笔。

"塞翁失马，安知非福。"高中毕业那年，南开大学急需一批小语种外语专业人才，黛眉怀着莫名的冲动报考了德语系。那年九月，天高云阔，朝霞如摇曳的火焰染红了整个天际。黛眉仿佛踩着音符，踏入南开大学外语系的门槛儿。

八

勃兰特接受了父亲的资助，在布鲁塞尔郊外置下一套带花园的两层小楼。严格说来，这是布鲁塞尔腋窝下的一个小镇。寄居在小镇的好处是，可与人口稠密的都市划清界限，享受现代化便捷的同时，却不必遭受它的繁华与喧嚷。房子的后窗对着连绵的山峰，现成的巴洛克式家具典雅、柔美，有一种不言而喻的贵气。沿着篱笆墙，有樱桃、银杏和几棵上了年纪的山毛榉树。黛眉顶喜欢院子里那个毫无规则的小池塘。有风的夏日，池塘周边的芦苇飘逸如雪，将整个院子衬得风情万种。黛眉仰躺在银杏树下看书时，金色的叶片和书中的格言缓缓定格在书页中，像一张旧明信片。

偶尔，黛眉会想起那个夏季，她应勃兰特之邀来布鲁塞尔时的情景。在弥漫着古希腊和罗马天主教气息的建筑群下，黛眉驻足凝视。她觉得那些天使和圣女像里似乎蕴含着一种超然而神秘的力量，紧紧攥住她的心。走出布鲁塞尔广场，勃兰特拥着她进了莱顿大街的一家酒窖，邀她品尝了20世纪70年代的一款红酒，连同极具特色的比利时大餐。

午后，他们避开繁华与扰攘，踏上那个叫布鲁诺的水城。这座素有"北方威尼斯"之称的布鲁诺，既是历史，也是光与影的梦幻交织。仿佛受命运牵引，他们共同选择了布鲁诺。教堂、宫殿、古堡、垂柳与菩提，无不浸透了时光打磨下的痕迹。小镇的宁静与幽暗，与他们的心境格外契合。两人并排坐在狭长的船头，从一对闭目养神的天鹅身旁掠过，瞬间滑入水波深处。运河两岸，有着色调暗沉的房舍、商铺和桥墩，在金色的光影里如梦似幻，穿行期间，有一种置身中古世纪的错觉。在勃兰特的低声解读里，黛眉得知右面那座是哥特式的啤酒馆，左面是法国大革命时期的名雕，老桥背后法式宫殿的石壁上，用拉丁语镌刻着"内在美更富有内涵"的名句。小船逆风而驶，波涛涌起丝绸般的波纹，像勃兰特栗色的卷发。

她突然问："比利时人讲法语、德语和荷语，你们有自己的语言吗？"

"有是有，但因长期受外来语和文化的排挤，相对势弱了。由于历史的原因，比利时和法国在文化、语言和宗教习俗上十分贴近。今天的比利时贵族，沿用的多半是法语。要想体会比利时本土语言和文化，必须深入民间。"勃兰特突然停下来，而后目光狡黠地问黛眉："你想亲近一下比利时人家吗？"

黛眉面露惊喜，立刻会意道："如果可能的话，我当然愿意。"

勃兰特含笑抖出自己蓄意保留的一个节目——给黛眉一个意外惊喜——带她去拜访居住在镇上的父母。

在商铺林立的小镇上，曾经有一家老字号的骨科诊所，那便是勃兰特父亲的诊所。退休前，罗登先生一直坐诊并亲自打理这家诊所。此外他还是国际狮子协会成员，以仁道和医道闻名遐迩。对于黛眉的到来，罗登夫妇显然早已知情，否则，他们庄园的屋脊上怎会飘扬着一面五星红旗呢？

这是罗登先生的独到之处。他喜欢收藏世界各国的国旗，只要是自己乐意接待的客人，他定会在客人到来之际，升起客人所属国的国旗，以示欢迎和喜爱。而勃兰特的母亲，早餐后便一头扎进厨房忙忙碌碌，用比利时传统方式烘烤了红酒鹿肉、脆皮乳猪，以及鲜润可口的草莓蛋糕。

勃兰特父母的亲热与温厚，让黛眉感动不已。

晚餐后，他们从庭院挪至壁炉前聊天。这时，罗登从书房里捧出一本装帧考究的相册。老人兴致勃勃地摸出老花镜戴上，指着照片向黛眉解说道："那年是我和老伴儿的金婚纪念日，我们对着一张世界地图思来想去，最后决定到古老的中国去旅游。北京、上海、西安、桂林成为我们的首选。"勃兰特的母亲笑吟吟地说："可惜我们在游览漓江时，阴雨连绵，所以你看，这几张照片因光线不足，看上去黑乎乎的。"罗登接过话头说："后来我们在机场大厅候机时，特意选了几张漓江的明信片，来弥补这几张照片的缺憾。"老人摘下眼镜，扬着眉毛说："我们可不想给那次难忘的中国之旅留下半点遗憾！"

黛眉抚摸着照片和明信片的边边角角，心里的某个部位顷刻间被浸透了。她抬起湿润的目光走向窗口，在夜幕下细细打量。黑压压的丛林之上，一簇一簇的星星云团似的，由远及近，汹涌而来。黛眉望着满地清辉，想起了父亲。

九

黛眉十四岁那年冬季，父亲因肺气肿导致心力衰竭，很快病逝在医院里。妈妈因悲伤过度，就此躺倒，直到次年春天才缓过来。黛眉念及父亲对自己的深爱，哭得鼻子直流血，几次晕死过去。

父亲去世的前一年，黛眉的学校曾举办过一次野营拉练。父亲给她打好了背包，结结实实捆到她柔弱的肩膀上。临行前父亲又往她背包里塞了馒头、鸡蛋和苹果。黛眉走出去老远了，忽然调过头来往回看——父亲正立在门框上冲她摆手，两只眼睛红红的。黄昏时父亲在黛眉回来的必经之地等了两个小时，直到瞅见队伍里东倒西歪的她。那晚父亲亲自下厨做了饭菜，叮嘱大女儿给妹妹盛饭时，少盛点，多盛两次，别一下子盛那么多，吓着她！

姐姐拉长了脸别过头去，待爸妈闪身出了餐厅，狠狠剜了黛眉一眼，说："爸妈的眼里除了你，就是你！"

说起来，苏家早年算得上是鹌鹑街上的小康之家。黛眉的祖父离世前，将一个小有规模的食品店留给了儿子。黛眉的爸爸兢兢业业，未雨绸缪，生意做得顺风顺水。到了一九五七年，生意由公私合营转而成了国营，食品店还照常开着，产权却不再属于苏家。黛眉的爸爸也由店主渐渐沦落成普通雇员。为了加强管理，当地政府给食品店派了一位负责人。黛眉至今记得那人的模样，尽管她当时只有四五岁。那是一张精瘦的猴子脸，酒糟鼻子，不苟言笑，酷似花果山里的老猴王。同时来过一个女人，国字脸，乌黑的短发，时不时立在柜台前抽烟，仰着头弹烟灰，开口讲话时喉咙里像掺了把沙子。

再后来，形势越发地紧张了。父母怕黛眉小小年纪受了惊吓，就把她送到北京西郊的姨妈家。姨妈让黛眉跟女儿二妞同住一个房间。二妞的抽屉里挤挤挨挨地塞满了各式玩具和小人书，却不让黛眉碰。早晨二妞吃的煎饼里甩了鸡蛋，油汪汪、黄澄澄的，而黛眉盘子里的煎饼发白、发干，硬得卷了边儿。一天晚上，有人提溜着一布袋花生来姨妈家做客，一家三口同客人说着话，花生剥得噼里啪啦响，炒花生的香味，勾引得黛眉鼻子直痒痒。客人走后，黛眉踮着脚尖一步一蹭地走进堂屋，桌上已收拾得干干净净，连花生壳都没了。

父亲去世后，母亲像一架散了架的琴，勉为其难地拨弄着所有的琴弦。她东奔西跑，从政策的罅隙里寻求儿女回城的曙光。大哥好歹回了天津城区，二哥落在了塘沽一带，而大琴呢，在内蒙古苦苦煎熬了八年，也没等来回城的消息。绝望之中大琴心一横，留下一纸遗书，吞了满满一瓶杀虫剂。经过抢救，性命算是保住了，可她的胃黏膜大面积烧伤，精神受了重创。当大琴挣扎着返回天津时，已是二十八岁的老姑娘了。

母亲私下里四处托人，好歹把大琴嫁给了天津港上的一名运输工。

大琴和母亲之间的隔膜，越结越深。黛眉看在眼里，急在心上，却又无可奈何。她背着母亲将三万块钱的存折留给姐姐，而后攥住大琴那双干枯的手说："姐，我这一走不定哪天能回来呢，你可要替我多去看看咱妈呀！"

大琴恍恍惚惚的眼眶里蓄满了泪水，可一提到母亲，她依旧满腹怨愤，说："妈知道我们一家三口没房子住，儿子这么大了，还跟我们挤在一间房里。为了住房的事，我和你姐夫跪在地上，求妈把家里的老宅留给我们，将来我们情愿为她养老送终，可妈死活不答应！"

母亲的心思，黛眉岂能不知。宁愿看儿子的屁股，不愿看姑爷的脸。老辈的人，就认这个理儿。黛眉思来想去，唯有自责。是自己的远行，才让母亲落入孤苦无依、举步维艰的境地。可怕的是，黛眉已得到有关部门的明确表态：满十年，她才可以踏上中国领土。屈指算来，眼下离回国的期限，还有将近五年呢。

黛眉怎么都想不到，这桩婚姻让她付出如此沉重的代价！

十

实际上，未曾料到的事远不只这些。勃兰特的女儿艾丽莎，在他们婚后的第三个月，坚决要求与爸爸同住。这是个肤色白皙、五官俊俏、脸庞丰满发亮的美少女。勃兰特把女儿的要求告知黛眉时，他复杂而滞重的眼神里满是期待。黛眉未经犹豫，便坦然接受了这一现实。

面对勃兰特的孩子，黛眉表现出了一个东方女性应有的贤淑与大度。她知道无论从法律角度，还是从家庭伦理方面，她都难以回避。黛眉花了整整一个周末，把房间腾出来，收拾停当，并在艾丽莎搬来的前一天，从花房捧回一盆仙客来，搁在房间对窗的写字台上。从此，每天的一日三餐黛眉都小心翼翼地照料着。对艾丽莎有意无意地释放出来的不满与挑剔，漠然置之。晚饭桌上，十三岁的艾丽莎噘着嘴说："家里的空气燥死了，烤得我皮肤发干，喉咙发痒。"对黛眉不辞辛苦地张罗出来的丰盛的晚餐，艾丽莎眸子一闪，毫不掩饰地表示反感，说："讨厌菜里的味精和酱油味！"

黛眉被艾丽莎一连串的抱怨呛得哑口无言，泪水在眼眶里直打转。最让她伤心的是，有一次她的中国朋友来家里做客，是艾丽莎出去开的门。来客问："你妈妈在家吗？"艾丽莎的蓝眼珠迸出碎玻璃似的光焰，立刻纠正道："她不是我妈妈，她是我父亲的妻子。"黛眉得知后，难过了好几天。但她克制着、隐忍着，毕竟是个孩子，看在勃兰特的面子上，她不能跟一个孩子一般见识。况且，再婚家庭里的龌龊事，黛眉见得太多了，她有这个思想准备。她必须拿出所有的涵养和气度，来维持这种宁和而脆弱的关系。

勃兰特知道女儿突如其来的刁蛮，完全是借题发挥，其目的无非是想发泄她对父亲的不满。私下里，勃兰特一面规劝女儿，一面安抚黛眉。晚间的卧室里，勃兰特常常面露惭色，十分怜惜地拥住黛眉说："亲爱的，请原谅，艾丽莎正处在青春叛逆期，有些反常。但是，这种局面不会长久的，请相信我！"

黛眉理解丈夫的两难，就趁勃兰特出差之际，尽量与艾丽莎交流、贴近，试图打消她对自己的误会与成见。可艾丽莎常常寒着一张脸，铁了心与她唱对台戏。黛眉当然明白，这孩子是蓄意将父母之间的矛盾归罪于她。在艾丽莎眼里，黛眉就是那个导致她父母离异的罪魁祸首。普天下所有的孩子，似乎在这个问题上都是一致的——无论东方还是西方。

即便走得这么远，即便有着宽广而殷实的生活，也回避不了逼仄而残酷的一面。可一旦选择了，就得义无反顾地走下去，黛眉不能放弃，也难以回头。她已经失去了一个世界，她不能再失去勃兰特。婚姻和人生相似，它是一个战场，而非安乐窝。

夏季的一天，黛眉无意间发觉十五岁的艾丽莎曲线异常丰美。两人对视时，艾丽莎脸颊红得耀眼，深陷的眸子灼灼发光。黛眉忽然意识到，这或许是青春期和异性碰撞的结果，便觉得有义务跟艾丽莎谈点什么。可艾丽莎当着父亲的面将浓密的红头发一甩，脸上滑过一丝狡黠的微笑。

一个细雨绵绵的傍晚，黛眉从小镇的集市上采购回来，当
她走进厨房打开碗柜时，一只巴掌大的蝙蝠，呼啦一声从柜
子里飞出来。黛眉惊恐万状，手上的东西稀里哗啦抖落了一
地。她马上意识到自己被捉弄了，便怒不可遏地推开艾丽莎的
门——屋里空空如也。黛眉反身冲进雨中，汗水、泪水和着雨
水，一倾而下。

黛眉忍了又忍，终究没有把艾丽莎的恶作剧如实告知勃兰
特。反正艾丽莎当晚就搬了出去，她宣称自己有男朋友了。

秋风乍起，院子里树叶满地，黄黄的，厚厚的，如金灿灿
的地毯，给深秋的庭院添了数不尽的暖意和富丽。黛眉走出前
厅，看着满园秋色，心情豁然开朗。一阵风吹过，艾丽莎披头
散发地闯了进来。她脖颈上挂着几块青紫和伤痕，灰溜溜地回
来了。见了黛眉，艾丽莎冲过来抱住她一阵啜泣。她诚心诚意
向黛眉致歉，求她原谅自己的无知、无理和挑衅。

黛眉终是个善良的女人，她敞开怀抱重新接纳了艾丽莎。
从出走到回归，黛眉从中领略了欧洲孩子的散漫、自由、说走
就走，像过家家似的与男友同居，恣意享受青春之欢的同时，
也过早品尝了生活的教训。不知是什么力量，艾丽莎从此变得
很乖、很温顺，竟然恢复了淑女本色。

十一

冬去春来，大鹏在温哥华攻读硕士毕业在即。经校方推

荐，大鹏将在香港进行半年的实习。黛眉获知，兴奋得彻夜难眠。儿子真的是长大了，与她交流时，语气里透着成熟、稳健和自信。

早餐桌上，黛眉凝神窗外，琢磨着"大陆"与"香港"这两个暖心的字眼，五脏六腑都起了涟漪。何不去一趟香港呢？黛眉暗想。一来为了母子团聚，二来到了香港，不就等于回国——怎么说，香港也是中国的土地啊！黛眉像冬眠已久的虫子，被这个念头彻底激活了。为此勃兰特也极为赞成，他甚至打算陪黛眉一道前往。即便从度假角度来说，香港也是个不错的选择。

两个月后，他们如期抵达香港。大鹏见了勃兰特，温文有礼，谈吐自如，显示了一个年轻人应有的朝气。而勃兰特呢，谦和友善，一派儒雅。三个人在一起用英语交流，毫无障碍，亲厚如一家人。香港好吃的东西多，黛眉胃口大开。在布鲁塞尔这些年，虽说衣食无忧，可她就是没胃口。鱼呀肉呀由于欧洲人的宰杀方式不同，怎么做都不是那个味。超市里的蔬菜就那么单调的几样，跟国内品种繁多的四季时蔬相比，天壤之别。饭菜不香，生命里就像少了一份奔头似的，有些打不起精神。没办法，天津的狗不理她带不走，大麻花也带不走。无奈之中，黛眉只能隔上几天就给自己煮一碗热干面，用麻油炸一撮辣椒和花椒当头浇上，辣一辣，麻一麻，让自己出一头大汗。仿佛只有这般，才能感到自己的存在。

在黛眉眼里，以高度现代文明著称的香港，却有着温馨而质朴的一面。简陋的民居,朴素的小巷子,热热闹闹的夜市和小吃,让她找到久违了的天津闹市的影子。走在香港古老的街道上,黛眉打量着那些四角挑梁的中式阁楼,连同熟悉的门洞和格子窗棂,总算实实在在地踏上了祖国的土地。久违了的中国元素,看得黛眉心潮澎湃,脚步也变得轻快了。

香港的夜晚璀璨、繁华、生机盎然。从太平山俯瞰港阔水深的维多利亚港湾,有种夺人心魄的美。黛眉站在三十八层客房的落地窗前,眺望入夜后的万家灯火,跟母亲热切地聊着。中国与欧洲之间的晨昏颠倒消失了,月色星辰无遮无拦,黛眉感觉自己时时刻刻与母亲同在。母亲在电话里数着星星跟她说,天上有颗流星,此刻一定也闪烁在黛眉的窗前。次日他们乘船到澳门时,黛眉在甲板上东张西望。当云雾散去,对岸露出清晰的轮廓,整个大陆仿佛就在眼前。

当晚黛眉急切地对母亲说:"妈,虽然我目前回不了家,可你老人家可以到我那边去。等你的腿好了,让大鹏陪你来比利时。到时候,我和勃兰特带你去巴黎、罗马和维也纳看看。妈,你可一定要站起来呀!"

时光匆匆,黛眉满腔的热忱开始聚焦在最后的采购上。当她选好了几件服装,来到付款台前付钱时,收银员拒收她的港币。说是这些港币已然过时,眼下用的是新币。黛眉从容淡定,立在付款台前纹丝不动。收银员无奈,拿机器验了一下,看没问题,才接过黛眉手中的港币。黛眉轻蹙眉头,不温不火地说:"你凭什么只验我的钞票,就因为我讲的是普通话而不是粤语对吗？不管我来自哪里，大家都是中国人……"黛眉还想说下去，被大鹏一把拉走了。

入夜，黛眉凭窗临风，心境随浅水湾层次分明的夜色，忽明，忽暗。她兴冲冲地来到香港，无非想在祖国一角寻得一份归属感。

次日清晨，三个人在机场大厅依依惜别时，勃兰特与大鹏紧紧拥抱，而后拍了拍他的肩说："年轻人，别忘了到比利时来啊！"

大鹏眉峰一耸，潇洒地打了个响指："OK！"

十二

黛眉在香港期间，母亲整个人跟滚水似的，沸腾了好些天。她理解女儿不能回家的现实，可没料到，自己倒可以去女儿那边。同事白老师的女儿在美国定居多年，白老师前不久去美国探亲，在女儿家一住就是半年。早上白老师来看她时，特意提起自己的美国之行，难掩自豪。说女儿女婿孝顺，一有时间就陪着她四处转悠，尼亚加拉大瀑布的壮观、大峡谷的雄奇、黄石公园的美妙，还有洛杉矶、好莱坞的热闹。

母亲打心眼里羡慕，却也忍不住说："黛眉在电话里多次跟我描述欧洲的风光。还说只要我能飞过去，一定带我到巴黎、罗马和维也纳看看呢。"

送走了白老师，母亲对自己的身体突然有了信心。儿子曾把手放在她的腋下撑着，让她靠助行器走动。这会儿她单独依靠助行器，搓着地板，一点一点地挪步。两周后，邱老师跃跃欲试地丢掉助行器，紧贴墙根朝卫生间挪步。到了卫生间门前，她喘息着停下来，而后一鼓作气地往便池跟前移动。终于坐下来了，随着哗啦啦的水声，她痛快淋漓地卸掉了身上的负累，好不惬意！照这样走下去，也许过不了多久，便能行走自如，甚至可以下楼去呢。母亲踌躇满志地想：等自己走得再利索些，就给儿子、媳妇一个惊喜。她知道媳妇早就不耐烦了，每次搀扶她上厕所都时不时制造些动静，摔摔打打的。有一次，媳妇还旁敲侧击地说："养儿防老，养儿防老，可您老人家的心思并没在我们身上，而是在您小女儿黛眉身上。偏偏最需要她的时候，跑得那么远！"

母亲一脸无奈，半晌叹道："手心手背都是肉，虽说我偏爱小女儿些，可儿子也是我的心头肉。家里的房子不都给了你们吗？"

媳妇眼皮子紧着眨了几下，脸上木木的，没再说下去。

那年政府着手改造老城区，鹌鹑街一夜之间赶上了拆迁。根据她家的房子现状，须得配合开发商缴纳一笔资金，方可轮得上一套三室一厅的公寓房，连带一个大阳台。母亲日思夜想，决定把这个机会留给大哥。二哥刚买了新房，母亲将家里的积蓄拿出大半，替他们交了首付。她知道，关键时候，大哥比二哥有担当，将来自己有个七病八灾的，还得指靠大哥。公寓楼竣工后，母亲顺理成章地和大哥一家搬到了一起。现实就是这么残酷，一夜之间就摧毁了老人的白日梦。如今想来，她真是哑巴吃黄连，打碎了牙往肚里咽。她后悔跟大哥一家合住在一处，而应该用老宅先换个小套，独自生活。那样的话，至少还能过上几年清净日子。等到自己真的不行了，再根据儿子们的表现，决定房子的归属。可眼下，母亲龇牙咧嘴地翻了个身，凄楚的泪滚了一脸。要不是媳妇见天唠叨电费、水费涨价，她怎会为了省电而摸着黑洗澡？否则，也不会摔那么一跤。她不能不思念远在天边的小女儿，要是黛眉在身边，怎会叫她受这样的委屈呢！

　　窗外一阵雨声，强悍的雨点噼里啪啦敲打着窗玻璃。母亲像是被雨浇醒了，人老了，就是可怜，即便对自己的骨肉也要步步为营、掐算到位。可她一开始就失算了，才落得这样被动和身不由己。最近几天，也不知哪儿出了差池，她不仅没能行走自如，又添了腰痛的毛病。母亲的心里一阵恐慌：难道是锻炼过度，累着了？她暗自纳闷。外头的雨下得更紧了，伴着支离破碎的雷声，密集的雨帘仿佛织就了一张网，把她网进这个黑洞洞的世界。她觉得自己就像一名囚犯——被打入死牢的囚犯，没了出头之日。

　　雨停了，母亲只听见大儿子对媳妇说："老二那里没法再去了，我也不能老请假，明天我去老家把表姐请来。表姐多年前死了丈夫，儿女也成家了，她一个人闲着也是闲着。"

　　"请人？你说得轻巧，工钱谁付？"媳妇嗔怪道。

　　黛眉得知后，爽快地对大哥说："只要表姐能把妈照顾好，费用我来出。"

可表姐勉强干了四个月，就被她儿子接走了。媳妇要生孩子，坐月子，当奶奶的哪里有不在身边的道理？这么一来，母亲又落了单儿。

要说大琴隔三岔五地也来看母亲，但由房子引起的不快，依旧横亘在母女之间。大琴硬着头皮来看母亲时手上总带张报纸，捂在脸上翻来覆去地读，就是不跟母亲搭话。母亲就没话找话说。大琴听了，翻着眼珠子跟她急："婆婆妈妈的扯嘛，跟你有嘛关系？"

这天早上，街坊玉嫂顺道过来看她。玉嫂练了多年的太极，仙风道骨的，言谈时脸上荡起一股柔曼的气息。玉嫂长她几岁，却也和她一样跟儿子一家同住。老姐俩一搭话，内心的悲欢不言自明，就有些惺惺相惜。好在玉嫂腿脚利索，四肢健全，母亲嘴上没说，心里的隐痛无以言表。玉嫂咂了咂皱纹密布的嘴，掏心掏肺地说："邱老师啊，你一辈子为人师表，人又美，就是眼下，你也不失端庄和优雅。可话又说回来，人老了得放下身段，要像小孩子一样学着撒娇。哄着他们多给你一碗饭，多推你下去走一趟，比什么都重要。什么尊严不尊严的，那都是虚货，多活一天，才是胜利！"

母亲咀嚼着玉嫂的话，想象自己在儿子、媳妇面前撒娇卖乖、百般讨好的下贱样，心里阵阵发凉。天色渐晚，灯光在夜色中轻柔地晕开，暮霭中的海河两岸含蓄而沉静。月亮升上来了，窗外的月色透出银亮的色泽，照见她蓬乱的头发、憔悴的脸。她鼻子一酸，不知不觉老泪纵横。

十三

转眼到了腊月天，母亲吃了晚饭，默不作声地把自己摇到窗前。远处黑魆魆的河面上像结了冰，泛着脆薄的光。突然，媳妇响亮的说话声传了过来："今天下班的路上，我姐跟我说，她公公好几天没解大便了，两瓶开塞露也不起作用。她和她老公戴上口罩和手套，硬是给老头儿往外抠，老头儿肚子里的屎疙瘩铁块似的，最后连果导片都用上了，老头儿把不住门儿，床上、地上、身上，甭提了，我姐恶心得要跳楼！"

听到这里，母亲像当头挨了一巴掌，两眼直冒金星。

夜空明净高远，清冷的月光流了一地。黑影里，母亲仿佛瞥见媳妇姐姐的公公，无奈而羞愤地瞪着她。母亲猛然想起两年前在病房里见到的一幕。临床的老太太患的是老年痴呆兼失忆症，目光虚空而涣散，单纯得像个三岁的孩子。老太太大便干结难受得在床上直打滚，儿子请来了医院的护工。众目睽睽之下，老人暴露在空气中的屁眼本能地缩来缩去，男护士伸手将药物顶进去，老太太一声号叫，女护士死命地按住她苍白的双腿……想到这儿，母亲顿时毛骨悚然！有朝一日，困窘和挣扎之下，儿子、媳妇、孙子或是不相干的人，将围在她跟前指手画脚、摩拳擦掌，那她还不如一死了之。

母亲火急火燎地巴望着自己下地行走，可偏偏事与愿违。她不仅没能走利索，就是动一动，也会喘个不停。现如今，没人给洗澡，没人推着下去转，饭也不按时了，想起来就给，想不起来就饿着。一向隐忍克制的母亲，突然意识到死亡的逼近，她不管不顾地嘶喊起来，死命地要儿子带她去医院。

儿子吭哧吭哧地将她抱下楼，一鼓作气地拉到城南的圣保罗医院。大夫仔细检查过后，没有顾及老人的情绪，直言不讳地说："您的腰椎病变需要动手术，可您的呼吸道受不了麻药，所以您这腰，没法治了。"

医生的话，像一场突如其来的暴风雨，瞬间浇灭了她所有的希望。老人盯住医生凉飕飕的眼神，张着嘴喘了半天，继而瞟一眼大夫身后那副龇牙咧嘴的人体骨架，两眼一黑，对自己的身体彻底绝望了。

这天夜里，星光惨淡，昏黄的街灯照着路人，影影绰绰的。有些日子了，没人愿意跟她多说话，她的房间成了神憎鬼厌的存在。母亲掰着手指算了算，一晃两年了，身体衰老的同时精神也跟着枯竭了。近来她感觉自己的身子轻飘飘的，影子一样在轮椅和床之间来回切换。她侧了侧身，一股轰轰烈烈的体臭从胸口漾出。都这样了，还活着！母亲厌恶着自己。她一辈子爱美、爱干净、爱面子。富不富还在其次，干干净净才最重要，这是她坚守一生的逻辑。四个孩子从小就被她收拾得清清爽爽、漂漂亮亮，人前人后备受称许。而今，她里里外外的衣服、汗渍、连带身上的肉，统统化作一股一股的酸臭，在空气中徐徐蠕动。

她是突然间瞥见儿子的背影的。在黄昏暗淡的天光里，儿子鬓角的一簇白发分外触目，她的心不禁一颤。儿子曾经有着多么乌黑油亮的一头好发，并且天然有些卷曲。那是母亲心中的一道风景。不知从哪天起，儿子的鬓角悄悄起了变化，关键还在眼神——一股抵挡不住的萧索之气。她知道儿子为了她，明里暗里不知跟媳妇吵过多少回，她也知道儿子身上越发沉重的负担。孙子即将毕业，一心一意想当公务员，夫妻俩拼尽全力支持。孩子永远是当务之急，垄断着父母的全部希望和热情，至于床上的她，也就无暇顾及了。

白老师的死讯不早不晚地传了过来。好好的，白老师因脑出血不知不觉睡了过去。可人家该看的看了，该走的地方走了，又死得这样及时，这样善解人意，省去了小辈们多少麻烦，自己也没怎么受罪。母亲瞅了一眼户外，恍然大悟：生命的戛然而止，原来是一桩令人羡慕的事呀！没人看得见——房间的背光处，母亲面色铁青、心乱如麻、万念俱灰。窗外阳光灿烂，往事和记忆如同光影般闪闪烁烁。从前的她有过多么轻盈的体态、白皙的肌肤、美观得体的衣着。而此刻的她，衰败、萎靡、消顿，星星点点的老年斑，不依不饶地追着她脸颊上的地盘跑。

母亲垂下眼帘，赫然发现一股姜黄色的液体，正顺着自己的裤脚徐徐流向地面——毫无预感和前兆。母亲大惊失色！

阳光渐渐偏西，她看到街边的落叶是在昨夜的风里飘零的。枝头金黄的梧桐叶，在夜风到来之前正苟且地享受着生命最后的辉煌。两只云雀从对岸的树巅飞过来，没心没肺地绕着窗台欢唱。掌灯时分，母亲仰头看星星，看云朵，看月亮，再往前看就是女儿居住的那片天空了。她知道，女儿那边跟北京时间相差七个小时，她还知道，女儿的大房子朝西，是一栋银墙红瓦的两层楼，向街的那一面墙上裹满蔷薇和紫藤，每至秋后，整面墙像披上一抹玫瑰色的晚礼服。一个闪念，母亲被一股莫名而强悍的力量拽拉着，银亮的轮椅瞬间滚向阳台。

冥冥之中，母亲想起早年听过的一个神话。古希腊人以孩童的纯真和快乐面对生死，坦然、磊落而高贵地开启生与死的旅途。当生命的节律戛然而止的时刻，母亲感到自己的魂魄正脱壳而去，袅袅升入云端，与西天下的女儿不期而遇。

十四

圣诞是西方人一年中最隆重、最静谧的日子。因为庆祝耶稣诞生，便显得格外神圣、肃穆。人们怀着虔敬之心，庄严而郑重其事地迎接圣诞的降临。只有到了元旦、除夕，欧洲人才放开手脚狂欢，礼花、彩炮、乐鸣，隆冬的夜幕下，时而硝烟弥漫，时而异彩纷呈。

圣诞前夕，黛眉和勃兰特来到布鲁诺与公公婆婆一起过节。他们守在烛光摇曳的圣诞树旁，吃各种各样的肉肠、熏鱼、奶酪和传统小菜，当教堂的钟声当当当响起时，桌上的香槟应声开启，一家人互道珍重，畅快地饮着。

钟声戛然而止，整个世界复归平静。一群乌鸦呼啦啦飞过来，在落地窗前左顾右盼，嘎嘎嘎地叫着。那乌鸦的嘶鸣里，好似掺杂着莫名的哀怨、愤怒和凄惶，黛眉听得心惊肉跳。不知怎的，母亲的形象如电光石火，在乌鸦的嘶叫声里频频闪烁。黛眉无端地打了个寒噤。

次日清晨，黛眉豁然接到母亲的死讯，悲痛得无法呼吸。

地球上每天都有母亲死去，每天都会有儿女惊醒，树欲静而风不止，子欲养而亲不待。回不得家尽不得孝见不得母亲最后一面，使得黛眉的悲痛骤然升温。她终日泪流不止，泪水凝结成久不散去的冰霜，日复一日地挂在比利时隆冬的空气里。好友阿英三年间父母相继去世，阿英不时赶回去照顾父母，办理后事，而后风尘仆仆地飞回来。随之而来的是解脱、放松和安宁。循序渐进式的生老病死，是可以接受的。黛眉迷恋颐养天年、寿终正寝这类字眼，觉得它们是幸福的代名词。而母亲不是。母亲绝望之中的自我了断，如同魔杖，把她推入万劫不复的深渊。

鬼使神差地黛眉随人群走进教堂，来参加一个不相干的人的葬礼。这是遭遇苦难和危机的灵魂，选择对话的场所。教堂天顶的白色墙壁亮得刺眼，每一个角落都被照得轮廓分明。牧师神情肃穆，手捧《圣经》为死者做着祈祷。烛光闪烁中，黛眉看见母亲的魂魄静立在十字架前，满面焦灼地望着她。管风琴响起，黛眉猛地抬头，这才认清了照片中逝者的尊容，是科赫先生！前不久科赫谎称自己过世，向子女发出葬礼邀请——只为骗取孩子们迅速回来，伴他度过最后一个圣诞。老人有儿有女，却终日孑然一身。儿子在芝加哥管理一家股票市场，女儿在费城执教并兼做科研项目，总有忙不完的事。老人便屡屡失望。多年前科赫携妻子畅游美国时，在新奥尔良遭遇台风，妻子不幸罹难。科赫独自回了家，从此再也没出过远门。夏季，老人为享受阳光买了一艘小帆船，沿着运河昼夜漂流，在流动的风景中打发哀伤和寂寞。河道很窄，黛眉曾多次看见老人，披着夕阳立在船头漫无目地张望。她觉得老人就像一条被遗弃的船，孤零零地漂在水上。

为了平息自己的哀痛，黛眉在网上为父母购下一块墓地，按照中国的传统仪式为父母建了一座陵园，并竖起一块黑色大理石墓碑，用父母喜欢的字体刻下他们的名字。无论是西式的复活节、圣灵节和感恩节，还是中国传统的清明节、中秋节和春节，黛眉都在此凭吊。借助这个墓园黛眉为父母献上一株株的鲜花，她的思念和寄托，在这个虚拟的世界里得以宣泄和实现。

盛夏的一天，黛眉随勃兰特参加一个英国同事的家宴。主人为客人准备了丰富的餐饮：虾酱浓汤，英式奶酪，意大利火腿和海鲜。宴会开始前女主人突然向客人宣布，今天是她母亲八十六岁生日，她要当着大家的面为母亲唱一首生日歌，而后拿出自己亲手为母亲织的大红色围巾。老母亲从容、淡定，听任女儿把大红色围巾围在她皱巴巴的脖子里。这温馨的一幕，不经意间刺痛了黛眉，她想起母亲临终前的孤苦挣扎与绝望——那种永不衰竭的怆痛，再次向她袭来。当别人开怀畅饮时，黛眉却因悲伤过度而兀自跌入记忆的深渊。

勃兰特见状，拉着黛眉快速离开了朋友家。

即便没有机会升迁，勃兰特依旧位居要职，夫妻俩的生活时常伴随海滨公寓、山顶古堡，蒂沃利的瀑布、巴拉顿的温泉，酒会宴会音乐会，黛眉领略到常人难以企及的风光与享受。可无论怎样惬意的日子，都抵御不了母亲以极端方式结束生命带给她的那份惨烈的想象。每当此时，黛眉身居国外的一切荣耀和惬意，都消失得无影无踪。

十五

时光的列车，载着人间的喜怒哀乐呼啸着驶入二〇〇八年。如今的黛眉，可以无须签证而自由出入地球上一百多个国家。即便回中国，也不成问题了。可她去哪儿呢？母亲不在了，心心念念的远方像一张白纸，一座空城，变得模糊而苍白。她举棋不定，六神无主，也就放慢了回家的脚步。原本，她的思念纯粹而执着，不料与铁一般生冷的现实撞击在一起，霎时溅出人性中最可怕的一面。黛眉恨得咬牙切齿，却又茫无头绪。

几经辗转，黛眉终究迈上了布鲁塞尔飞往北京的航班。

步入天津站客运大厅的时候，黛眉的心怦怦直跳。她拉着箱子兜了一圈又一圈，竭力找回沉陷多年的记忆，却被满目的簇新，弄得不知所措。十年前的那个深秋，母亲和大哥执意把她送到月台上，母亲抚摸着她跟前的大箱子，问她到了北京怎么办？黛眉说："同事会来接我，然后把我送到机场。"这话母亲已问了三遍，却一再问。硕大的箱子把黛眉衬得越发娇小、柔弱，母亲就不放心，说："看你这个样儿，一阵风就能把你吹到海河里去。"这时，汽笛声倏地响起，黛眉挽起衣袖瞧了瞧表，到时间了。母亲就一把抱住她，泪水横流……

恍惚间黛眉走近一个窗口，探头问："在哪儿打的？"

"要眼睛干吗？上头不都写着呢！"里头传出一个嘎嘣脆的小丫头的声音。

黛眉本想反问，我要是能看清，干吗要问你呢！想想算了，好不容易回家来，甭管见着谁，看面孔听话音张嘴瞧着的眼神，都让她有种想扑上去拥抱的冲动。即便粗鲁无礼态度蛮横，她也觉着可亲可近。

迎面来了一辆出租车，司机一开口，天津味扑面而来："您上哪去？"

黛眉心跳加快，鼻子都酸了，慌忙应道："鹌鹑街。"

"不拉。"对方绷着嘴，坚定地摇了摇头。

"不拉？为嘛？"黛眉不明白，为何放着钱不挣。

"不拉就是不拉，不为嘛。"司机斩钉截铁。

"出租车就是拉人的，不拉总得有个理由吧？"

对方扫了一眼黛眉身后的大箱子，一踩油门，跑了。

黛眉激愤了。十年未归，这是回家找归属感来了，可归到哪去？她怔在街上。起风了，黛眉的栗色长发微微飘起，遮住了双眼。车子一辆接一辆，风驰电掣，就是没有她坐的。又是一阵风，将她的头发从前额吹散，直涌向后脑勺。疾风中驶来了一辆带布篷的电动三轮，黛眉赶紧摆了摆手。

三轮车摇摇晃晃地启动了。黛眉鼻子一酸，泪水迸出眼眶。

大哥听说黛眉回来，早早把房间准备好，将被子架到阳台上晒了两天，热乎乎、暄腾腾的。可黛眉临时改变了主意，她径直去了宾馆。母亲的死，让她对哥嫂窝着一腔怨愤，连表面的和气也不愿维持，更不愿面对母亲饱受煎熬的房间，连同那栋楼。可到底是一娘同胞，黛眉把哥哥们喊来，兄妹三人一同吃了顿饭，而后独自去了堤岸。正是阴雨蒙蒙，海河两岸冷雨垂柳。她痴痴地望着河水，寻寻觅觅。离开是为了更好地回来，而今真的回来了，脚步凄惶，目光也凄惶，泪水漫过长堤，再一次遮住了她的双眼。

母亲去世的那段日子，姐姐由于自责也由于想不通而深陷抑郁。病情恶化时，大琴被送进了精神病院。不到半年，大琴死于持续不断的癫狂和心脏衰竭。黛眉坐在姐夫刚搬入的新居，听他讲了姐姐去世前的细节。姐夫眨着小眼睛说："当时送大琴去医院实属无奈。因为她犯病时总捶打自己，把头发扯得一缕一缕的，还说一定要学母亲的样子，从楼上跳下去。"

看着姐姐一天也未享受到的新居，黛眉悲从中来。她想起小时候，跟着姐姐去单位接母亲的雨雪天里，路面成了泥窝窝，姐姐背着她穿过那条有棺材铺的街道时，总是一溜小跑。

姐夫是个矮胖子，一脸敦厚和困惑，讲话时伴随抓耳挠腮的小动作，叫人生厌。黛眉本不想住下，可禁不住他的再三劝说，说是既然回家了，怎能老住在宾馆呢？可黛眉真住下了，他却反复叮嘱她："白天用凉水洗手脸，精神；到晚上，再用热水，舒服。"十月天，海边的潮气从门窗的缝隙间渗进来，屋子里透着一股阴冷。黛眉住惯了设备精良的房舍，热水随手可得，而在姐夫家要用点热水，得打开煤气罐现烧。只有家里的小媳妇，让黛眉觉着亲近。外甥是去年秋天结的婚，小媳妇是河北人，长得秀气，做事轻手轻脚的，显然有了身孕，却一天三顿变着花样儿给黛眉做好吃的。

这日，哥嫂听说黛眉住在姐夫家，就一起过来了。这时，家里突然发生了一件异乎寻常的事。面对一屋子人，小媳妇不知哪来的邪气儿，顷刻间像换了个人，一改平素的羞涩和沉默寡言，冲着一家大小喊道："你们对不起她，你们不得好死！一个病人，快死的人，你们虐待她，不给她治病，盼着她早死，你们不得好死……"话没说完，被外甥奔过来一把拽走了。

众人听了，无不面面相觑，惊愕万分。黛眉的两个嫂子，脸上一阵红，一阵白，又一阵红。姐夫也像是丢了魂儿，小眼睛直往上翻，伸手给了自己一个大嘴巴。

夜深了，黛眉躺在潮乎乎的被窝里翻来覆去，难以入眠。小媳妇过门时母亲和姐姐都不在了，小媳妇连她们的影子也未见着，怎会一语中的，说得这样千真万确呢？难道是传说中的鬼魂附体，母亲和姐姐得知她归来，齐了心托小媳妇给她送信来了？黛眉胡思乱想着，泪水打湿了枕头。

黛眉心怀感激，临别时，她抱了抱小媳妇，背着姐夫和外甥，将一枚戒指塞到她胖乎乎的手里。

十六

四月的布鲁塞尔，乍暖还寒。黛眉在晨光下阅读时突然接到一条短信。老同学薛乔到欧洲来了，眼下正在布鲁塞尔。她问黛眉，能否跟她见个面？

黛眉逗留天津时，从几个老同学那里听说薛乔患了淋巴癌，正在北京接受化疗。她知道薛乔这些年生意做得风生水起，有过走南闯北、叱咤风云的磅礴记录。放下手机，黛眉在记忆深井里搜寻着昔日同窗的芳容，想象患了绝症的薛乔，是以怎样的心境来到这万里之外的呢？

黛眉迅速收回思绪，开上车，直奔布鲁塞尔的希尔顿酒店。

一别十年，两个老同学相会于万里之外，四目相对，恍兮惚兮。黛眉请薛乔在布鲁塞尔的繁华地段吃了午餐，然后拉着她就回了家。尽管病魔缠身，薛乔依旧有着洒脱和凌厉的一面，她一身名牌，着装时尚而阔绰。可黛眉明白，薛乔的黑发是假的，憔悴的面部打了厚厚的粉底和腮红。

殷红的云霞擦着远处的群峰，一寸寸漫过来，将两个女人笼罩在玫瑰色的晚霞里。薛乔环顾四周，问了句让黛眉意想不到的话："你在这里幸福吗？"

　　黛眉目光轻仰，竟犹豫了。世间有许多事，像是无法用"肯定"或"否定"这类字眼来回答。她直视薛乔，坦言道："有时候我觉得幸福，有时又觉得不幸。每天沐浴在蓝天白云下，吻着泥土与青草的气息，晚饭后与勃兰特携手走进林荫，我觉得很幸福，也很满足。可每逢农历中国节庆，我盯着被晨光勾勒的远山、清流，又无比惆怅和伤感。享受单纯宁静的日子时很幸福，可每每念及母亲因自己的远离而饱受煎熬直至亡故时，我便揪心疼痛，难以释怀。"黛眉吐了口气，把心口的淤积释放到空气里，而后道："任何良辰美景，都会因亲人的缺席而变得美中不足！"

　　薛乔从未见过一个人，因亲人亡故而留下这样深的痛楚。便说："悲伤是我们为爱付出的代价。不过亲人迟早都会离去，父母也不能守我们一辈子，最重要的还是身边的爱人。不怕你见笑，这些年我一门心思地挣钱，爱人跑了，家也散了，我现在穷得只剩下钱了。"

　　黛眉不胜惊讶。她望着薛乔脸上因脂粉淡去而裸露出来的青灰色，一时语塞。这时篱笆墙外泊了辆车，黛眉头也未抬地说："是我先生回来了。"

　　勃兰特见家里来了客人，径直穿过花径绕到她们跟前，毕恭毕敬地与薛乔握手寒暄，继而与黛眉拥吻，说了声对不起，便到楼上更衣去了。薛乔望着勃兰特儒雅昂健的身姿，眼睛酸酸的。她蓦地意识到什么，对黛眉说："真不好意思，我晚上还有个约会，得走了。谢谢你的盛情款待！"

次日傍晚，黛眉在厨房忙碌时，接到薛乔发来的一封短信：

黛眉，我这次从嘈杂喧哗的祖国来到这里，欧洲的湖光山色、人文气息陶冶了我，让我流连忘返。昨天我坐在你家院子里，远山近景，安谧静和，令我怦然心动。那一刻，我觉得人生旷朗，而自己却微不足道。你知道，我是个不按常理出牌的人，我讨厌约定俗成，理性与浪漫始终交织在我身上。不瞒你说，我这趟出来，就没打算回去。我要把这场十四天的欧洲游，变成永恒的归宿。你对母亲的挚爱与歉疚，刺痛了我，让我瞬间恢复自制。这些日子，我母亲每天都给我留言，她老人家说，如果我执意死在外头，她也不想活了。母亲已风烛残年，却终日为我担惊受怕。我不能再一意孤行了，我必须尽快回家，回到母亲身边。此刻，我正在布鲁塞尔机场等候飞往北京的航班。人生苦短，去日无多，何必再天涯漂泊！

读到这里，黛眉如释重负地抬起双眸，两行热泪，决堤而去。

留一个机场给你

一

接到苗姐的急电时，左婷刚从奥地利西部蒂罗尔山谷里走出。平素，她作为资深导游，引领一个又一个旅游团在欧洲各地往返穿梭。而这次，她给自己放了几天假，一头扎进深山老林，除了休闲，她要把自己跟兰道夫·哈丁的关系捋一捋。九年了，一向坚若磐石的婚姻，不知从哪天起，突然陷入了困惑和泥潭。

左婷的丈夫兰道夫·哈丁是维也纳音乐学院表演系的声乐教授，坐拥世界顶级的音乐殿堂，慕名而来的学子不计其数，要命的是，多半为女生，且个个青春洋溢、美艳灼人。单单师从他的来自世界各地的声乐系女生，每年不下十几位。作为教授的妻子，左婷由最初的自豪，到冷眼旁观，再到羡慕嫉妒恨，直至严加防范，真是煞费心机。潜意识里，左婷总觉得兰道夫与他的学生有染，为此她简直伤透了脑筋。

生活就像一颗局部烂掉了的柠檬，尽管好的部分尚可利用，但那味道，终究是有些不一样。也许生活的本质，向来如此。

苗姐的电话克制而急切："婷妹呀，因冰岛火山灰的蔓延，彤彤坐的飞机，迫降在了你们维也纳机场，不知要等多久。彤彤马上就要考试了，这次是终考，万一错过，她在英国的居留就麻烦了！"

"我能为彤彤做些什么呢？"左婷脱口问道。

事到如今，苗姐也顾不上客气了："婷妹，你能否想想办法，帮彤彤申请一份奥地利临时签证，让她尽快离开维也纳，改乘火车回英国？"

左婷眉头一紧，心想，这可真是个不大不小的难题。两天前她才离开维也纳，置身于高山峡谷，就是为了避开繁华，远离尘嚣，暂时摆脱事业和感情的双重旋涡。该死的火山！左婷下意识朝着欧洲西北的冰岛方向凝望，不由得想起兰道夫赴美演出的前一天晚上，他们斜靠在沙发上看新闻，只见冰岛艾维法拉火山，如同原子弹爆炸般腾空而起，喷射出的火山灰所形成的巨型烟柱，纹丝不动地盘踞在空中，有种天塌地陷、大祸临头的惊悚。播音员解释说：冰岛作为举世瞩目的"极圈火岛"，有两百多座火山，仅活火山就占了五十座……

兰道夫瞅了一眼左婷，两人对视的瞬间，眸子里似有岩浆滚动，他们不约而同地回想起在冰岛的那个八月天。

彼时的左婷，还没有结婚，连男朋友都没有。她带领一个旅游团观摩了雷克雅未克的几座活火山，而后沐浴在久负盛名的蓝湖地热温泉（Blue Lagoon）里。那是一泓被黑色熔岩环抱的蓝莹莹的温泉水，因美容功效好，名气大，全世界的人都趋之若鹜。浸泡在温泉里的人们，可享用蓝、白、灰三色硅泥制作的面膜，随后再一遍遍冲洗掉，久而久之，原本湛蓝的温泉水就成了凝脂似的"奶汤"。

当左婷揭去最后一道面膜的敷贴，热气腾腾地走出蓝湖，到公共衣架前取浴衣时，恰与兰道夫撞了个满怀。那可真是冰与火的碰撞，两人瞬间擦出了火花。

这温馨的一幕犹在眼前，并随着一丝笑纹残留在嘴角。与此同时，左婷的眼前却闪出了冰岛诗人罗茨·海德的名言："任何风流韵事，都会止于雷克雅未克。"

左婷负气似的离开维也纳，心无旁骛地融入崇山峻岭，在亘古的草地上留下第一串足迹，在林间的休耕地上迎来麋鹿的造访，是她眼下的最高兴奋点。太阳沉落之前，她摊开手脚躺在温润的苔藓上，任山风席卷每一个毛孔，忍不住喊了两嗓子，啊——啊——随即迎来空谷回声的通天之妙。

然而，苗姐的女儿搁浅在了维也纳机场。

即便是普通人家的孩子，在她的眼皮子底下遇到这种事，也不能袖手旁观，何况是苗姐的女儿。两年前她回国探亲时，适逢老母亲肾炎恶化，作为内科主治医生的苗姐肝胆相照，不仅推荐最好的专家，连住院手续都替她做了妥善安排——省去了她多少麻烦和周折！

于是左婷打开手机，迅速查询，发现冰岛火山灰持续滚动，有增无减，不仅殃及了欧洲各大机场，并造成了上万架国际航班的延误，维也纳机场已人满为患。左婷心里一沉，彻底意识到问题的严重性。她当机立断，火速网购了一张火车票，刻不容缓地奔下山去，连夜返回了维也纳。

二

帝国的斜阳裹挟着一抹火山灰，从舷窗外泄进机舱，映在不明究竟的旅客脸上，犹如点点墨迹。英航的这架大型客机，在经历了长途旅行、短暂徘徊，以及焦躁不安的等待之后，安然降落在火山灰轻微弥漫的维也纳机场。

机长如释重负地向大家问好，紧接着英国空姐操一口伦敦腔解释道："鉴于冰岛火山灰的影响，英国机场已然关闭，前往英国的旅客，请在维也纳机场提取行李后，听候机场工作人员的安排。"

机舱内顿时一片哗然。旅客交头接耳，左顾右盼，恍然意识到他们刚刚着陆的地方并非伦敦，而是奥地利首都维也纳。

滞留于机场的旅客，虫蚁般蠕动着。彤彤拖着自己的行李箱，避闪到大厅一角，茫然无措地等待着。

左婷赶到机场时，彤彤已被机场大巴送到了远离航站楼的一家大酒店。由于众多旅客都没有申根签证（彼时的英国虽然尚未退出欧盟，但不属于申根国），无权在维也纳自由出入，只能限足在酒店内。荷枪实弹的奥地利警察，在门外严防死守，如同守着国境线。出了酒店，就等于越境，是会遭到逮捕的。

左婷亮出证件，顺利进入酒店大厅，通过大堂副理她得到了彤彤所在的房间号。她径直上了八楼，在走廊尽头一个双人间里，左婷见到了彤彤。

丫头如遇救星，扑过来抱住她说："阿姨，你可来了，我好倒霉，都快憋死了！"

左婷稍作思忖，随即与中国驻奥地利领事馆取得了联系。领事馆主任说，他们已关注到有关情况，并接到了不少困守机场的中国同胞的求助电话，正与奥地利官方沟通，但要有个过程，请耐心等待。

放下电话，左婷安慰彤彤说："既然这样，就等等吧。不妨利用这段时间，复习一下你的功课。我先到下面去看看，有什么消息，我会马上通知你。"

左婷带上门，若有所思地走至电梯口。电梯门唰地开了，从里面走出几个肤色迥异的客人，左婷抬脚进了电梯，里面站着一位头发花白的中国长者。出于同胞的惺惺相惜，她暗自打量。这一看，非同小可，不禁失声喊出："韩老师，是您吗？"

她的喊声并未引起意料之中的惊喜，老人惶惑而茫然地瞅着她。左婷突然意识到什么，伸手摘掉变色眼镜和遮了半边额头的宽檐儿帽，并将披散下来的一头卷发刻意向后拢了拢，提高音量道："是我呀，韩老师，您不认识我了？"

老人眼眸一紧，手忙脚乱地在身上摸了一通，掏出一副乳白色助听器，塞进耳洞。视觉和听力并用，老人顿时惊喜道：

"啊,是你呀左婷,你怎么会在这里?"

"韩老师,我在维也纳都快二十年了!"

"哦,是这样,看我这脑子。本来是要飞伦敦的,去女儿那里探亲,没想到碰上了冰岛火山灰,就耽搁在了这里。不过能在这里遇到你,真是因祸得福啊。"笑容和兴奋一股脑儿地泻在韩孝宗皱纹密布的脸上,星星点点的老年斑抖动着。

十几分钟后,酒店大厅的咖啡座上,韩孝宗与左婷相对而坐,目光冗长而满怀心事。那段刻骨铭心、一波三折的光阴虽逝去已久,却又固执地跳了出来,仿佛逼着师生二人回首往事。

左婷端起咖啡轻啜着,内心波谲云诡。这是那个曾经器宇轩昂、容光焕发的钢琴教授吗?这是我千百次望眼欲穿一度期盼着的那个男人吗?左婷问自己,同时努力拼凑着自己青春时代的少女梦。

像是从老照片里走出,韩孝宗神情倦怠,眼袋下垂,唇边的纹路深邃而忧郁。最糟糕的是他的听力,俗话说,一聋三分傻。左婷每次跟他讲话,如果音量不够,他便目光惊愕,一脸无辜。硕果仅存的,是他那浑厚而富有磁性的男中音,这让左婷多少找回了一些他从前的影子。曾几何时,韩孝宗端坐在瓦亮的黑色钢琴前,一面打着和弦,一面向左婷示范指法,那气度,那风仪,连同肖邦那首《即兴幻想曲》,贯穿了她整个大学时光。那个时候的韩孝宗,艺术权威,系主任,志得意满,风光无限,直立在他身后的左婷,像一棵未长开的幼苗,青涩而单薄。

眼下的左婷，目光含蓄，眉如远黛，供职于东欧最大的洲际旅游集团，担任亚洲部主管兼资深导游。岁月既残酷，又柔情，它可以阻隔一切，也可以改变一切。但有时候，又会成为连接的理由。左婷望着对面的老师，跳跃的思绪避开火山灰的阴影，蓦然伸向遥远的故国老城。那段活力十足的时光，伴着青春与生命的激荡，仍叠加在沸腾的记忆里。

三

时光流转，梦回宋城，十九岁的左婷，如愿踏进南苑师范大学艺术系的门槛。如今想来，她实在是一个单纯到可怕、热烈到决绝的女孩子，丝毫不懂得掩饰和退守，并且在任何阶段都不愿留下空白，何况在那样热烈的青春韶华。

大学校园里有知识的填充，也有爱情的滋长和泛滥。初来乍到的新奇和忐忑过后，青春期的迷茫与骚动接踵而至。花木扶疏、林荫夹道的教学楼前，总有几位风流倜傥的男教师，醒目的西服领带，白衬衫，锃亮的黑发和皮鞋，腋下夹着教案往返来去，构成女生目光的焦点。这里面，就有韩孝宗。

新年伊始，左婷作为艺术系选派的钢琴选手，在全市举行的文艺会演中，不负众望，以一曲贝多芬奏鸣曲《月光》夺得高校组第二名。这意外的收获，不仅为学院赢得了荣誉，也让初出茅庐的左婷优越感倍增。曾经胆怯的她，从此丢掉了自卑的毛病，漫步在校园里，她胸脯挺得高高的，见了老师和同学们打招呼的声音都提升了八度。

有一天傍晚，左婷在校外的风味一条街上吃凉皮，完了起身走人，恰好碰到系主任韩孝宗。不知为何，包子店前的韩孝宗犹豫不决，茫然无措地卡在了当街。

左婷大大方方地迎过去："韩教授好，您有什么事，需要我帮忙吗？"

韩孝宗拎着一袋刚出锅的小笼包，正左右为难，脸都急红了。他突然想起了一件事，得马上赶到院长办公室去开会。都过了十分钟了，可手里热乎乎的包子，是他为女儿小禾买的，女儿正在家里等着他带回的晚饭呢！

真是天赐良机，左婷想都没想，自告奋勇地说："把包子给我吧，我帮您送回家。"

那是她第一次涉足教授单元楼，一个六层楼上的三居室。作为艺术权威和系主任，韩教授既有威望，又有风度，平日里见了他，左婷不过礼貌含笑，敬而远之，从未想过会以这样的机缘，坦然走进教授的家。

房间布置得清爽而考究，客厅、书房、餐室，一尘不染，连扑面的空气都凉津津的。转身离开时，左婷看到书房的博古架上，整齐码放着密匝匝的音乐磁带，中间朝外的那个层面，立着一尊汉白玉维纳斯雕像。目光与女神相撞的瞬间，左婷有种触电的感觉。一个奇妙的念头迅疾闪出：她与教授趣味相投。

光线柔和的咖啡座上，韩孝宗失神地望着左婷，浓郁的维也纳咖啡，似乎唤醒了他沉寂多年的活力，与左婷交谈时声音自如而富有张力，那种美妙的共鸣腔又回来了。如同一个多年没有登台亮相的艺人，韩孝宗滔滔不绝地讲述着自己曾经的辉煌、桃李满天下的骄傲，以及带领京城艺校的学子在全国各地巡演的情景。可当他意识到这些早已成过往时，不由得扶了扶助听器，自嘲似的笑了笑，承认自己老了。

恍惚间，时光跳到多年前的一个早上，他踏着清脆的铃声健步走进琴房，与学生稍作寒暄后，两手一伸坐在黑色的琴键旁，信手弹奏起贝多芬的进行曲，而后在讲台中央介绍大师的生平。接下来，是莫扎特的奏鸣曲，并带着崇敬和瞻仰的沉思，讲述这位奥地利音乐神童的传奇经历。讲台上的韩孝宗若杏坛拈花，温文的笑容辐射到台下，缭绕在女生的眉宇间。听他的课如沐春风，如遇甘霖，因而每次大课结束后，韩孝宗都迎来一片晶亮的眼睛和绯红的腮。可他那毫无目的的笑意，在左婷看来，像是专门给她的。

"你现在生活得还好吧？"韩孝宗一抬头，问了一句，却又后悔了。女人幸福与否，全都写在一张脸上，只看表情和眼神就够了。

"小禾什么时候去了英国，她大学毕业后，不是一直在上海工作并成家了吗？"

"这么多年了，多谢你还记得小禾。她离婚之后，一个人带着女儿生活，后来在外企工作时，结识了英国工程师大卫，两人结了婚，就去了英国伦敦。"

“是这样。那么师母呢，她怎么没跟你一起来？”左婷突然问。

听到“师母”二字，韩孝宗的脸像被蜇了一下，颤声道："她早就不在了。七年前得了淋巴癌，她拒绝化疗，勉强撑了四年，最后一次手术是在上海交通大学医学院做的，上了手术台，就再没有下来。"

左婷哑然。她拿起小勺搅动起杯子里的咖啡，低头注视着，仿佛转动的咖啡旋涡里，冒出了梁医生那一丝不苟的面影，以及她镜片背后刀片似的双目。

记不清是哪一年了，梁医生觉察到韩孝宗和左婷的暧昧，为了保全家庭，她隐忍着，直到发现两人始终藕断丝连，即便是左婷嫁了人成了家，韩孝宗仍痴心不改。忍无可忍的梁医生，一封信寄到了校长办公室。

酒店大堂突然掀起了一阵不小的动静，工作人员用德语播出一条通知，紧接着用汉语重复了一遍："请所有中国旅客带上护照，到大堂的左侧来登记，中国驻奥地利大使馆的工作人员，将协助大家办理奥地利临时签证。"

韩孝宗听懂了，他眉头舒展，这下好了，有中国大使馆的工作人员出面，就好办了。顷刻之间大厅内变得像集市一般，旅客奔走相告，呼朋唤友。左婷想起了彤彤，忙起身说："韩老师，您先去排队登记，我要到楼上去通知一个小朋友！"

四

也许是过早失去父爱的缘故，左婷对中年男人，有着本能的贴近和渴望。

读高中那会儿，左婷就暗恋过她的英文老师雪莱。雪莱从英国北部留学归来，带回了英格兰乡间的淳朴与清新。每当雪莱步态悠闲、目光散淡地迈上讲台，用他那特有的英国口音讲述狄更斯、夏洛蒂和马克·吐温时，左婷的心就跳得厉害，思绪止不住地狂奔。眼前闪现的不是那个时代的艰难与多舛，而是海风的荡漾、花草的清香、丛林的迷乱，她不着边际地畅想着，满脑子浪漫和奇遇。

在校园附近的农贸市场上，左婷偶遇雪莱和他身怀六甲的妻子。两人有商有量地挑选菠菜、萝卜和鱼虾时，雪莱对妻子的温柔和体贴，冷不丁落在了左婷的眼里。她的心像被扎进一根芒刺，血泪并泻。幸亏次年秋天，雪莱带着妻女离开了宋城，到珠海一所商校任教去了，否则，左婷那颗敏感、脆弱而又任性的心，真不知该如何安放，险些蹉跎了大好光阴，并将波及决定命运的高考。

走进大学校门，埋头于音乐世界的同时，左婷依旧敏感，她那颗青春勃发的心，在南苑师大的春风化雨中悄然酝酿，蠢蠢欲动。这个时候，韩孝宗走了过来。他是在琴房的过道里一眼瞥见左婷的，就走过来轻拍了她一下，说："谢谢你那天帮我给小禾送包子。周末有时间吗，来我家吃饺子吧？"

左婷柳眉一挑，有些受宠若惊，略为迟疑，就答应了。

周末的早晨，左婷先去街头逛了一圈，带回了两串亮晶晶的冰糖葫芦。韩孝宗喜出望外："哎呀，你怎么知道我爱吃这个？"

左婷不假思索地说："这叫心有灵犀。"

韩孝宗起火炒鸡蛋时，左婷饶有兴趣地在一旁注视着。课堂上的韩孝宗潇洒自如，想不到厨房里的他，仍魅力不减。这么想着，左婷挽起袖子摘韭菜，而后在水池边清洗干净，顺手就提起了刀。不想，韩孝宗从背后捉住了她的手，柔声道："要码齐了细细地切，这样……"他是如此耐心，如此温存，左婷感到自己的后背热乎乎的，很是难为情。接下来师生二人面对面忙活起来，一个擀皮，一个包饺子，低头干活，抬头说笑，都有些夫唱妇随的感觉了。韩孝宗偷瞧着左婷，心想，真像个能干的小媳妇，就表扬道："你小小年纪，家务活干得倒挺麻利。"

左婷爽利地回道："我爸去世早，我妈什么都让我学着干。我读小学三年级那年，我妈得了急性肾炎，全身浮肿，红肿的腿上一按一个坑。她躺在床上不能动弹，就指点着让我站在凳子上煮稀饭、下挂面。过年时，我妈就教我擀饺子皮……"

说者无心，听者有意，韩孝宗那颗不太敏感的心，陡然泛起一丝涟漪。

这时，在楼下刚打完乒乓球的小禾，满头大汗地回到家，一把推开厨房的门，见爸爸跟左婷和颜悦色地聊着，仰头甩出一句："爸，我妈呢？"

韩孝宗瞟了女儿一眼："你妈正在病房里给病人做手术呢！"

转眼间，鲜香可口的韭菜饺子端上了桌。小禾顾不了那么多，坐下来只管狼吞虎咽。十四岁的小禾是个单纯可人的女孩儿，只要吃得香，玩得乐，她便心安理得。对于左婷这位善解人意的女学生，小禾说不上喜欢，也说不上不喜欢，只觉得左婷每次来，爸爸的心情都格外的好，还千方百计地做好吃的。妈妈实在是太忙了，即便回到家，也是不要命地打扫卫生。韩太太是一名外科医生，职业使然，向来有洁癖，一进家门就嫌脏，不是唠唠叨叨地拖地板，就是没完没了地洗衣服。医术高明的美誉让她的手术络绎不绝，加班加点就成了家常便饭。

相比之下，韩孝宗要清闲得多，他似乎有着大把的时间和精力无处挥霍。

有一天，左婷在返校的路上淋了场雨，当晚就感冒了。她昏昏沉沉地躺了一天，水米未进。晚自习时，左婷意识到有韩孝宗的辅导，咬着牙去了教室。勉强坐了一会儿，她感觉头重脚轻，直冒虚汗，挣扎着出了教室。韩孝宗早有觉察，就跟了出来。见左婷脸色蜡黄，伸手一摸："呦，发烧呢。头疼吗？"

左婷抬起红肿的眼皮，懒懒地回答："头不疼，就是饿得慌。"

韩孝宗瞄了一眼空旷的走廊，用不容置疑的口气说："你先到宿舍里休息会儿，待会儿到我家来！"说完，他转身进了教室。

混沌的月光下，左婷犹犹豫豫地来到教授公寓楼下，她望着那扇光晕柔和的窗口，心里顿起热浪。待她一步步攀上六楼，房门像是有感应似的自动开了，一股酸汤小葱面的浓香扑鼻而来。

"师母呢？"左婷吞吃了碗里的鸡蛋，抹了把鼻尖上的汗问。

"值夜班呢。每周四，都是她值夜班的时间。"

"那么，小禾呢？"左婷环顾房间，目光有些躲闪。

"上晚自习去了。明天有两门考试，恐怕要复习到很晚。"

话音刚落，两人的眸子里好似飞进来一只萤火虫，缥缥缈缈地拖曳着一缕火光，悠过来，荡过去。这时，门铃叮咚一声脆响，打破了这令人窒息的时刻。是中文系的白教授。

韩孝宗和白教授是同乡好友，且是楼上楼下的邻居。白教授说，他是来借自行车打气筒的，家里的打气筒不出气了。韩孝宗知道，老白每天早上到湖边打太极之前，总要骑上一段自行车，这是他雷打不动的晨曲。话音刚落，白教授一眼瞅见了端坐在沙发上的左婷。左婷忙起身，恭恭敬敬地说："白教授好！"

"这不是韩教授的高徒左婷吗？"

"怎么，你也认识左婷？"韩孝宗不胜惊讶。

"艺术系的人尖儿，韩教授的得意门生，岂有不认识的道理。"白教授直视左婷道，"我在春节的校庆典礼上，可是听过你的《高山流水》，那叫一个荡气回肠，名师出高徒，名师出高徒啊！"

白教授人走了，可他那微妙的眼神和笑纹，仍晃动在空气里。左婷的眼前无风起了千尺浪，她脸红心跳，惴惴不安，继而起身告辞。刚出了楼栋，迎面撞上了疲惫不堪的韩太太。左婷反应机敏，热情地叫了声"师母"，然后转身离去。

五

维也纳西客站的月台上，左婷为彤彤买好了联程车票，并亲自送她到"欧洲之星"的车厢里。旅行箱安放妥当之后，左婷叮嘱彤彤说："这趟列车将途经德国的法兰克福、法国的巴黎和比利时的布鲁塞尔，到了海边，你要换乘海底隧道的专列，跨越英吉利海峡到对岸的多佛港，然后乘大巴去伦敦。"最后，左婷仍不放心，抓住彤彤的手说，"安全抵达学校后，一定给我发信息，报个平安！"

彤彤只管点头应允，白里透红的脸蛋儿，笑出了两个深浅不一的酒窝。

左婷望着渐行渐远的绿皮车车尾，心绪不觉回到了那个遥远的夏夜。车轮铿锵，她和他并肩坐在车厢里，朝着心仪已久的方向飞驰。

那一趟远行，实在是蓄谋已久，就在左婷毕业前的最后一个夏天，韩孝宗率领艺术系两名学生，到南京参加一场全国性的艺术比赛。只买到两张卧铺车票，拉小提琴的男生去了普通车厢，韩孝宗如愿以偿地与左婷入了卧铺。夜色已浓，火车像一条华丽而忧伤的蟒蛇，穿行于夜的心脏，城市，乡村，山川，平原，在铁轨的撞击声中交叠闪现，忽明忽暗，有一种超现实的魅惑。虽然身旁不乏陌生旅客，但丝毫不影响两人传情达意，暗通款曲。韩孝宗带了不少吃的，苹果、香蕉，还有面包和香肠。他坦然坐在左婷的床头，削好了苹果递给她。入睡前，韩孝宗取出一根香蕉，正要剥皮，左婷主动揽过来，仔细剥了，自己先咬一口，乘人不备，直接送到老师的嘴里。

凌晨时分，火车戛然而停，是一个小站，在夜幕下显得格外寂寥。站台上零零落落地晃动着几个人影，小城似在梦中，沉滞，恍惚。一束亮光扫过来，左婷无意中看清了韩教授平躺的轮廓。五官的棱角还在，却显得没有来由的软弱和无助，陡然间，左婷的心又温柔，又湿润。

窗外繁星点点，意识的车轮碾过原野和大漠，进而伸向不知名的远方。她家住在城市边缘的一条街上，斜对面是引人瞩目的市立文工团。对面的琴声一响，左婷就迫不及待地跑过去，隔着栅栏看演员在院子里练功，踢腿，下腰，吊嗓子。她从来就不是一个中规中矩的女孩子，满脑子胡思乱想，尤其楼上不绝于耳的钢琴声，令她坐立不安，跃跃欲试。因为表姐嫁给了团里的钢琴师，左婷不仅可以听，还可以定时跑到楼上跟着钢琴师练指法，再往后，她断断续续地弹出了曲子……朦胧中，一条大河闪着白光截断了前方的路，左婷来不及惊呼就落入了水中。河水浑浊，冰凉，令人窒息，绝望中她感觉自己在沉陷，一条鳄鱼张着血盆大口扑过来……左婷闷声大叫，忽地坐了起来。

韩孝宗闻声来到铺前，抓起左婷的双手安慰着。曙色初开，左婷睁开涨红的双眼，顺势倒在了韩孝宗怀里。

　　南京的赛事圆满结束后，两人心无旁骛地漫步在玄武湖畔。秋阳下，枝叶喧闹，游人如织。堤岸静立的三色乌桕树，一杈深红，一杈橙黄，一杈深绿，错落有致，美得典雅而任性。韩孝宗告诉左婷，当年他在南京师范大学艺术学院读书期间，玄武湖是他常来的地方。这里的园林景观，大有来头，许多都是出自中国园林设计大师朱有玠先生之手。"你看。"他指着侧立湖畔的一方石雕，上头的碑文虽已模糊，但他闭着眼就能诵出其中的佳句，"多方胜景，咫尺山林，妙在得乎一人，雅从兼于半土。"韩孝宗盯着左婷，刻意重复着"妙在得乎一人"也！

　　当玫瑰色的晚霞从天边泼洒过来，左婷脱掉鞋子，赤脚踩在毛茸茸的草坪上，身上的灼热顺着脚心释放到草尖上。她扭过身来，刚好与韩孝宗含情脉脉的目光相遇，极具膨胀的胸腔内柔情万种。韩孝宗忍不住走过去，貌似平静地说："你的眼睛里有一种东西，很尖，很沉，像钩子，勾得我一点办法都没有！"

　　还是在南苑师大时，左婷不时在校园里"偶遇"韩孝宗，她便大大方方地与他走在一起——不知惹来了多少艳羡的目光。虚荣心得以满足的同时，免不了有些得意。虽然这得意，有点复杂，有点酸涩，在两人身份地位如此悬殊的空间内，左婷的心底，实则隐藏着一种无法言说的卑微，但又无比享受这种感觉——出尘，跳脱，叛逆。

　　妙龄女子的清新与自我、肤浅与率真，给了韩孝宗前所未有的刺激。而他私下里的偏袒，也诱发了左婷的大胆与自信。

一种无法言说的情感体验，恶意般疯长。在所有中年男人挥之不去的愁闷中，韩孝宗轻而易举就找到了自己的出口。

六

欲望的风，是从春天的校园里刮起来的。三月的风很野、很狂，无端地叫人躁动不安。风中的左婷长发飘飘，裙袂飞扬，校园里的樱花、碧桃和榆叶梅画卷般铺展开来，一种说不出的惆怅和郁闷，搅得左婷心神不宁。

用白教授的话说："老韩什么都好，就是单纯得轻佻，热烈得鲁莽。"

四十八岁的韩孝宗头发直而黑，身材不高不低，五官和脸廓都相当有型。在情窦初开的少女眼中，他成熟坦荡，潇洒昂扬，像冬日旷野里的篝火，温暖人心。对于敏感脆弱的左婷来说，仅凭个人意志来抵御这样一个男人的魅力，难！

实际上，又岂止左婷。

熄灯之后的艺术系女生宿舍，七嘴八舌的主题正围绕男人展开着，从本系男生，到任课老师，及至脸膛黑红的军训辅导员。左婷像一滴油，轻浮于水花四溅的表层，含而不露。猝不及防地将话题转向了韩孝宗。韩教授体形真好，他的每一条西裤和 T 恤衫都特有范儿。还有他手表的款式和颜色，特有品位。曼琳插话说，我爸跟韩教授同岁，也是四十八岁，根本没法比。我妈说，看你爸的肚腩和胸脯，又肥又厚，脖子里的褶皱像一堆麻绳！

姐妹们叽叽喳喳时，左婷的脑壳里不停地晃动着韩孝宗走路的姿势。他肩很宽，胸肌饱满而性感，又回味起他的话——说出来的，没有说出来的，她都心领神会。这么想着，左婷的心里酸酸甜甜，如同四月的草莓，从舌尖直伸到心底。

又逢周四。这是左婷意乱情迷的日子。整个一天都心猿意马，沉郁和幻觉随一缕赤色的晚霞，从天边蔓延到校园深处。好几天没看见他了，左婷心神涣散，人在课堂，魂已飞到了九霄云外。她琢磨起韩教授看自己时的目光，有欣赏，有流连，有闪烁的欲念，也有明显的忧惧。因为有欲念，他是温暖的，暧昧的，而忧惧的背后，既软弱，又不忍，无论是软弱还是不忍，都让左婷觉得新鲜，感动，痴迷不已。

课间休息时，左婷慵懒地穿过楼道，一个熟悉的背影一闪而过，左婷从心里喊了一声，万丈柔情一涌而起。好容易挨到了晚自习，再也坐不住了，一股无形的力量驱使她出了教室，沿着操场来到泡桐背后的教授楼下。左婷直勾勾地望着那扇光线柔和的窗口，恨不得一口气跑上去，投入他的怀抱。正当左婷伫立楼下举棋不定时，楼上的窗子开了。一件浅灰色T恤衫，托着教授那惯常的微笑——无须多言，只需一个手势，左婷便了然于心。她抿了抿嘴唇，冲上楼去。

终于来到了他面前，整个世界都充满了阳光。

左婷身上的浅蓝色短袖衫，笼在一条米白色紧身裙里，胸部与腰身的线条，起起伏伏中透着一丝妩媚。陷入沙发的韩孝宗有说不出的满足，却没有居高临下。总有说不完的话题，一面伶俐机巧，一面投桃报李，话锋恰到好处，目光川流不息。暮色从半敞的窗子里渗进来，为客厅染上了一层难以描摹的色彩，由浅入深，是夜莺的容颜。韩孝宗起身走向书房，举出一支双座铜烛台，说是在省城开会时逛旧货市场发现的。他喜欢古旧的东西，尤其是欧洲的洋玩意儿。说完，炫耀似的摆在桌上，将两支蜡烛插上，再斜过来一一点燃，伸手关了灯。

转瞬之间，犹如置身欧洲的中世纪。罗马的立柱，希腊的神庙，塞浦路斯的残垣，在模糊的意识中若隐若现。一缕风从窗外吹过来，竹叶青的窗帘鼓胀着，又噗的一声瘪下去。一切都在黑暗中，唯有两根直挺挺的小火苗，在这个微风徐徐的夜晚扑闪着，晕染出一片古典风韵。烛光下，韩孝宗捧起她的脸，端详着，轻叹道："所谓三分长相七分颜色，你的好颜色总在我跟前晃来晃去，让我拿你怎么办呢？"

他想要拥抱或者亲吻，但又迟疑地转过身去。左婷突然从后面抱住了他。终于被他紧紧搂在了怀里，她忘却一切地吮吸着，一股力士香皂的清香直抵肺腑——这是一个文明人身上的好闻的气味。左婷一下子柔软了，仿佛所有的寻觅，所有的渴念，都有了结果。这是她的梦，一个终于变成真实，醒来也不会消失的梦。

角柜上的录音机被扭开了，曼妙的音律水一样流泻出来，是左婷喜欢的舒伯特的小步舞曲。接下来是一支爵士乐，润滑而倜傥，像一对放荡男女的叹息声，却协调，吻合，奔放，有一种冲破牢笼置身野外的自由。对音乐的敏感让两人如痴如醉，忘乎所以。音符的魔力骤然攫住了男人的神经，不知何方仙女双手洒下的甘露一点点模糊了他的视线，浸透了他的毛孔，蜡烛被捻灭的同时，黑暗中似乎有个声音在聒噪：师道尊严，师道尊严，见鬼去吧！

正当师生二人相拥相携激情难抑地进了卧室，继而水漫金山旋涡没顶再也没了退路之际，玄关处突然传来了钥匙开锁的声响。韩孝宗仿佛从梦中惊醒，他一把拉起左婷，推至门后，匆忙整了整自己，带上门出了卧室。

七

午后的咖啡座上，左婷与韩孝宗漫无边际地聊着，不知不觉地聊到了白教授。左婷不禁问："中文系的那位白教授怎么样了？你们还有联系吗？"

"你是说老白啊？"韩孝宗半闭着眼，像是从空茫的回忆中苏醒过来："他得了肝癌，去年秋天到北京协和医院来化疗时，我到医院去看过他，勉强维持吧。"

左婷还清晰记得，两个教授之间的高谈阔论。那时的他们是学院的骨干力量，自信，豪放，引人瞩目，真是无人能敌。又想起白教授看自己的眼神，心照不宣，难以捉摸，就有些气馁，自嘲似的笑了。

那晚，老白在韩孝宗的客厅里撞见了左婷之后，回到家一头扎进书房，捻着下巴上的胡碴儿琢磨来琢磨去，认定这两人的关系不一般。因此，两周后当他面朝河塘打太极时，一眼瞥见堤岸散步的老韩，即刻招手，示意他过来说话。

略为寒暄，老白便将话题拐弯抹角地扯到了左婷身上。

"我看啊，左婷这女孩子，很不一般！"

"不就是个普普通通的女生嘛，怎么就不一般了？"

"要说这丫头的样貌，也算不得十分人才，可她内敛聪慧，灵性不凡，你老韩跟这样的女孩子在一起，定然是重拾青春，怪不得这段时间你总是杏花春雨的。"

韩孝宗大笑，他环顾了一下左右，说："到底是文学家！我就是一棵苦楝树，虽说学院里草长莺飞，但围墙高了，又有师道尊严的藩篱，终究有它的局限性。"

"无情未必真豪杰，窈窕淑女君子好逑嘛！"比韩孝宗年长八九岁的老白，眼望一池碧水清荷，不知是安慰，还是鼓励地感叹道。

而此刻的韩孝宗，正揣着几分惶惑，无法排解呢。想起前天夜里，好险哪！一向安分守时的梁医生，竟提前回家了。他急忙将左婷安抚在卧室门后，自己出去敷衍。谢天谢地，梁医生说她刚下了手术台，一身血腥，得冲个热水澡。他趁机打开卧室门，将左婷送出门外。可到了后半夜，他心虚得发慌，顾虑重重，道德、家庭和身份的天平在暗夜里晃来晃去，不得安宁。倘若听任自己想入非非，后果不堪设想。无可奈何之中他劝诫自己，就此打住吧，只像父兄那样关怀她，却又心有不甘。

尚难预料却已然萌生的欢愉令他进退维谷，而这欢愉与现实之间的鸿沟太深太难。说到底，他不是一个运筹帷幄杀伐决断并善于谋略的人。殊不知，矛盾和踌躇之间那种欲罢不能若即若离之态，越发撩拨起一个女孩的欲望。

这点，人情练达的白教授最是清楚。

见韩孝宗苦笑，老白进一步试探："论年龄和学识，你老韩正当春风得意啊！"言外之意，他韩孝宗贪恋冰雪聪明的女学子。十年前他自己不也如此，面对课堂上那些水汪汪的女生，心猿意马。但他是何许人也，文学系教授兼知名作家，世事洞明，超然物外，尽管他人老心不老，可他拿得起放得下，发乎情止乎礼。只是觉得再走下去，无非流于庸常的婚外情，哭哭啼啼纠缠不清。在这方面，他老白可是吃过大亏伤过元气的。拜伦说得好，爱情在男人的生活中只是一种消遣，可它却是女人的全部。

想到这里，老白的目光扫过塘中那一株株含苞待放的荷花，又瞥了一眼迷茫中的韩孝宗，感叹道："爱情不过是一种被误读的浪漫和传奇，无论怎样的死去活来，终究都会沦为无趣的日常。可精彩的恋爱故事，往往忽略这些。"

比起老白，充满艺术气质的韩孝宗到底年轻气盛资历浅，徒有冲天的才气和率真，缺少的正是那种深藏不露的智慧与谋略。在老白的含沙射影和旁敲侧击之下，毫无城府的韩孝宗三说两说，就把他跟左婷的实情和盘托出。

老白得意了。他倚老卖老由此及彼地断定，这对师徒，正如他跟中文系的那些个女生一样，也是逢场作戏，难以持久。脱口道："一个黄毛丫头，无非是被你的权势和地位所吸引，根本是兔子的尾巴——长不了。"

韩孝宗不能容忍老白对左婷的误解："你别小人之心，我们可是动了真情的！"

见韩孝宗怫然，甚至有些生气，老白斜睨了韩孝宗一眼。他何曾不知，左婷这女孩子出尘脱俗，矜持有度，种种奥妙和曲折都拿捏得恰到好处。这么想着，心里的艳羡似河面上的水泡，起起伏伏。可老白毕竟是老白，对男女之情了然于胸。于是，他打赌似的说："孝宗啊，今天我把话撂这儿，三年后，你俩要是还没散伙，我把省城的房子腾出来供你们幽会！"

"好，君子一言——驷马难追！"

两个教授的巴掌"吧嗒"一声，响亮地合在了一起，夸张的笑声惊起堤岸的一群野鸭，嘎嘎……嘎嘎……争先恐后地跳进水里，而后扇着翅膀踩着水花，朝对岸的小树林里飞去。

八

左婷早知道，韩孝宗有个梦想，希望有朝一日到艺术之都维也纳来，然后在女神林立的金色大厅内，聆听一场维也纳交响乐团演奏的现场音乐会。这种想法，对于一个艺术系的教授，一个出色的钢琴手，实在是情理之中的事情。

可当下的金色大厅，正处于维修状态，门前搭满了脚手架，外观被一幅巨型风景画遮掩着，演出日程推到了两个月之后。怎么办呢？看到韩孝宗脸上陡然掠过的失望，左婷安慰他说："既来之则安之，先跟着我游览一下维也纳吧。"

混浊的天空下，左婷陪着韩教授沿环城大道，游走于维也纳的市政厅、国会大厦、英雄广场和霍夫堡皇宫。瑰丽的哥特式建筑，超拔的雅典娜女神，希腊复兴式立柱等，韩孝宗被纷至沓来的美感所震慑，他聚精会神地听着左婷的讲解，点头之余泪光盈盈。淡金色的黄昏里，经由内城小巷，来到莫扎特听音室。两人面对面落座，戴上耳机听了一首老牌的蓝调。伤感，浪漫，苍凉，带着那个年代的质感与豪气。

北国微风，不期而至，
且听风吟，爱随此行，
来吧！来吧！

怀旧的气息，打着旋儿蔓延到南苑的那个周末。校园的彩灯下，一场师生派对拉开了序幕。左婷刚进了舞池，脱下冰蓝色小风衣，男教师的目光就被点亮了。那眉眼、身姿和神态，自带一股风情。当空气里飘荡着"且听风吟，爱随此行"的音律时，舞场上的男女情不自禁地发出"来吧，来吧"，情绪和气氛如火如荼。韩孝宗现身了，他有些霸道地将左婷从一位年轻教师怀抱里抢了过来……

就在这样的旋律中，他们四目相对，流连忘返，心与心一如这歌词——且听风吟，爱随此行。回望当年，负疚与迷失，沉重与释然，何以平复？

左婷想起了兰道夫，以及他们隐约经历的感情危机。有人说，婚姻不只是肉体欢愉，重要的是精神上的契合。想当初，她和兰道夫在冰岛邂逅，至纯随性，自主结合。难道时过境迁一去不返了吗？

漫步在施特劳斯公园内，韩孝宗触景生情，往事像喷水池里的水花，飞飞溅溅。踏过草坪，他双手抚摸海顿雕像——作曲家面目上的每一条皱纹，都像是刻在他的脸上。水墨画般的天幕下，时而有流星划过，豁然揭开夜的面纱。当一切归于平静，八角亭下的恋人恣肆拥吻，旁若无人。韩孝宗看在眼里，遥想当年，他和左婷也曾避开嘈杂，隐身原野。多少次，在夜幕的掩护下，他疯狂呼吸她的面颊，她的汗液，她的青春，那一刻，大海汇集成为无限，远远退去，又急急卷起，波急浪高，潮起潮落。

一阵风吹来，将街头艺人的弹唱送到耳畔：

一生至少该有一次，
为了某个人而忘了自己，
不求结果，不求同行，
甚至不求你爱我，
只求在我最美的年华里，
你曾经拥有我。

在乐曲带来的力量的聚合中，两人一前一后出了公园，迎面碰到了左婷的同事杰瑞。杰瑞见了左婷，惋惜地说："我的两个客人，因巴黎铁路大罢工，无法及时赶到维也纳。可惜了今晚的一场话剧！"

左婷眉峰一挑，惊喜道："哪家剧院，什么剧目？"

"城堡剧院。大导演帕里森执导的《偿还旧债》。"说完，将两张入场券掏了出来。左婷脆声道："太好了，我正求之不得呢！"

左婷接过票，拉起韩孝宗，搭上一辆有轨电车，直奔城堡剧院。

九

宋城的风雪扫过冬天的泡桐，扫过楼房和胡同，带着枯枝败叶堆在街头的褶皱里。坚硬的寒冷，从流动的云端，到肃杀的夜晚，直至在左婷的心里结了一层厚厚的冰。那个貌似光滑的世界，随着毕业典礼的逼近，一点点坍塌了。

春节刚过，两人相约在校园背后的小树林里，风呜呜呜地吹着，无遮无拦的，左婷倚住一棵歪脖子树，周身直发抖。韩孝宗望着光秃秃的田野，怅然道："该怎么办呢，我该拿你怎么办呢？"

天下没有不散的筵席。左婷的喉头又硬又紧，干涩得厉害。

她咬住下唇，一连串的泪珠跌落在胸前的大红围脖上。风停处，似有歌声从护城河边传来，时断时续的，像一曲缥缈的挽歌。韩孝宗折身抱住左婷，叹息道："多好啊，你青春洋溢的身体，真想永远拥有！"

"你敢娶我吗？"左婷抬起湿漉漉的泪眼。

是啊，这正是令人沮丧的事情！

此时的韩孝宗不再说，你是我的，年轻，饱满，我要永远拥有你。他纵目四野，气咻咻地说："假如我能年轻十岁，无论如何都不会让你跑掉的！"

"可我一直觉得，你和我一样年轻，一样的朝气蓬勃。"

韩孝宗穿了件棕红色太空服，头发轻微焗了点油，看上去还是那么意气风发，一派潇洒。他迎着风长出了一口气，现实的朔风扑灭了他所有的幻想，他仰天看着一团乌云，张了张嘴，又闭上了。

再次相见时，他们约在了郊外一个餐馆的单间里。令人窒息的拥吻过后，韩孝宗面无表情地说："我是一点办法都没有了。"他声音嘶哑，像破损多年而无法修复的琴键。"我老婆比我大三岁，有时候，我真想休了她。她不过是我母亲的好女儿。我老母亲可喜欢她了，夸她贤惠。唉，我要是再年轻十岁，是不会放过你的。"

韩孝宗还是第一次，在左婷面前历数对妻子的不满。一瓶酒下肚后，韩孝宗滔滔不绝："贤惠倒是贤惠，就是无趣、生硬。因为在医院工作，她身上常年弥漫着一股福尔马林的气味，我真受不了。每次走进卧室，都觉着躺在床上的不是老婆，而是病房里的手术师。不瞒你说，我每次趴到她身上，都像是隔着药水筑起的一堵墙。唉，我早晚会成为一个病号！可你不一样。"韩孝宗盯着左婷："爱你的感觉是青枝碧叶，拥抱你，就等于拥抱青春。从你身上，我甚至听得到汁液流淌的哗哗声！"

左婷两眼发直，内心鼓胀，她直视韩孝宗由衷地说："真没想到你有知识，有地位，但你也一样苦闷，需要人来理解。在感情的需求上，我们是对等的。梁大夫是个好女人，但她不适合做艺术家的妻子。"

韩孝宗的眼眶里夹着泪，说："左婷，我渴望你，日日都想见到你。但真的不是性欲，是久违了的欢愉。可现在，我实在拿你没办法。你这么优秀，爱你的人有的是，认真选个好男人，忘了我这个老朽之人吧！"

左婷身边的确不乏追求者，包括在校的年轻教师，尤其是临近毕业的这段日子。可在左婷眼里，他们都是些毛头小子，索然无味。相形之下，韩孝宗对她的爱和迁就来得自然、妥帖，带给她的感受，是任何一个同龄人都无法比拟的。不仅爱，她还无条件依恋他，信任他，甚至迎合他。

于是左婷决绝地说："现在让我去爱别人，根本就不可能。我什么都不介意，我就要和你在一起！"

这正是韩孝宗最担心的。他呆立良久，转而道："中文系的常浩很优秀啊，他不一直都在追你吗？这小子家境好，又是独生子，你俩不是很般配吗？"

左婷白了他一眼，虽然没有接茬儿，但她从心里承认，常浩的确不错。一身匀净的蓝仔裤，蓝绿相间的夹克衫，清清爽爽的，并且还给她写过一首诗呢：

和你同在的空气里
是奇异的情感电流
充斥着厚重的渴望
如果你愿意
我的青春身体和血液
甘心为你流淌

十

坐进城堡剧院的韩孝宗，难掩兴奋。虽然无缘聆听金色大厅的音乐会，却有幸在德语区最古老最雍容的戏剧舞台，观赏一场名家执导的话剧，他感到由衷的欣慰。幕布拉开的前几分钟，左婷见缝插针地告诉他：这是奥匈帝国哈布斯堡时期，女皇玛丽亚·特蕾西亚亲自授意在皇宫之邻建造的一座剧院。三个多世纪里，这里上演了无数艺术经典，莫扎特的歌剧、贝多芬的交响乐和欧洲顶级剧作家的作品。左婷又指了指天顶的彩绘说："这都是文艺复兴时期的杰作呢。"

"真是典雅，瑰丽，名不虚传！"韩孝宗由衷地赞叹着，并说，"刚才迈上剧院的台阶时，我看到剧院的门楣上，雕刻的是太阳神阿波罗和悲剧中的缪斯。"他突然想起什么，问左婷，"今天的剧目叫什么名字？"

"《偿还旧债》。这是由奥地利作家斯蒂芬·茨威格的一部小说改编的。你也许知道他的另一部小说《一个陌生女人的来信》，在中国可火了！"

"哦，是他写的呀，那个小说确实有名。"

左婷正是在南苑师大读的这部小说。那是个带有理想主义色彩的故事，一种纯粹的不带有任何功利性的爱情。但她做不到。于是说："我来到欧洲才知道，茨威格是最具维也纳气质的一位奥地利作家。他特别擅长写女性，尤其女人的爱情。"

铃声骤然响起，幕布徐徐拉开。

舞台上走出一位优雅的中年妇女玛格丽特，她独自来山里度假时，偶遇一位老人，经仔细辨认后，惊异地发现，眼前老态龙钟形如乞丐的长者，竟是她少女时代的情感偶像——维也纳城堡剧院炙手可热的宫廷演员彼得·斯图尔茨。

昔日的梦中情人，不知遇到了怎样的厄运而变得穷困潦倒，并且隐姓埋名于山里，甚至到了连一杯啤酒钱都付不起的地步。岁月静好的悠扬基调中，不经意间响起一个直击灵魂的重音。往事依稀，玛格丽特思绪奔涌：

我从未想到会在这里，遇到我少女时代的梦中男神。

在我的青春期，我是那么炽热地爱过这个人，他曾至深地左右过我的思想，充满了我的灵魂和肉体。每次在城堡剧院看完他的演出，我都身不由己地追随他，奔到他的寓所。有一次，在蒙蒙细雨中，我魂不守舍地徘徊在他的窗下。看到他在窗前的剪影，我不顾一切地冲上楼去，摁响了门铃。我听到他的脚步声，沉重坚定，神气活现，就像我在舞台上听到的那样，我的心突突狂跳。刹那间我似乎清醒过来，试图拔腿逃离，却由于惊慌失措而僵在原地。

门开了，男人面露诧异地看着女生。女生泪眼婆娑，毫不犹豫地扑向男人的怀抱。刹那间，彼得意识到，这又是一个咄咄逼人的女性崇拜者登门拜访了。

彼得·斯图尔茨：我的孩子，已经深夜两点了，你有什么事吗？

玛格丽特：听说您要离开维也纳，能带上我一起走吗？我愿意跟您到天涯海角。

彼得·斯图尔茨：我的孩子，谢谢你的好意，愿你们大家永远对我怀有美好的回忆。米歇尔太太，雨下大了，请您通知我的车夫，将这位代表同学们来向我表达爱意的玛格丽特小姐，送回家去！

彼时的玛格丽特，情窦初开，伴着青春期的性觉醒，她狂热地恋上了功成名就的戏剧演员，由盲目崇拜，到单相思苦恋，最终演变为着了魔似的疯狂举动。那个细雨蒙蒙的深夜，她的命运和前途就掌握在这个中年男人的手中。只要他愿意，她会毫无保留地将自己的贞操奉献给他，任其摆布和取舍，她都在所不惜。那一刻彼得本可以逢场作戏，为所欲为，而玛格丽特确乎感受到了他急促跳动的心，他下意识搜寻着她的嘴唇……然而，彼得没有迷失，面对闯上门来的少女的冲动，他没有利用一个女孩子的幼稚，更没有滥用一个成年人的欲望。假如他顺水推舟接受一个少女的懵懂无知，并且屈服于自己的本能，那么玛格丽特，还会有今天的幸福与安逸吗？

岁月流逝，四分之一个世纪过去了，在那个危机四伏的境地，彼得以他的冷静、理智和磊落，并且真正出于对少女的呵护与理解，将她从泥沼边缘拉回，以免懵懂无知的少女误入歧途，从而被青春期的鲁莽所带来的噩梦吞噬。

彼得的高尚行为，使得玛格丽特免遭厄运。初恋的神奇虽占据过她的心灵，但她的贞洁丝毫未受到伤害。即便奥地利坊间有这样一种说法：In der Liebe und Kunst alles erlaubt.（就爱情和艺术而言，没有什么是不允许的）。

几十年后，当幸福美满儿孙满堂的玛格丽特，邂逅他的昔日男神——彼得·斯图尔茨先生时，他已风光不再，落魄凄凉并沦为靠他人施舍的垂垂老者。然而在玛格丽特心中，彼得却比当年舞台上的他，更加高大伟岸、光彩照人。生活优渥的玛格丽特，最终以自己的方式，让彼得在世人面前重拾尊严和荣耀。

一个成熟的男人，该怎样面对懵懂少女的激情？茨威格以文学形式给出了最好的阐释，并以惊人的慈悲来包容少女对爱情的痴迷和脆弱。高尔基说："没有一个人像茨威格这样，对女性怀有如此深挚的敬意，来描写她们的爱情。"

负疚感如同电流一般，霎时击中了韩孝宗的心脏。回首往事，他的脸色由青变黄，最后变得煞白，胸部和肩膀抽搐、痉挛，身不由己地仰躺了过去……

十一

一夜狂风暴雨，浇透了城市、山川和原野，浇透了整个欧洲大陆。浓烟滚滚、不可一世的冰岛火山灰，仿佛遭遇到孙悟空借铁扇公主的那把魔扇，呼啦啦扇几下，便仓皇逃遁，转瞬之间，阴霾全无。早晨的维也纳，眉清目朗，一片祥和。

欧洲各大机场的通航，在小心翼翼中陆续恢复了。

维也纳前往伦敦的航班，将于后天下午起航。消息传来，韩孝宗有些跃跃欲试。昨晚他在城堡剧院受了刺激，心脏猝然不适，由于抢救及时，并无大碍，后半夜就缓了过来。左婷一大早赶过来，陪他喝了杯热咖啡，韩孝宗的气色好多了。

彤彤也发了信息过来，她已平安抵达学校，并参加了考试。左婷长出了一口气，随即将手机递给韩老师说："给小禾打个电话吧，以免她担心。"

韩孝宗欣然接过电话，缓缓走向沙发，他那略显疲惫的眼神，透着一股复杂难言的情绪。过了一会儿，韩孝宗身体前倾，对着手机"喂喂喂……"左婷的目光，紧盯接通电话的韩孝宗。多年前，正是由于她打给他的那个电话，导致了一场致命的危机！

二十世纪末的宋城，还没有手机，也发不了短信，书信又不安全，只能用电话。作为系主任，韩孝宗的办公室和家里都装了电话，但不是直线，而是分机，转来转去的务必通过学校总机。不管怎样，韩孝宗是有些得意的，觉得它既便利，又迅捷，实在是享尽了电话带给他的好处。可他哪里料到，有双贼亮的眼睛，已在暗中盯上了他。

范剑是学院话务处的主管，后勤处处长的大公子。可别小看这个后勤处处长，吃喝拉撒事无巨细，是学院里的一份肥差，连院长都不敢小觑。后勤处处长的大公子偏偏看上了左婷。自打在校庆联欢晚会上看了左婷的钢琴演奏，范剑丢了魂儿似的，一心一意想跟她谈朋友。虽说他只念了大专，人才和长相都平庸得很，可他仰仗老子的职位，三年下来就升到了科长，主管学校的园林和总机房。

范剑的办公室跟艺术系遥遥相对，只隔着一扇落地窗，他时不时就能看到左婷的倩影。四月的一天，左婷穿了件雪白的套头薄毛衫，蓝色牛仔裤，头发自然垂落，脖颈里搭了条水粉色丝巾，整个人看上去，蓬勃又清新，像一株嵌满桃花的枝丫，在小马路上摇曳生姿。

范剑的小眼睛都看呆了，即刻萌生了想跑过去从背后抱住她的冲动。

为了曲线求爱，范剑设法找到左婷的宿舍号码，每周都给她写信，也不多言，只在每封信里夹带一张来自全国各地的漂亮精致的明信片，借助明信片上的风情和诗词佳句，图文并茂地展现在左婷跟前，以求打动她的芳心，并且每次投递，他都舍近求远地跑到市区的邮局里去。为此，左婷着实感动了一番。可一看到他那双小眼睛和有些猥琐的相貌，左婷就打不起精神，何况她的心里，时刻装着另一个人。暑假前，左婷迫于无奈，答应跟范剑当面聊。这时的范剑又晋升了，并且刚分了套两室一厅的房子。此外，范剑向左婷亮出了一个举足轻重的筹码——只要跟他确立了恋爱关系，左婷的毕业分配，将有望留在学院工作。

对毕业深怀恐惧的左婷来讲，这个条件的诱惑，自不待言。尤其是院方刚刚公布了教育局最新的分配方案：鉴于市立学校的教师队伍已饱和，所有师范院校的毕业生，将自动流向郊区或农村去执教。这一规定，让踌躇满志的学子们一片惊慌，个个像热锅上的蚂蚁，明里暗里开始了行动，千方百计为自己的前途做铺垫。

可范剑开出的条件，最终没能打动左婷。她将范剑寄给她的信件捆扎在一起，原原本本退还给了他，并决绝地说："我不可能跟你谈恋爱，你就死了这条心吧！"

范剑感觉自己的脸，从额头红到了下巴颏儿，仿佛被人揭去了一层皮，却又无计可施。但他并没有死心。百思不得其解的范剑，下意识搜寻着别样的契机。有天夜里，他从半夜打来的电话中，意外捕捉到一个熟悉的音频——没错，是左婷的声音。清脆，悦耳，并透着几分倔强。

左婷请总机将电话转接到韩孝宗家里，嗅觉灵敏的范剑，从两个人的轻描淡写中，嗅出了一丝弦外之音。他开始怀疑这对师生的关系，并展开了明察暗访。有天傍晚，他隐约瞧见两人在琴房里晃来晃去的身影，继而贴在了一起。范剑面红耳赤，血脉偾张。想不到大名鼎鼎的艺术系主任韩孝宗，云淡风轻的外表下，是如此的暗流涌动。这个发现，让范剑既兴奋，又气馁。

蒙在鼓里的两个人哪里知道，一张深藏不露的网，已悄然布下。

十二

对范剑而言，机会来得猝不及防。虽然时隔两年，但毕竟还是来了。

初秋的这个深夜，百无聊赖的范剑，再次捕捉到久违了的声音。意外的是，左婷跟韩孝宗的对话相当私密、露骨，而且直奔主题。隔着漆黑的夜幕，范剑似乎看到了左婷那张迷人的脸，以及飞蛾扑火似的急切："我好想你啊，我要马上见到你，立刻，马上！"

范剑的心里一阵酸楚。当年被左婷拒绝的郁闷，像怄在胃里的一块糟鱼，至今散发着冲天的臭气。而她那不言而喻的高傲与冷漠，同样历历在目。

　　事情源于一场聚会。关系过硬且顺利分到省城文化馆工作的曼琳，携男友回家探亲时，特意张罗了几个老同学聚餐。席间曼琳谈笑风生，有意无意地与男友秀着恩爱，不动声色地显示出自己的优越感。左婷看在眼里，表面上风和日丽，可心里早已是阴云密布，不知不觉地多喝了几杯。夜深了，目送同学们调笑着四散而去，左婷的心情抑塞到了极点。她没有径直回宿舍，而是磨磨蹭蹭进了街边的一个电话亭。她急不可耐地想跟韩孝宗说几句话。

　　这个号码左婷守了两年，已长在了心里。手指按键的同时，她犹豫了一下，瞬间缩回了手。下决心要跟他断了的，都咬牙坚持了三个月，难道要半途而废不成？嗓子眼发干发涩的左婷，呼出一口酒气，心想，再任性一次，最后一次。

　　如果当时有短信该多好。短信的迂回曲折，可以免去短兵相接的尴尬与无措，断不至于酿出日后的祸端。而电话一旦拨出去，就没了回还的余地，要命的还在于，必须通过总机。电话响了，总机爽快地接通韩教授家的分机——致爱丽丝的曲子悠扬婉转，袅袅不绝。似乎无人接听，左婷的手抖得厉害，风呼呼地吹过来，她连打了几个寒战。终于，韩孝宗拿起了电话："喂——喂——哪位啊？"

　　这富有磁性的声音一经传来，左婷顿感浑身瘫软。意识到是左婷，韩孝宗迟疑了一下，而后压低声音说："现在恐怕太晚了，明天我去找你好不好？"

　　"不好！"左婷果决地否定，并在电话亭里大哭。她抽泣着说："如果你现在不来见我，就别指望再见到我了！"

这句话吓住了韩孝宗。他慌忙道出一连串的软语，不厌其烦地安抚着。事后，他全然不知道自己都说了些什么——反正，很要命。

早有准备的范剑，将两个人的这番话，轻而易举地录了下来。

放下电话，忐忑不安的韩孝宗骑上自行车就出门了。直挺挺站在街边等他的左婷，嘴里吹着热气，身子僵了半截。"你傻不傻啊你！"韩孝宗拍打着她的身体嗔怪道。左婷只管搂紧他，仿佛一松手就会坠入深渊。风将她的纱巾吹跑了，韩孝宗顶着风到马路中央去捡，被猛踩刹车的一辆卡车司机破口大骂。

两个人像一对走投无路的流浪狗，跌跌撞撞进了火车站附近的一家夜店。韩孝宗索性要了瓶二锅头，一口气灌了大半瓶。烈性酒的威力，让他风度大失，胆量高涨，坦言自己不分昼夜，想她想得发疯。左婷抬起头，见韩孝宗瞪着一双饿狼似的眼睛，像是一口气就能把她吞进肚子里。

不知是良心发现，还是担心安全问题，关键时刻韩孝宗还是忍住了。缠绵中他将自己的肢体动作，苦苦限定在抚摸、吮吸和揉搓的界限。可左婷受不了了，她死死捉住韩孝宗的手哀求道："我是你的，只要你愿意，我都给你啊。"

韩孝宗一鼓作气地冲上来——突然间，走廊那头传来了夸张的脚步声，紧接着是急促的敲门声，并伴着理直气壮的叫喊："警察，把门打开！"

　　韩孝宗一个急刹车，手忙脚乱地寻着衣服，一面往身上捂，一面自言自语："坏事儿了，要坏事儿了！"

　　就在两人惊慌失措地盘算着，该如何面对警察的盘问时，敲门声似乎停息了，不一会儿，廊外恢复了宁静。谢天谢地，警察的不定期抽查，并没有蔓延到他们的房间。韩孝宗一下子瘫坐在地毯上，青黄不接的脸转而变得通红。他沉吟着："我还是走吧，你再睡会儿，天亮了再离开也不迟。"

　　左婷无比心疼地看着他，知道再待下去，会要了他的命。

　　次日午后，范剑将整理好的录音磁带，规规矩矩包在一个牛皮信封里，跟他父亲私下里商量了一番，而后一路小跑地来到校长办公室，双手呈交给了铁院长。

　　当天夜里，星光寥落，范剑一个人跑到校园背后的围墙下，一口气灌了两瓶蓝牌啤酒，从未有过的痛快淋漓。他伸长脖子，对着黑魆魆的秋庄稼，一连打了几个酒嗝，暗自想象着，世界在墙那边即将碎裂的快感。君子报仇十年不晚。即便时过境迁，但又何必不报呢，不过举手之劳。

十三

　　入秋后的古城，有了沉甸甸的寒意。薄凉的空气划过青砖勾勒的城墙，漫过褐瓦灌顶的房舍，灌进了南郊乡职业中专的宿舍楼里。身为教师，并且刚刚走进婚姻的左婷，巴望着以职场的繁忙和家庭琐碎来抵御过往的一切。然而，她的身体是诚实的。对韩孝宗的思念，犹如失眠，在慢慢长夜里噼里啪啦地燃烧着。

当月亮隐没在云层背后，躺在丈夫身边的左婷，忐忑不安地回避着。丈夫的渴望与热切，让她条件反射般想起韩孝宗的存在——他那贴面的呼吸和不留空隙的耳语。疼痛，像一把锋利的刀子，夜夜划过肉体和灵魂，留下一道道抹不去的血痕。夜阑更深，左婷一次次背对晓峰，泪流不止。

"谁是你的丈夫？他真是个幸运的小子！"

这天傍晚，失魂落魄的韩孝宗突然闯入左婷的办公室。正是放学光景，办公室里一派忙乱，没人留心一个陌生人的到来。左婷推开桌前的作业本，拉起他就往外走。出了办公室，沿着猩红色的操场跑道，直奔校外一个不起眼的小吃店。

半年不见，左婷穿着玫红提花真丝短袖衫，黑色紧身一步裙，曲线毕露，粉面依然，在夕阳的衬托下，却比从前更添了几分迷人的风致。韩孝宗直勾勾地盯着左婷，电光灼灼的眸子，让她无法闪避。他哪里知道，左婷新婚燕尔即已陷入困顿，撕裂的身心正日夜饱受无尽的折磨。

韩孝宗红着眼告诉左婷，没有她的这段时间，他成了空壳一个，简直是废物，摆脱不了感情的煎熬。今天，他在家里多喝了几杯，感情便占了上风。他就不管不顾地跟着感觉，一路摸到了左婷的学校。

左婷不也一样吗，两杯酒下肚，一切都现了原形。没办法，和他在一起的感觉是多么松弛、惬意。她终于承认，这些年，之所以心甘情愿地给他机会，让他亲近，也不完全是需要一个情人或丈夫，而是生命中缺失的那份父爱——年龄大到足以安慰她，睿智到能启发她，迁就她，怜惜她。这些，是左婷在同龄男人身上无法得到的。

然而，是继续做梦，还是依着世俗惯例走进既定的生活轨道？在母亲以死相逼的威迫下，左婷纠结了半年，最终以一桩速成的婚姻给出了答案。鱼和熊掌不可兼得，她只能退而求其次。晓峰之于她，仅仅是一个客观存在，就像面对世俗压力不得不结婚一样。

结了婚的左婷才意识到，女人不会因为男人是个好人而爱上他，何况这个好人整日婆婆妈妈、絮絮叨叨，促使她不断产生逃离的念头。尽管晓峰是无辜的。可没办法，爱情是磁铁相吸，是电光石火，可遇而不可求；婚姻是万丈红尘，是朝朝暮暮，是柴米油盐的琐碎。没有爱的日子，即便两人坐在一张饭桌上，她也是盯着碗里的米、盘里的菜，就是不想看他的脸。她不介意晓峰知道——她不爱他，并且毫不掩饰自己的感受。因为晓峰耐力非凡，自信能将一块石头焐出小鸡来。

这会儿，韩孝宗隔着桌上的饭菜定定地望着左婷，并试图去拉她的手。左婷一个回眸，发现邻桌闹哄哄坐满了人，一群举着啤酒杯狂饮的年轻人，像是在给其中某一位庆祝生日。似乎有张熟悉的面孔，像是班里个头最高的那个男生。男生在偷眼打量自己的老师，以及老师对面有些失态的中年男人。

左婷索性冲男生会意一笑，而后别过身子继续和韩孝宗对饮。平时，她惯于将自己的孤独捂得滴水不漏，拒人于千里之外，不管是在同事还是学生面前。而此刻的她，退去盔甲，一反常态。左老师这是怎么了？男生的眼神都直了。

每个人都会有自己的感情出口，随他去吧。一阵风刮过来，左婷甩了甩头，起身结完账，拉起韩孝宗就出了饭店。

顺着学校的外墙，他们走到了一片开阔的庄稼地。正是谷类成熟的季节，饱满而鼓胀的秋庄稼，在月光下泛着黄黄绿绿的光。田垄间野草丛生，杂花生树，沟渠里的水汩汩地流淌着，满是腥味的水塘里蛙声四起。真是天造地设的地方，左婷望着远处模糊的村庄，畅快地呼出一口酒气。能跟自己所爱的人在一起，怎么样都是好的。两人躲过时间旷野里的嘈杂，避开凄清与荒芜，双双滚动在茂密的草丛里。不知何时，风驻云起，轰隆隆落下一场阵雨，浇湿了土地和庄稼，浇湿了田垄与草地，浇湿了喘息中的一对男女。

这一场野合，颓废，狼藉，丑陋，却气象万千。

十四

一个若无其事的早上，韩孝宗按部就班地走出教授公寓楼，穿过晨曦泼洒的校园，从容走进系主任办公室。尚未落座，院长一个电话，把他招了过去。

见韩孝宗疾步走来，铁院长气定神闲地点了点头，示意他把门带上。待韩孝宗坐定了，铁院长意味深长地瞅了他一眼，伸手摁了下茶几上的录音机开关。

一阵静默过后，随着录音机磁带的缓慢转动，韩孝宗浑身燥热，额头上的汗差点滑落下来。他做梦都想不到，那晚与左婷的对话，清晰无误地回放着……

铁院长关掉录音的同时，一脸不屑地说："老韩啊，你这可不是第一次了！"

毫无悬念，这个跟头韩孝宗栽大了。迟早的事。要命的还在于，平素他跟副院长走得近，无意间卷入了学院的一场派系斗争。赏识且多次举荐他的副院长，本是竭尽全力保他的。多年来，他们志同道合，过从甚密，而不善权衡的韩孝宗，忽略了长期以来正副院长之间的矛盾和死磕。就在这个节骨眼儿上，副院长因财务上的一个疏漏，被后勤处长妥妥地抓住了小辫子。自身难保的副院长，哪里还顾得上他韩孝宗。况且，铁打的事实摆在面前，一点回旋余地都没有。

当系主任的头衔被割去，党员身份受到严重纪律处分，韩孝宗才彻底意识到自己失去了什么。虽然他不是一个热衷权力的人，可职务带给他的便利和自信，构成了他魅力的一部分。皮之不存毛将焉附？曾经的孤傲清高，瞬间碎了一地。

左婷是无意中听到韩孝宗的情况的。难怪好久没了动静，想不到竟出了大事。一个电话打过去，可无论系里还是家中，都石沉大海。左婷左思右想，索性跑了过去。倍受打击的韩孝宗起初避而不见——没有一个男人，愿意女人看见他倒霉脆弱的一面。然而，终究，左婷还是见到了韩孝宗。

这一面，让左婷倍感刺痛。她一度拥有的宏大森林，刹那间干涸、衰萎且坍塌了。可她没有气馁，而是鼓励韩孝宗说："别太沮丧，丢了职务，你还有艺术呀！"

韩孝宗十分意外，甚至庆幸自己并没有满盘皆输——只要左婷的爱还在，这是他痛苦之中得到的唯一安慰。

艺术家毕竟是艺术家，非常时期韩孝宗做出了一个惊人之举——离开南苑之前，他要左婷跟自己合作，在艺术系的门前，共同演绎一曲肖邦的《即兴幻想曲》。

不久之后的这个夜晚，风清月朗，泡桐花落了一地。左婷一袭白色拖地长裙，与韩孝宗双双出现在艺术系的回廊下，并肩坐在黑色的钢琴旁。宁静的校园内，霎时流溢出久违了的钢琴曲，凄美，忧伤，悲壮，憧憬，情感与命运，恢宏与细腻，恣意挥洒在黑白琴键上。尽管肖邦的这首《即兴幻想曲》演奏难度极高，但师生二人配合默契，心神合一，名副其实的珠联璧合。他们将绚丽的技巧和丰富的内涵融为一体，自由，奔放，流光溢彩。

奔涌的激情与浪漫，吸引了一波又一波师生，人们踩着音符会聚到艺术系门前的夜幕下。美妙的旋律经久不衰地回荡在空气中，定格在全校师生的心里。

十五

两周后的一天黄昏，左婷送走了班里的学生，忧心忡忡地离开教室，沿操场缓慢来到校门口。这时，韩孝宗从大门一侧的泡桐树下现身。他脸上挂着苦涩的憔悴，迎着左婷走过来，不由分说地问："周末，你敢陪我到省城去一趟吗？"

也许是身处逆境的人，更愿意试探一下心上人的真情抑或胆量。左婷扫了一眼街上的行人，反问道："为什么不敢？"

尽管如此，左婷的内心，并非毫无顾忌。近来学校和家里都出了状况，烟熏火燎的。工会主席已找她谈过话了，说是有封告发信寄到了校长手上。含而不露的工会主席语重心长、旁敲侧击，提醒她要注意老师的身份和形象。还有晓峰，他终于受够了左婷的冷漠，以及她对这桩婚姻的藐视，开始向她摊牌了。

左婷顾影自怜，自怨自艾，可面对自己心爱的人，她仍旧义无反顾。

周日早上，懵懵懂懂的左婷，跟着韩孝宗搭上一列西行的火车。顺利抵达省城后，韩孝宗拦住一辆出租车，很快来到金水河畔一座环境优雅的住宅区。两人经由电梯上了九楼，进而步入一栋崭新的公寓房内，左婷不禁目瞪口呆。

装修考究的客厅，乳白色贴面墙裙，深棕色真皮沙发，银灰色亚光餐桌，连空气中残留的油漆味儿，都透着一股诱人的清新。见左婷一脸狐疑，韩孝宗带着异样的表情，揭开了谜底："这是老白的房子。三年前的晨练中，他和我打了一个赌，只要咱俩的感情能保持三年，他就把这套房子，借给我们约会用！"

那时的白教授，常年在省城的一所高校里兼职，这是尽人皆知的事。来来往往中，他早就萌生了在金水河畔购置一套房子的念头。不知是为了成人之美，还是彰显自己的一言九鼎、两肋插刀，总之，白教授不折不扣地兑现了自己的承诺。

左婷感动了，她忽地起身，直愣愣地盯着韩孝宗，泪水盈满了眼眶。

实际上韩孝宗出事后，老白还是有些顾虑的。但考虑到自己已是退休之人，与院校里的是是非非早已泾渭分明。因而前两天，老白找到韩孝宗说，他太太也退休了，在省城工作的儿子替他们把房子装修完毕，下个月就要搬到省城来住了。

所以，韩孝宗兴致勃勃地说："今天，没人能够打扰我们，也不必担心警察来敲门。你说，这是不是天赐良机呢？"

"房子是真好。"左婷真诚地赞道。亚麻布窗帘的手感，实木书橱的典雅，博古架上的钧瓷花瓶，一切都那么妥帖，那么舒适而知性，令人赏心悦目。

见左婷痴痴地盯着客厅里的陈设，韩孝宗脸上的表情讪讪的，他自惭形秽地说："我真该有一套这样的房子啊，就像备好一只精致的高脚杯，专门盛放你这杯美酒！"

左婷举步走到窗前，探身望去。楼下园子里的扶桑开着深红色的花，花瓣如绉纱般向外伸着。草坪尽头的金水河畔人来人往，两只白色的蝴蝶犬，在运河边撕咬，玩耍。韩孝宗依偎过去，顺着她的目光，只见河对岸有个水上餐厅，布置得富丽美观，别有洞天。韩孝宗恍然意识到，该吃晚饭了！

一顿丰盛的晚餐，两瓶上好的葡萄酒，感情酝酿得恰到好处。

日暮余晖中，两人重新回到小区，进了屋换上拖鞋，迫不及待地进了卧室。左婷笑吟吟地坐在柔和的台灯前，脸颊温润而绯红。男人缓慢而耐心地褪去她身上的衣服，一件又一件。月光如水草般轻扫面颊，左婷闭上眼，任由他静静地审视，探索，亲吻。渴望，像一窝倾巢而动的蚂蚁，顺着泥土和草尖儿爬到她的身上。欲望，如海潮汹涌，霎时填塞了她的喉头。左婷咬牙切齿地期待着一个疯狂的世界。

男人从容扑上来，一次，又一次，如困境之兽，奋起冲锋和抵抗，厮杀与挣扎，却屡战屡败。他喘息着停下来，而后别过脸去，陷入沉默。夜静得出奇，期待中的花好月圆就在眼前，却在扬眉剑出鞘的节骨眼儿上，败下阵来。偌大的世界仅剩下一对男女。

死寂中，左婷转过身来，侧目打量满脸潮红的韩孝宗，忍不住问："你怎么了？"

"最近我心脏有些不舒服，刚才又出现了一次"。他嗫嚅道。

爱而不能的沮丧，茫茫然复杂难言的情绪，缭绕着一股化不开的怅惘，凝结在他的眉峰。左婷无奈地抬起头，一只带斑点的壁虎从窗棂上探头探脑，走走停停，而后朝着床头方向俯冲……左婷大叫一声，翻身跳下床来。

现实与梦想就是这么错位，无法相遇。是久经沙场腐蚀了他的硬朗，还是孤独失意磨平了他的锐气？韩孝宗慢吞吞地掏出一支万宝路，点燃了，而后从鼻腔里喷出一股烟，模糊了左婷的视线，滚滚红晕从她的胸口褪去，继而冷却。

左婷疯狂地怀念起校园里的韩孝宗，昂首挺胸，霸气十足，哪怕他粗粝些、粗野些甚至粗暴些，她都在所不辞。男人是用来仰视的。

尼采说："女人是英雄的消遣。"

十六

踏出国门的前几天，左婷在北京的一场文化艺术赛事中，与韩孝宗不期而遇。

自从离开宋城，离开南大，韩孝宗在一名昔日老友的引荐下，受聘于首都一家私立专科艺术学校，致力于音乐教育。左婷看到他的这个晚上，韩孝宗穿了件烟灰色西服，雪白的衬衣领子，相比十年前他只是明显见老，且有些郁郁寡欢。

生活充满了如此多的戏剧性，让你防不胜防。

一场注定失败的婚姻，给了左婷走出家乡的勇气。带着单身者的自由与洒脱，她从广州到深圳再到海南，最终来到首都。世界之大，视野之广，令人目不暇接。当心智渐趋成熟，并且有了足够的眼界之后，左婷恍然意识到，自己当初对老师的那份情愫，不过是出于崇拜和任性，同时掺杂着虚荣和嫉妒。因为单纯而单调的求学生涯中，讲台上的老师往往披着一道神圣的光环，构成台下瞩目的焦点。课堂上的女生，多半以追慕自己的教授为荣，然而一叶障目，不见森林。在教室和宿舍两点一线的枯燥与彷徨中，左婷滑出了轨道，正当青春的心蒙上了尘埃，幡然悔悟时，早已迷失在他的疆域里。以至于毕业多年，都未能摆脱他的阴影。

生活与时代赋予她应有的感受力。出走的胆识，职场的历练，加上知识的润泽，左婷不再是那个虚荣、无知和肤浅的女生了。当她在首都经贸大学的招聘现场，赢得了赴德国深造的机会，并顺利拿到录取通知书的那一刻，左婷觉得世间所有的路，都在脚下延伸。当远方呼之欲出的时候，她已全方位做好了准备。

左婷赴欧洲学习的消息，令韩孝宗错愕不已。刚刚燃起的幸福感，像只被扎破的皮球，瞬间泄了气。他像是被自己的口水呛住了，突然伸长脖子干咳起来，与此同时手在胸前吃力地比画着，眼睛一眨不眨地望着左婷。

这一幕，让左婷想起搁浅在海滩上的大鲨鱼，瞪眼瞧着碧蓝碧蓝的海水，就是折腾不到水里去。平静下来之后，韩孝宗仍沉浸于酒酣耳热的幻觉中，他一把攥住左婷的手，放肆地盯着她的前胸，低声说："我在海淀区有一个单居室，你今晚跟我回去吧，再陪我说说话好不好？"

左婷吃惊地望着他，用紧蹙的眉头明确表达着抗拒、违拗以及厌恶，她甚至有一种被冒犯的感觉。一股难以名状的悲哀油然而生，为他，也为自己。在经历了岁月磨蚀、韶华流逝之后，左婷对爱情的解读早已有了新义。面对故人，她不能说自己全然参透了男女之间的那点禅机，但决不会再捧着一钵欲念当成圣水来供奉。就在三月的第一个黄昏，当京城的夕阳越过银杏树巅，照在北图书海浩瀚的框架上，埋头阅读的左婷，不经意间读到了这样一段话：

　　每个人都有过年轻的时候。社会不能强求一个毫无克制力的少女，去做她做不到的事情。作为师长，他真正保护她爱护她的做法是，以自己的方式拒绝和疏远她。

　　这是一位名叫席勒的德国作家说的。左婷翻来覆去地默念着，脑中如电光石火。欧洲人对青少年的早恋所抱持的理解和包容，让她无比感动，与此同时对那片遥远而神秘的国度，陡然升起一股好感和向往。她进而想象韩孝宗若是看到这句话，该做何反应？就是那一刻，左婷对韩孝宗突然充满了藐视、憎恨和诅咒——无论以前她对他多么的一往情深！

　　再一次面对韩孝宗祈求的眼神时，左婷联想起遥远的星空下，他们在家乡的最后一次约见。他们默默穿过郊外的胡杨林，走向空旷而休耕的田野，在没有路的尽头不要命地拥吻。远处灯火辉煌，市声喧嚣，他们像过街老鼠般恐惧、紧张，如同赤脚踩在刀刃上。山那边是驻地部队的一个打靶场，偶尔有枪声传来，肃杀，凌厉，凄凉，之后是死一般的寂静和绝望。

　　左婷心一横，该是颔首低眉挥手作别的时候了。这并非表明她有多纯洁，她从来就不是一个纯洁的女子，也非心如止水。事实上，走出泥沼的左婷更加佻达、奔放，遇到两情相悦的决不会吝啬。赏心悦目的男人本就不多，再加上岁月无情，终究是朱颜辞镜花辞树，走南闯北看惯了世态炎凉的左婷，对人对事练就了一套历久弥新的心得，无论何时何地都有自己的取舍和应对。

爱情已然泯灭，我还有什么理由委屈自己呢！

于是，左婷直视韩孝宗期待的眼神，坦然道："如果现在让我重新选择，我不会爱你，但我会永远把你当作老师。"

十七

维也纳西郊城外的一栋连体小别墅前，随着一阵节奏鲜明的脚步声，廊檐下的夜灯应声亮起。左婷抬眼见砖墙上的邮箱里，躺着一封信，取出来凑近一看，寄自美国纽约大都会，落款是：兰道夫·哈丁。

左婷迅速打开门，撕开白色的信封，就着沙发前的台灯展读。信笺上壮观的日出，与兰道夫在海边划亮火柴的一张特写，陡然跳进眼帘。这是九年前的那个八月，两人在冰岛邂逅时，左婷亲自为他拍摄的。兰道夫曾说，这是他最为珍爱的一张照片，相当于他们爱情的见证。

火光燃尽处，一轮旭日喷薄而出。那一刻，兰道夫背对日出低吟道："I have crossed oceans of time to find you.（我跨越时空的海洋，来寻找你。）"

为何在这个时候发来这张老照片，用意何在呢？

左婷一个机灵，恍然大悟："今天是我的生日啊！"除母亲之外，兰道夫是每年唯一牢记她生日的那个人。事实上，左婷的每一个生日，他都不曾错过。这是所有西方人的习惯，还是兰道夫独有的爱意？左婷呆坐在沙发里，久久端详着照片上的这个人——目光清澈，坦然而富有深意。一股抵挡不住的暖流，血液般贯通周身，左婷的眼泪瞬间溢出眼眶。

也许是命中注定，他们在世界最北的地方邂逅，天涯相遇，于半人高的雪窝里共同迎接北极光的乍现。那骤然升起的炫目之光，仿佛经由上帝之手的抚摸，穿越北大西洋的苍苍海浪，经天纬地，横空出世。极光之下，他们默默对视，有那么一瞬，左婷觉得，兰道夫的出现，恰似她绝处逢生的一道极光。

爱情不是仅仅物色到一个结婚对象，而是在种种际遇的叠加下，一份萍水相逢的情投意合。在大自然的背景下，兰道夫温文低调，从容安逸，富有弹性的金发潇洒恣意。在她眼里，兰道夫沉默时像个冷峻的诗人，热烈时袒露孩童本性。正可谓两情相悦，彼此着迷，继而在海潮的拍击声中灵与肉融为一体。

季节在无声地更替，转眼间九年过去了。由最初的磨合，到朴素的一日三餐，乃至波澜不惊，直到有一天——那个该死的黄昏，左婷送走了一批游客，顺着美泉宫对面的小树林，来到维也纳音乐学院的后花园。半个月了，左婷一直在旅行，一回到维也纳，就想给兰道夫一个惊喜。于是，她悄无声息地穿过校园，寻着《魔笛》的咏叹调一步步攀上楼梯，步入三楼。当左婷兴冲冲地推开兰道夫的授课大厅时，不由得惊呆了。性感迷人的阿根廷高山女歌手——一个咖啡色的精灵，拖着《魔笛》的尾音，用她那魅人的银色指尖撩开教授的栗色卷发，弯腰垂首深吻兰道夫的脖颈……从天而降的左婷，让师生二人错愕不已。女歌手扯起长长的裙摆，说了声"My God！"后闪身退去。

梦醒时分，岁月是眼角抹不去的潮湿和泪痕，是时间带来的厌倦，还是与生俱来的文化隔膜，抑或时过境迁的灵魂疏离？左婷怀疑过，迷茫过，一如青春期懵懂而苦涩的恋情。这个世界总是充满了矛盾，生活教会了她许多，却也挽住了时光雕琢下的那一点点美感。

再次打量兰道夫的信笺，他们相爱的标志和见证，分明被牢牢镶嵌在了上面，并特意选在她的生日寄过来。这意思，还不够明白吗？！

天已大亮，庸常而温暖。左婷翻身贴在兰道夫的枕头上，吮吸着他的气息和体味，感情依旧浓烈，单单由此而激起的身体反应就叫她受不了。

早餐桌上，左婷披着晨曦打开手机，突然发觉漏掉了一条短信，手指轻触，竟是兰道夫前天发来的。虽然寥寥数语，语气之温柔，不言而喻。

亲爱的 Ting，

我留意到，冰岛的火山灰终于消退了。我已订好了本周末回家的机票。

想念你的兰道夫

十八

真的要说再见了，左婷的心底，竟有些隐隐作痛。

人头攒动的机场大厅，左婷协助韩孝宗托运完行李之后，陪他走在安检通道的长廊上。封闭的长廊外，是一面通天彻地的玻璃墙，阳光穿透阴霾，射出耀眼的光芒。隔着汹涌的人潮，只见机场的安检口像一个巨大的吸盘，各色人等无一例外地被吸进去。

"我该走了！"韩孝宗侧过身来跟左婷道别——满目温柔、殷切而又慈善。

时光眷恋着他的昔日女生——沐浴在异国风光下的左婷，目光笃定而明媚，像往事里的一道霞光，更映衬出他的落寞与苍老。

仿佛是永别，左婷目送韩老师渐渐远去的背影，一股沉重感油然而生。

缓慢，滞重，风烛残年，依旧浪迹天涯，把晚年交付给一个陌生而未知的世界，余生的前景无可名状。毕竟一把年纪了，棱角不再，锐气全消，加上耳背，与世界的连接和互动茫然而消极。此前听他说过，小禾的海边公寓条件倒是不错，但雾气大，湿气重，动不动就阴雨连绵的。几年前，他曾在那里勉强住了两个半月，因身体不适，只好提前回国了。

左婷是无神论者，但她相信命运。那么多偶然叠加在一起，可不就是命运吗，谁能逃得过宿命的安排！时光碾碎了许多，也重塑了许多。仰仗岁月之手的打磨，尤其经历了感情的一波三折之后，左婷的心境以及看问题的角度，已大大改变。人生总是伴随着妥协。在生存的各种牵绊中，她不也学会了屈从——审时度势，忍痛割爱。比如初来乍到时，毅然放弃自己挚爱的音乐，投身于经济回馈丰厚的旅游行业。这么想着，左婷已回到大厅，她忍不住朝玻璃墙外的机场跑道张望，一架悬有蓝色标志的大型客机正徐徐降落，定睛一看——美国纽约。

左婷一个闪念，想起了兰道夫。不是说周末回家吗，难道就是这架航班？她忙从包里掏出手机，想确认一下兰道夫给她的留言。这时，一个电话打了进来，区号显示是英国伦敦。

"左婷，你好，我是小禾。我爸该登机了吧？谢谢你这些天对我爸的照顾啊，方便的时候，欢迎你来伦敦做客！"

惊讶之余，左婷不假思索地对小禾说："好好照顾你爸，如果哪天韩老师想回国了，安排他在维也纳多留两天，我还欠他一场金色大厅的音乐会呢！"

合上手机，左婷缓缓走进接机大厅，此时人潮熙攘，犹如旋涡，新一波旅客正鱼贯而出。

后　记

　　多年前的春夏之交，我在维也纳接待了从奥地利克拉根福大学做访问学者归来的首都师范大学文学院易晓明教授。她想在维也纳的短暂逗留期间，对我做个文学访谈。我接到易教授的电话，即刻搭乘地铁赶到她下榻的维也纳中心酒店，接她走进临街的一家维也纳咖啡馆，在咖啡的浓香里开启了一场有关我文学创作的对话。暮春的维也纳温情脉脉，墨绿色的玻璃窗外人影憧憧。当酒红色的晚霞漫不经心地涂抹着对面的菩提树梢时，我们从热烈的交谈中渐渐抽身，心满意足地走出咖啡馆，继而搭乘地铁前往我家所在的维也纳西城公寓。

　　在地铁站的月台上等车时，易教授饶有兴致地打量着肤色各异、川流不息的身边客，意味深长地对我说："你在欧洲的生活是有细节的，你不是这里的匆匆过客！"

　　此后每当我穿梭于熙攘的地铁站，易教授在月台上的这番话，便冷不丁地跳出来，在我的脑中回放、盘旋，久而久之促成了这部小说集中《13号地铁》的诞生。正如评论家安静所言，维也纳地铁是整个欧洲的缩影，一个流动的大舞台，各色人等粉墨登场。

岁月的车轮风驰电掣，恍惚间我在奥地利维也纳已工作生活了二十多年。二十多年的日月星辰，照彻的不再是一个过客的脚步，而是一个落地生根者的身影。正如易教授所总结的那样，我在这里的生活是有细节的，这种细节，剥去浮光掠影的表象，嵌入日常生活的肌理，进而走进世道人心。

欧洲是咖啡文化盛行的沃土，维也纳也不例外。到了周末，我和先生喜欢到维也纳内城广场，在古典建筑群下的一众历史咖啡馆里选一家老店，或是沿着那条青草蔓延的小路，走进离家不远处的"Der Mann Kaffee（男人的咖啡馆）"。这里有分秒必争的上班族，有苦思冥想的作家，有刚刚完工的模特儿，有作画作到天亮的画家，以及闲聊或独自发呆的人。欧洲人嗜咖啡如命，尤其是那些耳熟能详的艺术家。自19世纪以来，欧洲的沙龙文化盛行，作家、诗人、艺术家、政治家、哲学家常常聚在一起畅谈，咖啡馆如同敞开的公共客厅，亦如斯蒂芬·茨威格眼中的"民主俱乐部"。

咖啡馆与文学艺术形同恋人，难舍难分。据说贝多芬煮咖啡的习惯，透着德国式的严谨，他的每杯咖啡包含六十粒咖啡豆，不多不少，都是一粒一粒数出来的。我深信德国人的做派，他们简直可以用造车的精神来对付一杯咖啡。而维也纳人的气质有些矛盾，他们既沿袭了奥匈帝国宫廷时代的尊贵，也遗留着悲怆内省的艺术精髓。不经意间，眼前一亮，女人高靴短裙，细腰阔肩，眉眼和肤色叫我联想起尼罗河畔的埃及艳后。她傲然穿过门厅，从容落座，举手投足间充满了不留痕迹的仪式感。这个时候，维也纳最好的咖啡也抵不过这惊鸿一瞥。

短篇小说《男人的咖啡馆》有一种迷人的氤氲气息，情节的穿插与布局巧妙精当，浓墨重彩地展示了欧洲独特的咖啡馆文化。

——小说家李浩

也许是命中注定，我常在欧亚大陆之间往来穿行。身在高空，如同云中漫步，当中世纪的传说被抛向脑后，前方隐约现出巴尔干嶙峋的山脉，爱琴海的蓝色教堂，锈迹斑斑的伏尔加河，继而是蒙古高原的戈壁与荒漠。漫长而孤寂的飞行途中除了阅读，便是空想：他来了，肩上搭着一件酒红色套头毛衣，像一个骑士，在山重水复的崎岖处现身，为我拨云见日，又像是在危难之际拉我走出苦海的那个纤夫。时隔八年的旅行途中，女人戏剧性地邂逅同一个男人，而每次相遇她都处于婚姻中的特定时期。人生短暂停留的愉悦和被理智束缚的欲望，如同伺机而动的命运，可遇而不可求。就在女人的心理防线即将坍塌之时，一尊古老的埃及雕像出现了，《法老的石雕》就这样应运而生。

长期的小说创作过程中，我时常觉得自己身处三个世界：中国、欧洲，以及日常经验以外的世界。这三个世界的落差、冲撞和纠结，构成了写作中的强大驱动力，也拓宽了文学表现的空间与可能性。也许时空的距离越大，表现的疆域越开阔，文学发挥的余地也更加多元，并且有助于人物格局的放大。根深蒂固的炎黄基因，让我带着东方人的目光和中国传统的审美参照，而长期深入欧洲生活的现实与经历，又将西方思维和人文精神自觉融入作品当中。在不同的时空下对人性的探秘，对个体命运的关照和体悟，是我在长期的文学创作中努力抵达的境界。

由于常出远门，不时投入机场的怀抱。而当履行完了所有程序如释重负地步入候机室，坐下的那一刻仿佛怀着一劳永逸的安顿，凝神打量南来北往的旅客。轮廓鲜明的欧洲人、肤色棕褐的北非人、白袍黑袍加身的中东男女，还有双鬓耷拉着小辫儿的犹太人……那个轻盈明媚黑发披肩的女孩儿，一看就是中国留学生。让我想起一位老同学的女儿，因多年前冰岛火山灰的蔓延，导致她搭乘的英伦航班迫降在了维也纳机场。

这个场景，树苗似的，结结实实栽进了我的心里。我情不自禁地想起大学时代的一位教授，他的女儿也去了英国读书，后来听说嫁给了一位英国绅士。

腾云驾雾中，我的思绪再次放飞。遥远的大学时光，青春激荡的韶华，连同一场无处告白的恋情，在昏暗的机舱里默默发酵。青春期的爱恋纯粹如银质子弹，执着而悲壮，带着风声，射中的是山一样负重的内心。在中篇小说《留一个机场给你》中，我想告诫那些功成名就的中年男人，如何对待身边女生的懵懂激情，是利用一个女孩子的幼稚顺水推舟进而实现一个成年人的欲望？还是像奥地利作家茨威格的小说《偿还旧债》里的艺术家彼得那样，以怜惜爱护的方式，拒绝和疏远主动对自己投怀送抱的单纯少女？

德国作家席勒说："每个人都有过年轻的时候。社会不能强求一个毫无克制力的少女，去做她做不到的事情。"无论是席勒，还是茨威格，都以惊人的慈悲和敬意来包容少女对爱情的痴迷与脆弱。两位德意志文学巨人，赋予我电光石火般的启示。

中篇小说《留一个机场给你》刊发在《广州文艺》之后，继而转载于《北京文学·中篇小说月报》。我特别喜欢编辑老师转载这篇小说时的推荐语：

音乐之都维也纳，一对曾不顾禁忌苦苦相恋的师生在机场不期而遇。当年的那场轰轰烈烈的恋情，是否经得起追忆？当师生恋发生，处于权力上位者的师长，该如何保护自己，爱护对方？

时光过渡到 2020 年的早春，一位上海外企的高级白领来到我身边，她就像我当年初次踏出国门那样，在奥地利多瑙大学攻读 EMBA 工商管理硕士，之后辗转到她所供职的坐落于德国黑森林的公司总部进行项目实习。大雪纷飞中一场猝不及防的疫情暴发了，继而以风的速度在全球范围内，蔓延开来。"上海白领"的日程和规划被骤然打乱，无奈之下她不得不困守在德国的深山老林，混迹于形形色色的德国人中间，苦寒、孤寂、无助……一场暴风雪过后的情人节夜晚，门环上一支含苞待放的玫瑰，令她激动莫名，感动不已。是塞尔维亚伐木工瓦尔特，还是德国上司戴维斯，抑或是房东老卡？往事如玫瑰花瓣上的露珠，在暧昧的灯光下闪闪烁烁。

时空阻隔中的生命庇护，情感困惑中处心积虑寻求的突破口，在状如魔幻现实主义的大片里上天入地，大起大落，身不由己。中篇小说《狼堡的冬季》由此而来。

小说《看不见风景的房间》是我第一次触及官场题材。20世纪末，我曾在政府部门做过10年的公务员。官场如万花筒，五光十色，七情六欲，飞短流长。如评论家刘秀珍所言：小说的主题关乎"官场涉腐"，结果却是血肉擦过刀锋、狂风掠过水面，惊险归于无虞。精巧的构思，细腻的心理描绘，真切自然的对话，欧洲历史文化背景的代入，极富可读性，不啻为一场别具惊险和心理转折的戏剧大餐。

短篇小说《提乡村九号》，是"我"与德国房东老太太的斗智斗勇，有限的篇幅内，盛满了一个女留学生的希冀与失落、温暖与凄凉；中篇小说《情困布鲁塞尔》堪称不能承受的生命之重。昔日叱咤风云的中国女外交官，爱上德国军事参赞，为了爱情她无条件拥抱欧洲，投入爱人怀抱，与此同时撇下年迈体弱的母亲，进而深陷乡愁与亲情的双重折磨。无法排遣的内心惩罚与现实生活的困顿，让她始料未及。

生活是永恒的矛盾和混沌，现实与梦想往往天差地别。而生活本身所附带的一连串奇迹，在平静如水的生活表层之下，时常隐藏着深不见底的人性深渊。在反复验证与否定的过程中，基于文学的想象、虚构和鬼使神差的潜意识活动，或许最能代表某种可能性，也最能说出事物的本质和真相。文学永远有一种力量，让你的内心变得强大。无论这个世界怎样喧嚣、荒诞，写作都让我在生活之余，保有反思的力度和体察人间百态的执念。

即将问世的这部小说集《留一个机场给你》中的八个中短篇小说，都是我近年来发表和转载于大陆或香港文学杂志上的作品，那些跌宕起伏的故事，既顺乎自然的脉络，又听命于意志和想象的延伸。

感谢中国华侨出版社对欧华文学创作的支持，感谢策划编辑肖贵平老师为这部小说集的顺利出版所付出的真诚努力，也感谢世界华文文学评论家陈瑞琳、盐城师范学院副教授刘秀珍，以及欧华文学评论家安静和蒙庄等。专家老师们对这部小说集的鼓励与厚爱，对我而言，是动力，也是鞭策，必将为我持续不断的创作注入了蓬勃的激情。

方丽娜

2024 年 9 月 8 日于维也纳